玄机

清朝皇权争夺中的平步青云者

高冕／著

作家出版社

目　录

进献殊礼

书生杀人不见血，范文程悄然使出绝妙一招，八旗劲敌袁崇焕即被除掉，成就了努尔哈赤、皇太极两代君主动用千军万马都未曾实现的梦想。袁崇焕被千刀万剐后百姓争食其肉，还背上卖国贼的骂名，百年之后人们才如梦初醒，原来这是当年范姓书生的妙手杰作……进入皇太极时代，仅九年时间，书生范文程就从一个无足轻重的章京小官，平地一声雷，跃居文官金字塔顶尖，成为清代历史上最早的汉人大学士，宠荣备至，大红大紫。

铁血忠臣

要不是老天爷出来干预，索尼很可能老死昭陵，成为其主子荒坟前的一株野草。多尔衮暴死后，少年天子立即为索尼平反昭雪，连连给他加官晋爵。索尼扬眉吐气，他所任官职，都是要职，是皇帝宠信之臣才能担任的职务。更令他舒心的是，皇上给他两次免死特权，这是对他因效忠皇上两度濒临死亡绝境的最好嘉勉。

修炼坚韧

羁留京城十三年，是施琅最为难熬的日子。现实给施琅所出的题目极其残酷：若见不到儿子被杀证据，就意味着他仍将困在皇城，永远困下去，困到老死；若是见着儿子被杀证据，那是一个父亲莫大的悲哀。……施琅坚信：台湾能平，台湾必平。经过京城十三年修炼，施琅已经成为坚韧无敌的蛟龙。杀声震天，枪炮齐鸣，惨烈的征台大决战终于打响。就在这紧要关口，飓风突发，怒涛山立。施琅所率水师前锋簸荡漂散，战斗阵形被狂风打乱，遭到敌舰四面围攻。见状，施琅亲率舰船冲击敌船，不幸被枪铳击伤倒地，血流满面……

交出自我

雍正帝即位后，在众兄弟中，与胤祥关系最铁，史家称之为“亲密无间”。胤祥从雍正帝那儿得到的荣宠极高，从整个清代来看，也是顶级水平。将自己与胤祥的关系，界定为千百年一遇的“圣王贤臣”关系，足见雍正帝对胤祥的满意程度。胤禛生性刻薄寡恩、残忍多疑。在这么一个君皇跟前，胤祥要得宠固宠绝非易事。他到底有何秘诀？

低调贵戚

艰险未能阻止傅恒的前进步伐，过成都，经天赦山时，道路艰险，雪紧冰滑，十多匹战马先后坠入深不见底的山涧，傅恒下马与官兵一起步行，翻山越岭走了七十里地。大学士、皇帝小舅子尚且如此，其他将士还有啥话好说，大家无不抖擞精神，奋力向前。傅恒勇于任事，善于任事，而且虚怀若谷，有功不居功，赐爵不受爵，给赏不领赏，乾隆帝打心眼里赞赏。如此给皇上长脸的小舅子，皇上哪能不宠信！在连续三次征缅战争失败、统兵主帅一一丧命的情况下，傅恒再次受命，顶着兵败帅殒的死亡气息，挂帅统兵，驰赴西南前线……

高明奴才

和珅钻营的最大特点，是精于揣摩主子心理。成为乾隆帝肚里的一条虫子，他就有这番本事。只要乾隆帝喜好之事，他都抢着去做、尽心去做，什么事都能干得出来。身为堂堂军机大臣，朝廷大员，他总是“言不称臣，必曰奴才”，

“皇帝若有咳唾，和珅以溺器进之”。要成为皇上肚里一条虫子绝非易事，和珅却做到了。查办云南总督李侍尧案，就可见识和珅这一手的厉害……乾隆帝与和珅，世俗层面论，一个是甩手掌柜，一个是出色管家；精神层面论，一个是俞伯牙，一个是钟子期。在世俗王国和精神世界的两端，君臣两人都心心相印难舍难分。清代皇帝好把宠臣称为“心膂”，乾隆帝真的将和珅当作了自身重要的一部分。如果说主动求宠、顺境固宠还不足以显示和珅全部本领的话，那么，其反败为胜、逆境邀宠的招数，不得不令同僚自叹弗如、望而生畏。但也有人说，和珅受乾隆帝异宠，原因是君臣两人为一对同性恋……

端方清廉

眼看着美妙的官场馅饼就要打在自己头上，却被太上皇宠臣和珅横插一杠，馅饼丢了不说，还弄得鸡飞蛋打，丢掉总督职位，朱珪只能将懊恼吞进肚里。……嘉庆十年（1805年）正月二十六日，嘉庆帝补授朱珪为体仁阁大学士，管理工部事务，终于了却长达十年的一桩心愿。当上大学士、爬上文官最高台阶这一日，年届七十四周岁的朱珪，感慨万千，夜不能寐。

追求无为

曹振镛为官政绩平平，无赫赫建树，却仕途通达，升得很快。此公不仅得宠令人吃惊，固宠亦令人吃惊。平平庸庸却能平步青云，无所建树却能长保荣宠，其中必大有奥秘……事理透彻必简明，曹相国将做官秘经用六字说尽，堪称一绝。此公无论立德、立业，均没有什么可以名垂青史的，但这一做官六字诀却成为官秘谶。不然，这一密室耳语、只授得意门生的做官真经，怎会一出口便广受追捧、经久不衰呢？

大智大爱

在复杂、微妙、漫长的皇权角逐中，年龄小、入仕晚、官衔低的杜受田取得最后决定性胜利。杜受田的成功在于，经过反复揣摩，知道让学生如何表现，道光帝必会打满分。卓秉恬的教训在于，只顾按自己设计的方案塑造学生，一厢情愿，却不理会道光帝欣赏什么。胜者为王败者寇，历史就这样把嘲讽留给了卓秉恬，将微笑送给了杜受田。

10. 同治朝红人／曾国藩／165

扶倾定危

曾国藩当官奥秘用两句话概括，就是：文能应试，武能杀人。文人屠夫，天壤之别。但这两者在曾国藩身上自然合而为一。自古以来，喜欢读书会读书的人成千上万，但不见得考试面前应付裕如；当兵打仗纵横疆场者成千上万，但他们不知道如何铸就一部所向披靡的杀人机器；投笔从戎的文人也成千上万，但携笔从戎、如此高明地将理论知识转化为杀人之道的惟曾国藩一人。后来成为大“圣人”的曾国藩，仕途多次遭遇陷阱，点翰林后一度迷失人生航向：爱扯谈妄语；喜揭人短处；嗜烟如命；放纵性欲，好色狎亵，放荡不羁，见他人美妾如云眼热心跳、艳羡不已，甚至强看、调戏友人小妾，戏谑席间两姬……连他本人都暗骂自己“放荡至此，与禽兽何异”……但他终于战胜自我，痛省涅槃。

11. 同治朝红人／李鸿章／206

掌控兵权

李鸿章为何能够春风得意、一路扶摇？他自己未作定论，芸芸世人则是仁者见仁、智者见智。大凡认为，主要是他领袖洋务的结果，因为他是晚清历史大舞台上最为光彩照人的“洋务大师”！李鸿章一生恢弘蓬勃，犹如从头到脚枝繁

1. 崇德朝红人/范文程

进献殊礼

书生杀人不见血，范文程悄然使出绝妙一招，八旗劲敌袁崇焕即被除掉，成就了努尔哈赤、皇太极两代君主动用千军万马都未曾实现的梦想。袁崇焕被千刀万剐后百姓争食其肉，还背上卖国贼的骂名，百年之后人们才如梦初醒，原来这是当年范姓书生的妙手杰作……进入皇太极时代，仅九年时间，书生范文程就从一个无足轻重的章京小官，平地一声雷，跃居文官金字塔顶尖，成为清代历史上最早的汉人大学士，宠荣备至，大红大紫。

范文程是大清开国名臣。此公也是靠送“大礼”发迹起家，大红大紫的。不过，与历朝历代一心往上爬、又不走正道的官吏所使手段截然不同，他送的礼，不是金银财物、佳丽美色，也不是浮夸虚报、摇尾乞宠，而是惟他独有的殊礼——政治智慧。

范文程先后效力于清王朝努尔哈赤、皇太极、福临、玄烨四位最高统治者，综观其仕途，除短期遭受挫折外，总体上都很顺利。但细加分析便知，范文程作为一颗政治明星升腾于苍穹，当属皇太极时代。

康熙五年（1666年）八月，范文程去世。十三周岁的少年皇帝玄烨，挥舞御笔为其亲撰祭文，四十七年后又题赠“元辅高风”四字。按康熙帝说法，范文程在努尔哈赤手下已春风得意，属天命朝红人，不是崇德朝红人。但事实并非如此。那么，康熙帝所说“元辅”，是否应理解为：“元”，为大清第一帝皇太极，“辅”，为首辅重臣呢？能不能说，康熙帝就认定范文程是皇太极最器重、最信任的重臣？实际上也不是。清朝最高统治者都将努尔哈赤视为开国皇帝。远在崇德元年（1636年）皇太极上台时，就将亡故多年的父汗抬举为“武皇帝”。到康熙元年，玄烨登极，将努尔哈赤改谥为“承天广运　圣德神功　肇纪立极　仁孝睿武　弘文定业　高皇帝”。这就是说，康熙帝像祖父皇太极一样，也是将努尔哈赤尊为大清开国皇帝。

康熙帝不可能不知道范文程在努尔哈赤当政时代并未走红的史实。那么，他为何要将范文程称为天命朝红人？康熙帝作为杰出的封建大政治家，将本属崇德朝受到器重、平步青云的人物，说成努尔哈赤时代就受到帝宠、位极人臣，一定大有文章。

康熙帝对范文程历史地位作如此定位，耐人寻味。这表明，探究此公究竟何时走红、到底为何走红，具有非常独特的意义。

范文程堪称清初最高权力争夺的一座重要地标。其一生历经一系列皇权争夺的暴风骤雨，既参加过许多硝烟弥漫、血肉横飞的外争，又参与了女真贵族集团尔虞我诈、波诡云谲、阴狠残忍的内斗，而且很长时期参与核心层谋划。大概因统治者文过饰非的缘故，存世的史料，记述他赞襄清最高统治者与明朝皇帝争夺皇权的笔墨占了很多，记载他参与清统治集团内部角逐最高权力的则篇幅不多。

范文程实际上在天命朝并未受到应有重视，更谈不上是努尔哈赤的什么红人。他效命于努尔哈赤达八年零四个月。这一时间，占了这位大金国最高统治者称汗之后近三分之二的时间。在努尔哈赤无论实质上还是名义上都占据大金国权坛第一把交椅的情况下，范文程最终只是熬了个章京。章京这个官衔，在清代分为多种，通常属中下级军官。章京绝非高官，但如果能进入核心参谋班子，类似于后来任职于军机处的章京，在最高权力人物身边谋划军国大事，身在枢机，知悉机务，充分发挥自身的价值，被大金国一号人物重视和赏识，也可算作受到应有重视。惜乎范文程这个章京不是属于这一类，而是一个不受关注、无关紧要的小角色。

范文程是心甘情愿主动投奔努尔哈赤的。那是1618年的一个春天，也就是努尔哈赤立国称汗的第三年春天。在早春寒风的吹拂下，他发布“七大恨”誓师征伐明王朝，一举拿下抚顺城，掳获人畜三十余万。这标志着金明关系的重大战略转变。抚顺之役是他起兵三十五年来首次与明军正面交锋，努尔哈赤由原来的对明俯首称臣走上了公开反抗的道路。抚顺一役对努尔哈赤的意义，不只是拔寨夺城、俘获人畜，更在于获得了雄视对手的信心：看似庞然可怕的明王朝，不过空壳骆驼而已！在取得攻城掠地辉煌胜利的血腥和硝烟里，明军守将、抚顺所游击官李永芳剃发投降，跪倒在努尔哈赤脚下。让这位金国最高统治者兴奋的，还不止于此。他正擦拭剑血、畅饮高歌之际，报有两位儒生前来拜谒。这颇出乎意料。若是报有武将来降，他不会意外，守城主将李永芳都已缴械投降，况其手下部将乎。闻有儒生来见，这大大刺激了这位长于骑射的女真统帅的好奇心和虚荣心。他立即精心作了一番安排，与诸位贝勒一起升座，拉开架势接见大明王朝的儒生。前来晋见者是弟兄俩，弟名范文程，兄名范文案，均为沈阳县学生员，也就是百姓所称的秀才。双方施礼之后，一身戎装的努尔哈赤与文质彬彬的儒生欣然交谈。范文程颖敏沉毅，形貌颀伟。相比之下，兄弟俩之中，努尔哈赤对范文程更有好感。大概是为了引起努尔哈赤的重视，兄弟俩有意推销自己，抬出自己的曾祖——范锪。范锪是个大名鼎鼎的人物，明正德年间进士，官至兵部尚书，明王朝的名臣，赫然列传于明史。数典寻根继续追溯，祖上还出过一位声名更响的人物，他就是宋朝参知政事（相当于副宰相），政治家、文学家范仲淹。推算起来，范文程是这位历史名人的第十七世孙。这一招果然奏效，努尔哈赤听了倍感兴趣，边环顾在座的各位贝勒，边脱口道："此名臣后也，善遇之！"不知是喜不自禁，还是这位崇尚骑射的武帅不大擅长拐弯抹角，不加遮拦一语道破对两位儒生的看法：善待他们的出发点，不是别的，而是因为他俩系名臣之后。这一语，还泄露了一个秘密：过去，努尔哈赤及其女真上层集团一直厚武薄文，对舞文弄墨的儒士文人没有引起重视；立国称汗以来，他对儒士文人仍未引起足够重视，与其说是他重视儒生在夺取皇权中的作用，还不如说他真正感兴趣的是儒生曾祖的赫赫名声，是为了满足其收服名人之后的那份虚荣。努尔哈赤在轻薄儒士方面曾留下恶劣的记录：创造满文的额尔德尼，这位兼通蒙、汉文而被他赐予"巴克什"称号的语言文字天才，后来竟被他一刀砍了；另一位始创满文的圣人噶盖，在他创制满文的同年，也成为努尔哈赤的刀下鬼。“巴克什”，是女真人对文人儒士的尊称。努尔哈赤对能够创造文字的“巴克什”尚且如此，对一般舞文弄墨者又能指望他如何厚待呢?

主动投奔努尔哈赤的范文程，有着在新主面前好好表现一番的强劲内动力。出谋策划、追随报效、殚精竭虑，恨不得将自己的心掏出来。他还执鞭坠镫、出生入死，跟随努尔哈赤所率的金国大军，亲身参与了攻克明辽东首府辽阳、辽西重镇广宁等重大战役，立下殊功。特别是攻克广宁，使明王朝在辽无局可守，被迫丢弃全辽，从而将努尔哈赤的戎马生涯推上光辉的巅峰。在此期间，努尔哈赤并没有兑现对范文程的承诺，厚待这位一腔热血、满腹经纶的文人。苦苦追随金国主子的范文程，始终没有得到努尔哈赤的足够重视，直至天命十一年（1626 年）八月努尔哈赤殒命，他只是熬了个章京的官衔。在庞大的女真贵族队伍中，范章京只是个不起眼的草芥小官，既未跻身高官，也未身居要职。

当时女真贵族由四种人组成。一是爱新觉罗氏宗室贵族，他们都是努尔哈赤的子侄，处于统治集团的金字塔顶端。二是军功贵族，主要是八旗的固山额真、梅勒额真、甲喇额真、牛录额真等军队统领。三是蒙古贵族，主要是归降努尔哈赤的蒙古贝勒台吉。四是汉军贵族，主要是投降金国政权的明朝官将、秀才和商人。为加强对汉人的统治，努尔哈赤在女真、蒙古贵族之外，于天命五年（1620年）专门设立以汉官管辖汉人的系统——都堂，下设总兵官、副将、参将、游击、备御等当时作为爵位授予的等级，其中总兵官至游击，每一等级又分为三等。

抚顺之役中投降努尔哈赤的李永芳，成为众多归顺汉官中的得意者。出于瓦解和笼络明朝边防将领的需要，努尔哈赤将孙女嫁给李永芳。李永芳以额驸（驸马）的特殊身份，加之追随努尔哈赤拔清河、克铁岭、夺沈阳、占辽河立下的显赫战功，爬上三等总兵官的高位。但范文程就没有这份运气了，在为数众多的十五等爵位中没有属于他的位置。然在骨子里，努尔哈赤为首的女真贵族，对投降的汉官儒士是一概瞧不起的。他将俘获或归顺的明朝将吏分给贝勒大臣管辖，因为这些汉官不懂女真语言，经常受到女真贵族嘲讽，甚至辱骂和殴打。努尔哈赤给女真人的文书，历来用汗的名义下达，但给汉人的文书，一律用都堂的名义下达。让汉官更为难以接受的是，汉官一旦病死，其妻子就要给女真贵族做奴仆。这种民族歧视，连身为驸马爷的李永芳也难以幸免。天命八年（1623 年），报有复州汉人可能叛逃，努尔哈赤主张派兵镇压，李永芳劝谏对此应该慎重。后复州汉人果然叛逃，努尔哈赤遂迁怒于李永芳，将他臭骂了一顿，还一度革了他的职。还有一次，议兵时李永芳与贝勒阿敏观点不一致，阿敏竟然大怒，大声辱骂："尔蛮奴，何得多言！我岂不能杀尔耶！"驸马爷尚且如此处境，范章京的地位便可想而知了。

不少史料称，范文程受到努尔哈赤器重和厚待。这看似为范文程脸上贴金，实质上是粉饰努尔哈赤，表明大清开创之主是何等目光远大、英明睿智，他老人家早就懂得应重用汉人英才，以夺取他朝思暮想的明朝江山和至尊皇权。

真正将范文程视为"心膂"、当作首辅的，当是皇太极。

皇太极洞悉父汗轻薄文人、不将汉官汉人当人的严重后果。他在为父汗举行葬礼的同时，也将其奉行的歧视汉官儒士政策送进了坟墓。他登上汗位接过最高权杖不久，首开金国儒生考试，规定凡为女真之奴的明朝生员，全部不再为奴，准其参加考试，一次就录用了二百名；他采取优礼汉官政策，对归附的汉官给予信任，做到量才使用。对于范文程，皇太极更是高看一眼，将他安置在自己身边，请他拟制敕书，参与军政大计。

无论皇权还是汗权，最高权力主要集中体现在谕旨权、用人权和军事权上。范文程进入皇太极政权枢机后，直接参与行使这些至高无上的权力。

天聪三年（1629 年），大金国添设了一个新的官置机构——文馆，其职掌为翻译汉文书籍并注记政事，由儒臣分值。秀才范文程被选拔入馆，这是他进入枢机重地的开始。

犹如一把锐利的锥子放入布袋，范文程很快脱颖而出。

天聪三年金秋十月，皇太极突发奇想，发动远袭大明国都城的京师之役。范文程随皇太极出征，参加一系列金戈铁马的军事行动。

范文程竭诚报效。在他众多的可圈可点的奉献“礼单”中，最令皇太极称心的，当属设计除掉大明国蓟辽总督袁崇焕。

除掉袁崇焕，攻克宁远、锦州，进而荡平山海关，这是久久萦绕于金国大汗皇太极脑际的梦想。

袁崇焕是金国大汗和八旗劲旅的克星。

三年前，父汗努尔哈赤兵败宁远，气急败坏，毒疽突发，悒郁而死。在白山黑水间缔造和指挥八旗军征战四十四年，先后取得古勒山之役、乌碣岩之役、哈达之役、辉发之役、乌拉之役、抚清之役、萨尔浒之役、叶赫之役、开铁之役、沈辽之役、广宁之役十一次大捷，素有“用兵如神”美誉的女真统帅，怀有“射天之志”的大英雄努尔哈赤，一跟头栽在采用“坚城利炮”之术的袁崇焕脚下。时年四十二岁、从未上过战阵的袁崇焕，因取得宁远大捷，由区区宁前道跃升为辽东巡抚。

皇太极咽不下这口气，接过先汗遗下的弓马，于努尔哈赤死后第九个月，即天聪元年（1627年）五月，再度率倾国之师，围攻袁崇焕统率守御的宁远、锦州城，发起宁锦之役。皇太极对这一役高度重视，这是他接替大金国最高权力后独立指挥的第一场战争。皇太极先攻宁远不克，再攻锦州也不克，又攻宁远仍不克，历时二十五日，大战三次、小战二十五次，皆以金军失败告终。与当年父汗努尔哈赤一样，皇太极在袁崇焕“坚城利炮”面前同样碰得鼻青脸肿。袁崇焕获此大捷，声名益彰，朱由检当皇帝不久，专门在宫内保和殿旁的平台接见了他，赐尚方宝剑，擢升他为兵部尚书、蓟辽总督，总理今河北北边和东北地区的防务。袁崇焕及其坚守的宁远、锦州城，遂成皇太极谋取中原不可逾越的一堵墙。皇太极对杀父辱国之仇铭心刻骨。然而，八旗劲旅尸横遍野的惨败，尖锐昭示这样一个事实：袁崇焕这厮惹不得！

“昔皇考太祖攻宁远，不克；今我攻锦州，又未克。似此野战之兵，尚不能胜，其何以张我国威耶！”皇太极怒火中烧。

皇太极决计为父为己雪耻。天聪三年十月二十日，皇太极亲率八旗大军，于深夜悄然开拔，避开袁崇焕坚守的宁锦防线，绕道漠南蒙古，从龙并关（河北遵化北）、大安等处分几路毁边墙而入，揭开了远袭京师的帷幕。他这一招非常高明。明王朝一直将重兵布于宁远、锦州一线，山海关以西则城垣颓落、军备废弛，边防形同虚设。清军势如破竹，席卷而来，连克数座边城，攻陷军事重镇遵化，突袭明王朝都城北京。如此一来，袁崇焕镇守的宁锦防线遂成废物。皇太极非常得意。袁崇焕闻讯大惊失色，带上部将祖大寿，急点九千精锐骑兵昼夜兼程，入山海关应援，于十一月九日抢在皇太极之前进驻蓟州。三日后，皇太极大军方赶到蓟州城。他万万没想到，袁崇焕竟已捷足先登，惊诧之余，不禁暗暗叹服对手的神速。他决定不与袁崇焕交火，悄然甩开先据蓟州的这个大克星，挥师西进，连克玉田、三河、香河诸城，十五日驻军通州。袁崇焕急率兵马追赶金军。十六日，当袁崇焕率部抵达都城左安门时，金军前哨也逼抵城下。二十日，金军大部队蜂拥而至。袁崇焕率部与敌激战于广渠门、左安门和永定门外。皇太极亲自督战，左冲右突，前仆后继，却连战连败，伤亡惨重。无可奈何，他不得不率部撤至南海子扎营。

袁崇焕这厮真是可恨至极！皇太极羞恼不已。

袁崇焕部远途增援之后又是连日鏖战，疲惫不堪。他要求朝廷打开城门，让部队轮流进城休整。但崇祯帝竟然不同意。袁崇焕只好令部队在城外东南隅所宿营。令人奇怪的是，从大同赶来增援的满桂统领的部队，却获准同意进城休息。原来，袁崇焕尚在蓟州城时，崇祯帝就听到流言，说金兵之所以能突入内地，是因为袁崇焕暗中导引所致，故下令袁部不得过蓟州一步；十六日那天，袁崇焕率部刚抵左安门，金军前哨恰好也抵达京城，都城内因此流言纷起，说是“崇焕召敌”，生性好疑的崇祯帝对袁更是大起疑心。正一门心思抗敌的袁崇焕，对于蹊跷之事并未用心琢磨。

皇太极亲自察看袁军大营，见阵容严整、无懈可击，回营后不禁连连叹息。

这时，儒士范文程来到他面前。在皇太极屏退左右之后，范文程向他密进一计。皇太极听后连连击掌叫好，遂依计行事。

金军抵达北京城时，抓获两名太监，派副将高鸿中、参将鲍承先等人监守。在范文程进献密计的当晚，高鸿中、鲍承先两人来到监所，靠近两个太监睡觉的地方，先是煞有介事地察看太监有没有睡着，尔后，一方冲着另一方耳朵，压低声音耳语道："今日撤兵，袁巡抚有密约，事可立就矣。"有个杨姓太监此时并未入睡，刚才高、鲍来查时故意假寐，此时尖起耳朵窃听，将高、鲍两人耳语一一记在心中。二十九日，高、鲍有意放纵杨太监逃跑。杨太监立即求见崇祯帝，将此非同小可的绝密情报禀报皇帝。崇祯帝听了这一爆炸性情报，遂将袁崇焕的对金主和态度联系起来，对其变节投敌之事深信不疑。

十二月一日，崇祯帝命袁崇焕、满桂、祖大寿等人前往紫禁城，说是"议饷"。然而，京城九门紧闭，铁桶一般，无路可进。城里放下一只筐来，令袁崇焕坐到里边，城上守军将他吊上城头。袁崇焕进了宫，见了皇上，才知大事不妙。皇帝召他并非议饷，劈面就是一通质问，一群早就埋伏起来的锦衣卫虎狼似的扑上来，以叛国投敌的罪名将其拿下，打入死牢。一向对袁不满的魏忠贤余党王永光、高捷等，乘机落井下石、大泼脏水。满朝文武、草民百姓也都认定袁崇焕里通外国、可恶至极，没有一个人为他鸣冤叫屈。次年八月十六日，崇祯帝下令对时年四十六周岁的袁崇焕处以磔刑，将其千刀万剐、碎割而死。许多人见了拍手称快，争食其肉，发泄对"卖国贼"的愤懑之情。袁崇焕亲属也遭牵连，兄弟、妻子流放三千里。

因立下非常之功，范文程加官晋爵，被授予游击世职。

《清代碑传全集》记载了范文程行反间的事迹："时明宁远总制某将重兵居前，公进密谋，纵反间，总制获罪去。"碑传中"宁远总制"，就是袁崇焕；"公"，就是范文程。

崇祯帝中计杀死袁崇焕，后果非常严重。袁被捕下狱时，祖大寿在旁两股瑟瑟打颤，惊骇万分，怕落得与主帅同样下场，出宫后立即率军东奔，毁山海关而出。袁崇焕部获悉主帅被捉拿，瞬时散去一万五千之众。满桂部寡不敌众，被金军击溃，满桂战死于乱阵之中，高级将领总兵官黑云龙、麻登云被俘投敌。皇太极大获全胜，挥军离京东归之际，又趁势拿下遵化、永平、滦州、迁安四城，在山海关内、距明王朝都城咫尺之地，建立起未来进攻的战略跳板。

史学家李洵、薛虹先生在所著《清代全史》第一卷中认为："这是明方一次重大的失误，造成政治上军事上的严重后果，削弱了明方在辽东的防御体系和部署。"

范文程兵不血刃，借崇祯帝之刀，就将金军劲敌袁崇焕除掉了。就此巧妙一计，成就了努尔哈赤、皇太极两代君主动用千军万马都未能实现的梦想。

当然，范文程向皇太极进奉的这份殊礼，不是随便什么人都能奉献得了的。此计成功，是建立在对明王朝腐败底牌的深刻了解，对崇祯帝多疑性格的精微洞察基础之上的。这是范文程蓄积已久的政治智慧一次星云放电式的耀眼释放。

在此后很长时间内，人们一直将袁崇焕视为叛国通敌之辈，为之不齿。直至乾隆年间校订《清太宗文皇帝实录》时，补述皇太极计除袁崇焕内幕，真相大白，人们才知袁崇焕原来是明王朝大大的忠臣。这才有了后来修建在北京广渠门的“明袁大将军墓”，以及修建于龙潭湖的“袁督师庙”。不然，袁忠臣真将遗臭万年，永世不得翻身。

在金与明争夺天下的战火硝烟里，范文程还展示了杰出儒士所独有的智勇风采。

范文程之勇，不是蛮勇，也不是悍勇，而是发散着智慧光芒的智勇。他在跟随皇太极挥师入关、远袭京师之役中，奉命挥率一支助攻部队，精于筹划，工于用计，连克潘家口、马兰峪、三屯营、马栏关、大安口五座边城。大安口金军被明朝军队包围，危急关头，范文程立即调遣火力最强的火器营，向敌发起猛攻，迅速打破明军围困。皇太极亲率主力部队进攻永平时，委派范文程驻守军事要地遵化。明军为夺回遵化，发动猛烈反扑，关键时刻，范文程身先士卒与敌血战，将敌杀得丢盔弃甲、落荒而逃。天聪五年（1631 年），金军围攻大凌河城，守城敌军被迫投降。但是，投降的部分蒙古兵暗杀其将领后重新反叛。皇太极对此非常恼火，打算将他们全部屠杀。范文程犯逆鳞，从容劝谏，陈说利弊得失，使皇太极打消杀心，五百多名蒙古兵得以免除杀身之祸。还有一次，一支明军部队据守西山之巅，负险死守，金军久攻不下。范文程跃马向前，单枪匹马勇闯敌阵。进入敌方营垒后，他讲清形势，晓以利害，经过一场舌战，使敌军斗志瓦解，纷纷弃甲请降。皇太极获悉大喜，将投降的军队全部赐给范文程。

范文程的政治谋略，逐渐在大风大浪中大放异彩。

天聪六年（1632 年），范文程跟随皇太极攻掠明朝边城。他与同在文馆任职的宁完我、马国柱一起上疏，为皇太极这次军事行动出谋策划，认为与其进攻宣府、大同，不如进攻山海关。金军抵达归化城，皇太极对下一步该如何行动拿不定主意，请范文程等人进行谋划。范文程等人上疏，献计献策："察我军情状，志皆在深入。当直抵北京决和否，毁山海关水门而归，以张军威。若计所从入，惟雁门为便，道既无阻，道旁居民富庶，可资以为粮。上如虑师归无名，当显谕其民，言察哈尔汗远遁，所部归于我，道远不可以徒行，来与尔国议和，假尔马以济我新附之众。和议成，偿马值；不成，异日兴师，荷天之宠，以版图归我，凡军兴而扰及者，当量免赋税数年。此所谓堂堂正正之师也。否则，作书抵近边诸将吏，使以议和请于其主，为期决进止。彼朝臣内挠，边将外诿，迁延逾所期，我师即乘衅而入。我师进，利在深入；否，利在速归；半途而返，无益也。"这份上疏，深谋远虑，筹划周详，深为主子着想，充满政治智慧，皇太极看了非常赞赏，全盘采纳了他们的建议。

天聪七年（1633 年），诏抚明军将领孔有德率部投诚，以及此后破旅顺、收平岛、讨朝鲜，抚定蒙古等重大行动，范文程都运筹帷幄、参与谋划，奉献了非凡智慧。

范文程以出色的政治谋略才能，赢得皇太极高度信任，官运亨通，青云直上，并成为大清第一帝须臾不可少的核心智囊。

天聪十年（1636 年）四月，皇太极登上大清国皇帝宝座，改为崇德元年，国号"大清"。随后，将文馆改为内三院，任命范文程为内秘书院唯一的大学士，并将其爵位晋封为世职二等甲喇章京（爵位名，乾隆时改称轻车都尉）。大学士为文官最高级品秩，协助皇帝处理政务。进入皇太极时代，仅九年时间，书生范文程就从一个无足轻重的章京小官，平地一声雷，跃居文官金字塔顶尖，成为清代历史上最早的汉人大学士，宠荣备至，大红大紫。

随便列举一些事例，就可知道大清第一帝皇太极对范文程是多么倚重。

当初，八旗旗制确定时，设立统辖一旗的统帅“固山额真”（满语，时为一旗军政长官）职位。群臣商议后，众口一词，认为有资格担当此重任的，当首推范文程。皇太极道：“范章京才诚胜此，然固山职一军耳，朕方资为心膂。其别议之。”其意是说，让范文程统领一旗，论其才能足以胜任，但却是大材小用了，我皇太极眼下是将他当作心腹和脊骨来使用的，固山额真一职还是另荐他人担任吧。

皇太极召范文程商议的都是机密要事，每次进入宫中密谋，一谈就是好几个时辰；有时刚出宫甚至来不及吃饭休息，又被召去密谋。处理朝政时，皇太极非常看重范文程的看法。为表示他对范文程的敬重，特地不直呼其名，称他为“范章京”。每次议政，皇太极必定会问：“范章京知道此事吗?”一旦别的大臣议奏有不当之处，皇太极就会说：“为什么不与范章京去商议商议呢?”如果众奏事大臣回答说，范文程也是这么认为的，皇太极方拍板同意。

有一次，范文程因病难以处理政务，公务堆积如山需有人办理，但皇太极对别人处理不放心，谕令等范文程病愈后再行处理。抚谕各国的公文和皇帝诏书，都交由范文程起草。起初，皇太极还检查阅览一下，后来就不再详细审阅了，对范文程说：“你不会出什么差错的。”范文程出手的文字，在皇太极心目中，已经达到免检标准。

范文程很孝顺，北投后将父亲范楠接来赡养。有一回，他进宫陪侍皇太极用餐，饭菜很丰盛，山珍海味，范文程想到父亲从未尝过这些好菜的味道，思来想去没下筷子。皇太极明白了他的心思，马上命人将这一桌美味佳肴撤下来，派人送到范文程家里，赐给他老父亲吃。

诸如此类，终崇德一朝，皇太极对范文程一直宠信有加，尊为首辅。范文程知恩图报，益发用心，将其政治智慧发挥得淋漓尽致，没有辜负皇上对他的厚待和期望。

崇德八年（1643 年）八月，年仅五十一周岁的皇太极猝然病逝。鹬蚌相争，渔翁得利，皇冠阴差阳错落到五岁孩童福临头上。范文程一如既往，殚精竭虑，辅佐幼主，完成皇太极生前未竟之志。

登上皇位的福临是个不懂事的孩童，清朝内部对实际最高权力的争夺异常激烈。在这场角逐中渐据上风的睿亲王多尔衮，排斥以皇长子豪格和两黄旗大臣为主的异己势力，拉拢中间力量，力图将最高统治权独揽手中。正当多尔衮集中精力“窝里斗”之际，范文程却鹰隼凝眸，全身心关注着山海关内明王朝政局的变化。

顺治元年（1644 年）四月初四日，大学士范文程上书辅政大臣多尔衮等人，阐明天下大势，敦促清统治者务必抓住明王朝内乱这一千载难逢的重大历史机遇，迅速出师，进取中原。这一垂载青史的上书原文如下：

> 乃者有明，流寇距于西土，水陆诸寇环于南服，兵民煽乱于北陲，我师燮伐其东鄙，四面受敌，其君若臣安能相保耶？故虽天数使然，良由我先帝忧勤肇造，诸王大臣祗承先帝成业，夹辅冲主，忠孝格于苍穹，上帝潜为启佑，此正欲摄政诸王建功立业之会也。窃惟成丕业以垂休万禩

者此时，此时失机会而贻悔将来者亦此时。何以言之？中原百姓蹇罹丧乱，荼苦已极，黔首无依，思择令主，以图乐业，虽间有一二婴城负固者，不过自为身家计，非为君效死也。是则明之受病种种，已不可治，河北一带，定属他人，其土地人民，不患不得，患得而不为我有耳。盖明之劲敌，惟在我国，而流寇复蹂躏中原，正如秦失其鹿，楚汉逐之，我国虽与明争天下，实与流寇角也。为今日计，我当任贤以抚众，使近悦远来，蠢兹流孽，亦将进而臣属于我。彼明之君，知我规模非复往昔，言归于好，亦未可知。傥不此之务，是徒劳我国之力，反为流寇驱民也。夫举已成之局而置之，后乃与流寇争，非长策矣。曩者弃遵化、屠永平，两经深入而返，彼地官民，必以我为无大志，纵来归附，未必抚恤，因怀携贰，盖有之矣。然而有已服者，有未服宜抚者，是当申严纪律，秋毫勿犯，复宣谕以昔日不守内地之由，及今进取中原之意。而官仍其职，民复其业，录其贤能，恤其无告，将见密迩者绥辑，逖听者风声，自翕然而向顺矣。夫如是，则大河以北，可传檄而定也。河北一定，可令各城官吏移其妻子避患于我军，因以为质，又拔其德誉素著者，置之班行，俾各朝夕献纳，以资辅翼。王于众论中择善酌行，则闻见可广，而政事有时措之宜矣。此行或直趋燕京，或相机攻取，要当于入边之后，山海长城以西，择一坚城，屯兵而守，以为门户，我师往来，斯为甚便，惟摄政诸王察之。

范文程上书时，李自成率农民军攻克明王朝京师的情报，尚未传到处于关东一隅的清朝统治区，范文程以其敏感的政治嗅觉和犀利的政治眼光，率先提出行将改写大清国国运、改变中国历史走向的战略主张。

仅凭这份上书，范文程就有资格跻身于卓越的历史扳道夫行列。

在范文程一再敦促下，睿亲王多尔衮幡然清醒，急忙收起内争之剑，将目光投向关内。就在这时，传来了李自成毡笠缥衣、乘乌驳马率农民军入主北京，明崇祯帝自杀身亡的情报。多尔衮非常吃惊，连忙召开王公大臣会议，并急召正在盖州汤泉养病的范文程赴盛京商议对策。

范文程扶病上路，日夜兼程，赶到多尔衮身边，为他挥师争天下打气。首先，他阐明此仗可打，师出有名："闯寇涂炭中原，戕厥君后，此必讨之贼也。"接着，他预言李自成必败，而且一战可破："（李自成）虽拥众百万，横行无惮，其败道有三：逼殒其主，天怒矣；刑辱缙绅，拷劫财货，士忿矣；掠人赀，淫人妇，火人庐舍，民恨矣。备此三败，行之以骄，可一战破也。"最后，他进言必须以德取天下，不可滥杀无辜、丧失民心："好生者天之德也，古未有嗜杀而得天下者。国家止欲帝关东则已，若将统一区夏，非乂安百姓不可。"

第二天，他又抱病驰赴军中，起草檄文，晓谕大明国官吏百姓："义师为尔复君父仇，非杀尔百姓，今所诛者惟闯贼。"并提出与农民军打击官僚地主做法截然相反的口号，争取民心和士心："吏来归，复其位；民来归，复其业。师行以律，必不汝害。"檄文末尾，一概署着范文程的官阶和姓名。

多尔衮听了范文程透辟精到的分析，终于下定决心，实行全国总动员，男丁七十以下、十岁以上全部从军参战。四月初九日，多尔衮带着智囊范文程，从盛京挥师启程，踏上逐鹿中原的征途。

四月二十二日，山海关一战，多尔衮所率清军击败李自成所率农民军，取得决定性胜利。李自成率残兵逃回北京，在武英殿登极称帝，匆匆过了一把皇帝瘾后，焚毁紫禁城，率师西撤。

数百万之众的李自成农民军，被一战击破。事实果真应验了范文程的预言。

十月初一日，小皇帝福临在睿亲王多尔衮等文武大臣的簇拥下，即皇帝位，再次举行开国大典，定鼎燕京，纪元顺治。

此前，皇太极、福临父子虽早已自称皇帝，但止于关东一隅，毕竟底气不足，有很重的自卑心理。以致清统治者将上一年八月举行的登基大典不作数，夺取明王朝京师后重新举行登基大典。至此，福临终于夺取中央帝国的大龙椅，当上名副其实的皇帝，实现了皇太极乃至努尔哈赤的梦想。

定鼎燕京，百废待兴。在范文程积极建议下，清统治者采取为明崇祯帝发丧，安抚遗老遗少，举用废官，搜求隐逸，甄考文献，更定律令，广开言路等一系列措施；推行轻徭薄赋、与民休息，再行科举、广其登进，废除三饷、编行保甲等重大政策，为清统治者平定大江南北、一统华夏江山，倾注了智慧和心血。

多尔衮其人，因统兵入关、都燕京、创制度、定中原，功成名就，光芒四射。世人多知多尔衮，而鲜知范文程。殊不知，在其显赫功名背后，无不倾注着范文程默默无闻的经纶筹划、呕心沥血。可以说，如果没有范文程及时倾奉政治智慧，拿出一系列卓越的战略主张，就不可能有多尔衮底定中原、成就大业的华章。

顺治元年，行功论赏，范文程被抬入镶黄旗，晋封一等阿思尼哈番（乾隆时改称男爵），赐号“巴克什”。不久，再次晋爵，获二等精奇尼哈番（子爵）爵位。

多尔衮入关后，重启迫害异己、独专威权的内争，并随着实力的增强、声望的提高，加快独霸皇权的步伐，从称辅政大臣，到称辅政王，进而称叔父摄政王、皇叔父摄政王、皇父摄政王，步步攀升，登峰造极，无论名义上还是实质上，完全凌驾于小皇帝福临之上。

在大清国高层政坛风雨如晦的日子里，大学士范文程挺直腰杆，不与谭泰、刚林等见风使舵、奉迎权臣的大臣同流合污，坚持不向多尔衮摇尾。多尔衮渴望树立个人专威，哪里容得有人冲他犟头倔脑，遂借范文程等人将甘肃巡抚黄国安呈请终养之本呈送辅政王济尔哈朗批复之事，小题大做，上纲上线。此事原本是：顺治三年（1646年）八月二十六日，正逢睿亲王斋期，范文程等人就将被吏部驳回的黄国安呈请送交郑亲王济尔哈朗。济尔哈朗此时对多尔衮已非常忌惮，不敢拿什么主张，“令姑待之”。应该说，范文程等人将公文先呈交济尔哈朗，是为了不惊扰斋期中的多尔衮，完全是为他着想。但多尔衮借此大做文章，不由分说，以“文程等擅自关白辅政王”的罪名，命将范文程“下法司勘问”。刑部官员为了捧多尔衮臭脚，屈从淫威，无视律例，竟对这位赤胆忠心的开国勋臣施以大棒，作出削夺职务、抄没全部家产的判决。

范文程不肯低下高傲的头。他是靠自身大智慧安身立命的大臣，绝不肯靠摧眉折腰轻薄无耻过日子。多尔衮最终虽从轻发落范文程，下达“姑释其罪”，“勉效厥职，以赎前罪”的谕令，但范文程没有屁颠屁颠地跑去，向这位一手遮天的权臣感恩戴德。范文程睿智的目光看得很远，干脆称病不朝，急流勇退。

顺治五年（1648年）正月，确定内三院为文臣班首，命范文程及刚林、祁充格佩戴顶珠、玉带。顺治七年（1650年）十二月，年仅三十八周岁的皇父摄政王多尔衮暴病而死。顺治八年（1651年），大学士刚林和祁充格因讨好多尔衮、妄改清太祖实录罪发，被打入死牢。范文程也是大学士，本当一同定为死罪，顺治帝福临念他一身正气，坚持不奉迎多尔衮，下令只削夺其官职。而且事隔不久，当年就令他官复原职。次年，范文程被晋封世袭一等精奇尼哈番（子爵）爵位，授议政大臣之职，负责监修清太宗实录。范文程沐浴皇恩雨露，重新坐上文臣头把交椅，秉承皇上旨意，辅佐顺治帝治理天下。在遭受打击之后，范文程再一次受到重用。

康熙五年（1666年）八月，年近七十的范文程病逝。他堪称四朝老臣，一生经历了天命、崇德、顺治、康熙四朝。

但毋庸讳言，范文程是崇德朝之星。与在崇德朝光芒四射、大红大紫相比，生活在其他几朝的范文程就大为逊色了。

那么，康熙皇帝为何要将范文程称为开国“元辅”，曲意将他划归天命朝红人呢？说到底，康熙帝这么做，完全出于当时政治需要。

清军入关时，满洲男丁老老少少加起来，仅五万五千三百三十人。这么点儿人，要统治一亿多汉人，必须推行满汉亲善政策，必须树立一个汉臣榜样。这个榜样，当然最好是在大清开山之祖努尔哈赤时代就受到重用的。谁堪为榜样？康熙帝选中了范文程，于是便将这位崇德朝才走红的人物，硬是说成天命朝就走红了。抬举范文程，实质就是抬举努尔哈赤老人家，为这位开创大清基业的先祖唱颂歌；归根结底，是要汉人摒弃族群之见，甘心情愿做大清皇帝的忠臣顺民，世世代代心甘情愿接受爱新觉罗氏的统治。

由此可见，“千古一帝”康熙绝不是犯糊涂。对范文程到底何时登上首辅高位这个问题，在他泼墨御书“元辅高风”祠额时，心里必是明镜一般。

2. 顺治朝红人/索尼

铁血忠臣

要不是老天爷出来干预，索尼很可能老死昭陵，成为其主子荒坟前的一株野草。多尔衮暴死后，少年天子立即为索尼平反昭雪，连连给他加官晋爵。索尼扬眉吐气，他所任官职，都是要职，是皇帝宠信之臣才能担任的职务。更令他舒心的是，皇上给他两次免死特权，这是对他因效忠皇上两度濒临死亡绝境的最好嘉勉。

索尼出身于一个富有语言天才的家族。父亲硕色和后来当上大学士的叔父希福，精通女真、蒙、汉多种语言文字，受努尔哈赤赏识，均选拔到文馆理事，被授予“巴克什”称号。索尼与父亲、叔父一样，也精通女真、蒙、汉语言文字，努尔哈赤授予他一等侍卫，出入扈从，随军征讨。

女真民族跃马挥剑创天下，与绝大多数女真男人一样，索尼也是靠冲锋陷阵建立军功出人头地的。哈达部落派兵侵犯努尔哈赤领导的建州部落，索尼身先士卒，将来犯之敌杀得落花流水。后来随努尔哈赤征讨栋揆部，蒙古大兵前来增援，结下两座大营，互为犄角，索尼会同其他将领发动联合进攻，攻破其中一座大营，其余敌人见势不妙，全部缴械投降。

进入皇太极天聪时代的大金国，仿佛青春发育的少年，渴求急剧扩张，寻求更加广阔的生存空间。强悍的八旗劲旅，在歼灭左邻喀尔喀蒙古、威逼右邻朝鲜的同时，将目光更多地落在山海关内辽阔富庶的明王朝身上。扩张的需要，使得满洲人要与这个汉人政权和蒙古部落更多地打交道，无论战争还是边贸交易，都需懂汉、蒙语言的人才。从天命三年（明万历四十六年，公元 1618 年）努尔哈赤率兵突袭抚顺城、揭开大规模伐明序幕，至皇太极掌权的金天聪末年，十八年间，金明两军战争不断，大小战役不下数十次。在与明朝汉人军队频繁交战中，索尼精通汉语的才能得到积极发挥。

索尼的语言才能得以充分施展，是在清军锋镝突入关内之后。天聪三年（1629 年）秋，金军兵分三路，绕过宁远、锦州防线和山海关，绕道蒙古，毁边墙而入，成功远袭明王朝京师，并于次年正月攻占迁安、遵化、滦州、永平四城，在明王朝北京城之侧建立起战略桥头堡。这期间，索尼不仅表现英勇，横刀跃马将京城下陷入明军重围的皇长子豪格救出，而且发挥精通汉语的独特优势，立下弓马武夫难以立下的独特战功。清军开到榛子镇，当地官员已弃城而逃，索尼等人撰写了一份汉文诏谕，当地百姓看后，纷纷向清军投降；兵至沙河驿，索尼仍采用这一办法，成功招抚了当地百姓。清军攻克永平时，索尼等人在城头树起黄旗，用汉语向守城军民喊话，晓之以理，动之以情，瓦解对手的抵抗意志，军民遂放下武器，俯首归顺。当年二月，皇太极率大部队班师返回沈阳，索尼奉命随贝勒阿巴泰等率将士驻守永平城。在守卫这座与明朝皇城近在咫尺的汉人城市期间，通汉语、懂汉俗的索尼，再次发挥独特的作用。天聪五年（1631 年）七月，皇太极命他担任吏部启心郎。启心郎这一官职，是女真民族建立的大金政权所特有的，设置于各部院，地位与各部侍郎（各部副长官）相同，职责是沟通联络，消除满汉大臣的语言隔阂，相当于后来的翻译，但出于金政权扩张的需要，其地位要比翻译高得多。皇太极给他这么一个头衔，也算是用其所长了。

武士的勇猛与独特的语言才能，使索尼崭露头角，却未能使他青云直上、爬上权力金字塔高层。八旗劲旅，猛士如云，索尼只是其中一团云絮，极容易被湮没，很难鹤立鸡群、卓尔不群；随着清政权日益强大、明王朝末日临近，越来越多的汉官、汉儒归附大清统治者，兼通满汉语言文字的人才犹如过江之鲫，索尼昔日的语言特长，此时不再“特”不再“长”，不再是大清国稀缺之才。

索尼从早年追随努尔哈赤征战一直到崇德八年，经过二十多年浴血奋斗，仍只是个吏部郎官，封爵三等梅勒章京（乾隆时改称三等男爵）。启心郎属正二品官阶，是个不大不小的副部职官员，但并没有进入核心权力圈，在皇上心目中不是“心膂”、股肱级的人物，没有参与决策大清王朝大政方针的资格。

索尼后来得以攀上大清王朝权力金字塔顶尖，成为顺治朝红人，其过人法宝不是别的，而是忠诚。这份忠诚，不是寻常的忠诚，而是神鬼俱叹、死心塌地的忠诚。

逆流歪风横行，愈显出忠臣本色。

崇德八年（1643年）八月，清太宗皇太极突然逝世。此后第五天，多尔衮急忙跑进宫中三官庙，征询索尼对皇位继承人的意见。索尼是忠于皇太极的两黄旗势力代表人物，多尔衮跑来摸索尼的底牌，实际上就是探摸两黄旗大臣的底牌。索尼面对拥有两白旗势力、实力雄厚、咄咄逼人的王爷，直言不讳抛出自己的主张："先帝有皇子在，必立其一，他非所知也。"索尼这席狼牙棒般有棱有刺的话，给野心勃勃的多尔衮王爷当头一棒。先帝皇太极长子豪格，时年三十四周岁，文武兼备，智勇双全，按中原王朝传统的嫡长制，他是皇位继承人最佳人选。索尼所说的必立一皇子为帝，虽没有挑明是谁，实际上就是指皇长子豪格。

皇太极死后第六天黎明，满洲双雄多尔衮、豪格在崇政殿争夺皇位。在场八旗王、贝勒尚未张口发言，索尼与鳌拜率先站出来，首倡要立一位皇子做皇位继承人。这被视为逾规之举，破坏了大清王朝的议事规则：侍卫、部院大臣等可以列席会议，也可以发言，但必须在王、贝勒特别是八旗旗主发表意见后，获得许可才有这个权利。多尔衮大为光火，将他俩喝退，但他不敢进一步惩治二人，因为两黄旗已先下手为强，调集一彪全副武装的精兵将崇政殿团团包围。在激烈的唇枪舌剑中，原本私下曾允诺支持皇长子豪格的镶蓝旗旗主、郑亲王济尔哈朗，面对复杂凶险的皇位争夺战，两唇如同紧闭的石门，默不作声；豪格沉不住气，犯下战略错误，声称自己"福小德薄"，没有资格继承皇位，以退席相威胁，关键时刻主动弃权出局；另一位具有雄厚实力的两红旗势力代表人物、皇太极之兄代善，提出立多尔衮也可以，立一位皇子也可以，风吹墙头草、东西两面倒，一副骑墙态度，并声称自己已经年迈，无心觊觎皇位。在皇长子、肃亲王豪格拂袖退席，礼亲王代善跳出圈外的情况下，眼看睿亲王多尔衮就要得势，索尼等两黄旗大臣急忙动作起来，杀气腾腾，誓死捍卫先帝利益，他们“佩剑而前曰：吾等属食于帝、衣于帝，养育之恩与天同大，若不立帝之子，则宁死从帝于地下而已”。多尔衮慑于两黄旗大臣的铁杆立场，慑于巴牙喇精兵剑拔弩张的铮然杀机，不得不妥协退让，但他急中生智，抓住两黄旗大臣必立一皇子为帝这个回旋余地极其有限的空间，机敏地提出拥立年方五岁的皇九子福临为帝，由他和郑亲王济尔哈朗任辅政大臣，辅佐小皇帝处理军国大事，堵住了两黄旗的嘴巴，使他们无话可说，以退为进，平息了一场一触即发的血腥内讧。

争夺皇权的风波，并没有因择立福临为帝而终止。郡王阿达礼、贝子硕托私下煽动多尔衮推翻前议，自立为帝。迫于形势，这两个是非之人被礼亲王代善、睿亲王多尔衮处死。这一事件，使两黄旗大臣意识到，先帝之子福临得到的皇位并不稳牢，依然存在颠覆的危险。于是，在处死阿达礼、硕托后第六日，两黄旗大臣，侍卫图尔格，拜尹图、谭泰、塔瞻、锡翰、多尔济、伊尔登、额尔克戴青、巩阿岱、车尔格、图赖、鳌拜、希福、范文程、刚林、索尼、哈世屯、巴哈、陈泰、穆成格、伊尔德、谭布、遏必隆等二百零七人，点燃青香，集体盟誓，表示要像效忠皇太极那样效忠幼主福临。

索尼在这班大臣中排名并不靠前，但他是坚定不移的忠君之臣，是这班人中间的骨干分子。在二百零七人集体盟誓后，索尼等人仍觉得靠不住，缩小范围，与谭泰、图赖、巩阿岱、锡翰、鳌拜六人，相约来到三官庙再次盟誓，异口同声发誓：“愿生死一处”，“誓辅幼主，六人如一体”。

为将大清最高权力掌控在自己手中，多尔衮一手打、一手拉，一边继续打击曾与他争夺皇位的豪格，一边分化拉拢拥戴小皇帝福临、对豪格深表同情的两黄旗大臣。顺治元年（1644 年），多尔衮安排都统何洛会等人构词讦告，把豪格往死里整，将他废为庶人。同时，拿着高官厚禄，极力拉拢两黄旗大臣，壮大自己阵营。他以索尼忠贞戮力、不附豪格为由，赐给他上等鞍马。受到这一赏赐的，还有两黄旗大臣、都统谭泰，护军统领图赖。第二年，多尔衮进一步提拔索尼，将他晋封为子爵。

索尼一身忠骨，不背誓言。他不因皇帝年幼不懂事而怠慢欺罔，不因多尔衮给他赏赐晋爵而屈膝投靠。他不向权臣多尔衮献媚，不做溜须拍马之举，不说多尔衮爱听的奉承话，更不充当多尔衮排斥异己的打手。他心中只有一个主子，那就是太宗皇太极的继位人——顺治帝福临。

多尔衮独揽朝廷大权心切，笼络鹰犬，迫害异己，手段日彰，大清王朝笼罩着“顺我者昌、逆我者亡”的阴霾。随着时间的推移，多尔衮势焰熏天，像索尼那样对小皇帝赤胆忠心的大臣越来越少。许多大臣或为利益所惑，或为威权所慑，背弃誓言，卖主求荣，拜倒在多尔衮脚下。以两黄旗为例，在固山额真、护军统领、内大臣、一等侍卫等二十余名骨干人物中，就有不少人背誓投靠多尔衮，比如拜尹图、谭泰、巩阿岱、锡翰、席讷布库、冷僧机之流。正黄、镶黄两旗，是努尔哈赤、皇太极、福临三代君主亲自统领之旗，历来是拥戴皇帝的中坚力量，但在多尔衮利诱和打击下，就有这么多重量级大臣将昔日誓言抛在一边，其他各旗大臣更是可想而知。还有一些大臣，为保全高官厚禄，明哲保身，苟且偷安，其代表人物如礼亲王代善、郑亲王济尔哈朗之辈。有的大臣老死病故，单以两黄旗大臣为例，图尔格、图赖、塔瞻等忠于皇帝的重臣，已命丧黄泉。有的大臣被多尔衮整趴，如忠君骨干分子鳌拜、遏必隆，遭人陷害，被革除职务，籍没一半家产，削夺所属全部牛录人丁。还有的被多尔衮整死，皇长子、肃亲王豪格是其中一个典型代表，他被多尔衮强加罪名，投入监狱，迫害致死，其姿色动人的年轻妻子博尔济锦氏，被多尔衮强纳为妃。

王公大臣的背叛投靠和明哲保身，加快了多尔衮专擅威权的步伐。在他主使操纵下，顺治元年（1644 年），以皇帝名义，封自己为“叔父摄政王”；顺治二年（1645 年），晋封为“皇叔父摄政王”；顺治三年（1646 年），多尔衮的卤薄仪仗规格高于其他亲王，仅稍低于皇帝；到顺治五年（1648 年）十一月，多尔衮顶破云天，将自己加封为“皇父摄政王”，凌驾于皇帝之上，俨然以“太上皇”自居。从顺治六年初起，多尔衮一言既出即为法令，操纵朝廷大权到了随心所欲的地步：“凡一切政事及批票本章，不奉上命，概称诏旨。擅作威福，任意黜陟。凡伊喜悦之人，不应官者滥升；不合伊者滥降，以至佞妄悖理之处，不可枚举。不令诸王、贝勒、贝子、公等入朝办事，竟以朝廷自居，令其日候府前。”

多尔衮将忠于幼主、卓然立朝的索尼视为眼中钉。他对索尼的所作所为非常失望：谭泰、巩阿岱、锡翰等两黄旗大臣纷纷背盟依附他多尔衮，就是索尼没有任何投靠迹象，多尔衮深以为憾。李自成撤离北京时，放火烧毁宫殿，清军入主京师后重建宫殿，多尔衮王府也同时修建，无论用工还是材料，工部尽量多算多给，那些趋炎附势的工匠，为讨好多尔衮，将修建王府摆在优先位置。对此，有一个叫佟机的人，对多尔衮提意见，多尔衮勃然大怒，欲斩掉此人。索尼挺身而出，竭力为佟机辩护，说他没有任何罪过，不能滥杀无辜。多尔衮对此怀恨在心。英亲王阿济格欺慢小皇帝，出言不逊，声称在他看来皇帝只是个“八岁幼儿”。索尼将此言行禀告辅政大臣多尔衮，请求将他治罪。阿济格是多尔衮兄长，多尔衮有意包庇他，拒不批准索尼请求。多尔衮曾召开大臣会议，试图分封诸王，索尼站出来，旗帜鲜明地反对这一削弱皇权之举。索尼一次次顶撞作梗，令多尔衮大为光火、头痛不已。多尔衮党羽巩阿岱、锡翰煽风点火说：索尼如此作梗，岂不是阻挠你睿亲王平天下吗？进谗言意将索尼重重治罪，省得多尔衮做起事来碍手碍脚，但多尔衮出于诸多顾虑，一时没有同意。

其实，多尔衮私下已将索尼列入打击目标，削弱和迫害索尼的套子越收越紧。他控制的朝廷，以索尼已拥有子爵爵位，不宜再任郎官为由，解除索尼担任的吏部启心郎职务，名义上仍命他处理吏部事务，实际上被削夺职务，只给他挂个子爵空衔。随后，迫害接踵而至，索尼被两次罢官、两度论死，被推上死亡的悬崖边缘。

那是发生在顺治二年的事，索尼向朝廷告发正黄旗旗主谭泰，说他隐藏御旨，“不集众传示”，犯下重罪。索尼等两黄旗大臣对谭泰不满，已非一朝一夕。谭泰于顺治元年投到多尔衮麾下，成为其得力鹰犬，两黄旗大臣、大学士希福因此经常讥讽他“衰庸”，谭泰非常愤恨，设法迫害希福，将其官职一撸到底，没收全部家产。谭泰的所作所为，虽为正直的两黄旗大臣所不齿，却很受多尔衮赏识。多尔衮内心很想保全谭泰，但出于其所犯之罪过重，当时反对多尔衮的阵营实力尚厚，只能忍痛割爱，将谭泰削去公爵，降为子爵，解除旗主之职。多尔衮对自己亲信的惩处，只是做做样子而已，三个月后，就将谭泰官复原职。谭泰由此对索尼怀恨在心，岂肯罢休，很快向索尼挥出报复之剑。他告发说，索尼曾对人说过，“（多尔衮）所攻克的燕京不过空城一座，剩下的只是流贼，何功之有?”燕京是多尔衮指挥清军攻下来的，编排索尼有此言论定激怒多尔衮。谭泰还具状告发：索尼违反禁令，将内库漆琴擅自送人，在禁门石桥下捕鱼，令人在库院内牧马，还在朝门击鼓作戏等等。索尼因此被下法司勘讯。法司秉承多尔衮意旨，蓄意迫害索尼，将他判处死刑。

多尔衮对索尼案内中情形心中透亮，料知这一冤案难以服众，不好一下做绝，遂故作宽容，下谕旨予以从轻发落：“索尼应依拟处死，念于朝廷效力有年，姑免死，革职并牛录任，著当差，永不叙用。”多尔衮对待索尼就没有像谭泰那样客气了，虽让索尼逃过死劫，但还是下手很重，将他一撸到底，废为庶民。

索尼从此摔入仕途深渊。

若不是“匿信事件”案发，多尔衮是不会将索尼官复原职的，索尼这辈子可能置身草野，难有出头之日了。

顺治三年（1646 年）正月，巴牙喇纛章京弹劾谭泰，此案涉及索尼。据谭泰说，他随多铎远征江南时，谭泰曾要求将南京留给他来攻取，图赖对此有意见，遂向多铎告发。多铎写信派塞尔特送给索尼，让他转呈多尔衮。但这封信一直没有到多尔衮手中，询问索尼，索尼说他从没见过此信。于是，逮捕送信人塞尔特，对他进行审讯。

塞尔特说：我将此信送到索尼手中，索尼嘱咐我以后不要再提及这封信。

审讯诸大臣信以为真，公议索尼罪当处斩。

索尼不服。多尔衮亲自审讯。

索尼道：我以前告发过谭泰擅自隐匿谕旨的罪行，难道我会隐匿图赖书信庇护谭泰之罪吗?

索尼的这一反诘，具有无可辩驳的说服力。

于是，再次提讯塞尔特。塞尔特料知这次难以蒙混过关，只好据实招供。原来，佐领希思汉怕谭泰因这封信获罪，便向塞尔特要过书信，将它丢进河里销毁了。

真相大白，塞尔特、希思汉有罪，谭泰也有罪。但多尔衮迟疑三天，不予结案。在图赖催促诘问下，才将谭泰判罪下狱。由此得出结论，索尼是被谭泰陷害的。于是，索尼恢复二等子爵爵位，重见天日。至于惩处谭泰，多尔衮实在是不得已而为之。不到两年，又将他放出，官复原职，委以重任。顺治七年（1650年），多尔衮登上权力巅峰，谭泰随之高升，荣任吏部尚书。吏部为六部之首，管理全国各级机关全部官员，担任吏部尚书一职，可谓身居要职。若不是多尔衮亲信，断乎难以获得此职。而谭泰的死对头索尼，就没有这份官运了。

“匿信事件”使多尔衮及谭泰之流对索尼怵恨交加。索尼虽然因此扬眉吐气，占了上风，但其背后多了几双阴冷仇视的眼睛。

摔跤倒霉没能使索尼变得“聪明”起来，他还是那么死心眼。处理政务，心中只有小皇帝而没有他人，凡不利于皇上和朝廷的事，他都要说个清楚辩个明白，而且得理不饶人，非要讨得公道不可。索尼我行我素、坚硬如钉，成为多尔衮独裁道路上的可怕障碍。多尔衮决计拔掉这颗钉子。

顺治五年（1648年）清明，朝廷派索尼赴盛京（今沈阳）祭祀昭陵。昭陵是清太宗皇太极陵墓，因位于盛京北郊，俗称北陵。索尼刚启程离开京师，贝子屯齐就跳出来讦告索尼，说在崇德八年（1643年）秋，索尼伙同图赖等两黄旗大臣，阴谋拥戴皇长子豪格为帝，并且私下盟誓，其罪当死。对此法司议断：索尼应当处死。多尔衮心中埋藏着对其兄长皇太极的怨恨，曾私下说过，皇太极的皇位原本是夺来的，言下之意是说，这把龙椅父汗努尔哈赤本是传给他多尔衮的，只因父汗死时皇太极年长且实力强大，才将皇权夺了去。这下好了，他正好借机出掉郁积多年的怨气。多尔衮假借皇帝名义下旨：索尼免死，罢免其官职，籍没全部家产，追夺所有赏赐，派其守护昭陵。

多尔衮对索尼的惩处，表述最贴切的唯有两字：阴毒。这一阴毒之招，含义非常清楚：你索尼效忠皇太极，效忠皇太极继位人小皇帝福临，不是始终以忠臣自居吗？那好，我多尔衮成全你，让你永守昭陵，与那荒郊孤坟为伴去吧。

索尼再次摔入仕途深渊。

至此，打击索尼还没有画上句号。在多尔衮淫威之下，那些与索尼交情不错的人，也大倒邪霉。鳌拜也是两黄旗中少有的忠君死硬分子，从这个意义上说，他是索尼的同盟，也就成了独裁者多尔衮的打击目标。一天，多尔衮问跟前大臣，是不是鳌拜与索尼交情很厚，护军统领伊尔德，侍卫坤巴图鲁、巴泰、费扬古、郭迈、鄂莫克图都沉默不语。多尔衮就问巴泰：你是不是与索尼很好啊？巴泰承认他的确与索尼共事时处得很好。多尔衮又问鄂莫克图：你与索尼是郎舅，关系一定不错吧？鄂莫克图说，他虽与索尼有郎舅关系，但两人相处得不怎么样。这时，费扬古、郭迈也替鄂莫克图帮腔。费扬古还特地为自己洗刷道：我平生倔强，对无关之事一概不理。多尔衮没有得到他想要的答案，很不开心，反认为这些人不讲实话，不分青红皂白，罗织罪名，惩治伊尔德、坤巴图鲁、巴泰、费扬古、郭迈、鄂莫克图，将他们革职的革职，处罚的处罚，淫威之下无一幸免。

要不是老天爷出来干预，索尼很可能老死昭陵，成为其主子荒坟前的一株野草。

顺治七年（1650年）十二月，多尔衮暴死。顺治帝福临闻讯，立即派人将多尔衮府中所有信符、赏功册都收回内府，随后采取一系列措施，夺回属于自己的最高权力。顺治八年（1651年）正月，年近十三周岁的少年天子福临，登临太和殿，举行亲政大典，接受文武朝臣贺拜，标志着从此亲掌皇权。少年天子立即为索尼平反昭雪，特召还朝，恢复其爵位。不久，颁恩诏，晋升索尼为三等伯，准予世袭。顺治九年（1652年），诸亲王议功，将索尼晋升为一等伯，而且赐赦免死两次，擢升为内大臣兼议政大臣，总管内务府。

索尼加官晋爵，扬眉吐气。他所任官职，都是要职，是皇帝宠信之臣才能担任的职务。更令他舒心的是，皇上给他两次免死特权，这是对他因效忠皇上两度濒临死亡绝境的最好嘉勉。索尼老臣捏着两次免死特权，更可以无所顾忌地行忠君之道了。

索尼成了顺治朝最走红的大臣。索尼对皇上的忠诚，是经过极端考验的。顺治帝对他非常宠信，总是言听计从。顺治十七年（1660年），索尼对十一项政事提出应改应革应行建议，顺治帝看后全部同意，降旨说："所奏皆实，饬部议行。"

顺治十八年（1661年），皇帝福临死于天花，年仅七周岁的皇三子玄烨继承皇位。此时，王朝铁幕之后掌握朝政舵把的孝庄太皇太后，以顺治遗诏名义，命索尼与苏克萨哈、遏必隆、鳌拜共同辅政。首辅索尼听到这一遗诏颇有顾虑，因为这是破格之举，未经王、贝勒、文武大臣商议，就让四位异姓大臣辅政，自努尔哈赤以来从未有过。在原任学士麻勒吉当着诸王、贝勒、贝子、公、大臣、侍卫的面，宣读遗诏之后，索尼等四辅臣赶紧推辞，跪告诸王、贝勒说："今主上遗诏，命我四人辅佐冲主，从来国家政务惟宗室协理，索尼等皆异姓臣子，何能综理，今宜与诸王、贝勒等共任之。"诸王、贝勒忙答道："大行皇帝深知汝四大臣之心，故委以国家重务，诏旨甚明，谁敢干预？四大臣其勿让。"于是，索尼等人就将诸王、贝勒的表态奏报太皇太后。孝庄太皇太后与索尼等四辅政如释重负。随后，索尼领率辅政四大臣到顺治帝灵位前，共同宣誓："先皇帝不以索尼、苏克萨哈、遏必隆、鳌拜等为庸劣，遗诏寄托，保翊冲主。索尼等誓协忠诚，共生死，辅佐政务。不私亲戚，不计怨仇，不听旁人及兄弟子侄教唆之言，不求无义之富贵，不私往来诸王贝勒等府受其馈遗，不结党羽，不受贿赂，唯以忠心仰报先皇帝大恩。若复为身谋，有违斯誓，上天殛罚，夺算凶诛。"誓毕，索尼等四大臣就担起辅佐小皇帝玄烨处理朝政的重任。

任命四位大臣辅政，而不是由一二位大臣摄政，而且不让宗室诸王贝勒干预四大臣执政，这是孝庄太皇太后深思熟虑后展现的政治智慧，显然吸取了前朝多尔衮专权欺主的教训，试图在小皇帝没有能力独把朝纲的岁月里，由异姓四大臣分理政务、互相牵制，最后实现皇权的平稳过渡。

在小皇帝年幼、没有能力理政的情况下，索尼作为首辅，实际上就是代替皇帝处理朝政。他深知，这是孝庄太皇太后对他的无限信任，他不能辜负这份比山重、比海深的信任。

但事与愿违，形势朝着孝庄太皇太后和索尼意愿相反的方向快速发展。处于四辅臣末位的鳌拜，辅政后权欲日益膨胀，步上了前朝多尔衮老路。他结党营私，打击异己，不顾小皇帝和索尼的反对，悍然诛杀户部尚书苏纳海、直隶总督朱昌祚、直隶巡抚王登联三大臣，借故打击与他政见不同的苏克萨哈，公然逾越遏必隆起坐班行，盛气凌人，霸锋无忌，专横跋扈。一班趋炎附势的臣子们，各怀鬼胎，专以阿谀奉承为能事，在朝廷内外形成了一股很大的“鳌拜势力”。少年康熙帝近乎傀儡，形同危卵。索尼此时已年近古稀，加之早年出生入死、鞍马劳顿，后又两度遭多尔衮政治迫害，身心受到严重摧残，年迈多病，无力阻止野心勃勃、精力充沛的鳌拜日益加剧的专权步伐。为此，他内心如焚，非常忧虑。

康熙六年（1667 年）三月，索尼病重。在走进冰冷墓穴之前，这位四朝老臣，将毕生智慧和耿耿忠心铸成一颗“弹丸”，射向背誓欺主的鳌拜。这颗“弹丸”就是奏请皇帝亲政折。他领衔拟写这份奏折，于情于理，鳌拜都不敢公然提出反对意见，只好曲意赞同。但少年皇帝一时没有同意，以自己“年尚幼冲，天下事务殷繁，未能料理”为由，要求索尼等四大臣再辅政数年。索尼见皇上未允，领衔一再陈奏，但康熙帝一概留中不发。

六月二十三日，索尼病逝，享年六十七岁。此前，四月二十九日，少年康熙帝特颁谕旨，令议政王大臣会议议叙索尼功勋，对其一生作出评价：“辅政大臣、伯索尼在太祖高皇帝时，授为内秘书院黾勉效力；在太宗皇帝时，任以内外大事，悉能果断殚厥忠诚；及太宗文皇帝殡天时，重念皇祖恩遇，坚持忠贞之心，不惜性命，克勤皇家；在世祖章皇帝时，亦任以内外大事，竭尽纯笃。世祖章皇帝殡天时，以其勋旧大臣夙秉忠贞，堪受重托，遗诏俾令辅政。恪遵顾命，毕殚忠忱，夙夜靖共，厥职茂焉。今身既染疴，且复年迈，宜加恩宠，以示酬庸之典。”实际上这是对索尼的盖棺定论。

在这段简短评语中，一共用了四个“忠”字。这个评价，对在太宗至世祖、世祖至圣祖两次皇权交接中，忠诚竭力捍卫皇帝的索尼来说，十分达意，恰如其分。六月二十四日，康熙帝颁旨，加授索尼一等公爵位，且与以前所授一等伯并加世袭。索尼逝世后，赐谥“文忠”，享获高规格的死后哀荣。

索尼提供的这发“炮弹”很快发挥作用。康熙帝将索尼领衔多次呈请皇上亲政的奏疏拿出来，向文武大臣公开宣布，并布告天下，使之家喻户晓。鳌拜极不愿意小皇帝这么早出来亲政，但这是他自己一次次具名陈奏过，不好出尔反尔作梗阻碍。康熙帝还将索尼等人奏疏呈给孝庄太皇太后。经她允诺，七月初七日，年方十三周岁的康熙帝登临太和殿亲政，接受王以下文武官员庆贺，亲临乾清门听政，从此日以为常。同时，他令鳌拜等人仍继续以辅政大臣身份，处理国家军政大事。经过不动声色的谋划运作，次年五月，少年皇帝断然出手，智擒权臣鳌拜，将其革职、籍没、拘禁，迅速肃清其党羽，将皇权夺回自己手中。

为褒扬赤胆忠心的老臣，康熙帝推恩及子，将索尼之子逐一晋封为达官显贵。其第五子心裕袭一等伯爵位，第六子法保袭一等公爵位。长子噶布喇官至领侍卫内大臣，正一品官秩；索尼孙女为康熙帝皇后，这位皇后死后赐谥时推恩及生，将索尼晋封为一等公爵，允其世袭。第三子索额图，父索尼去世时康熙帝已将他擢升为一等侍卫，官至正三品，且寄予高度信任，参与擒拿鳌拜后又提拔他为国史院大学士，第二年荣晋升为保和殿大学士，官至正一品，获得文官最高官秩。

这就是铁血忠臣索尼的结局。

一时忠诚易，一生忠诚难；顺境忠诚易，逆境忠诚难；从众忠诚易，孑然忠诚难；生荣忠诚易，死辱忠诚难。

逆境忠诚，孑然忠诚，死辱忠诚，一生忠诚，索尼全做到了。

索尼之忠意义深远。谁能说，康乾盛世与此没有任何关系?

3. 康熙朝红人/施琅

修炼坚韧

羁留京城十三年，是施琅最为难煞的日子。现实给施琅所出的题目极其残酷：若见不到儿子被杀证据，就意味着他仍将困在皇城，永远困下去，困到老死；若是见着儿子被杀证据，那是一个父亲莫大的悲哀。……施琅坚信：台湾能平，台湾必平。经过京城十三年修炼，施琅已经成为坚韧无敌的蛟龙。杀声震天，枪炮齐鸣，惨烈的征台大决战终于打响。就在这紧要关口，飓风突发，怒涛山立。施琅所率水师前锋簸荡漂散，战斗阵形被狂风打乱，遭到敌舰四面围攻。见状，施琅亲率舰船冲击敌船，不幸被枪铳击伤倒地，血流满面……

康熙元年（1662 年）四月，南明永历帝朱由榔被吴三桂用弓弦绞杀于昆明，宣告大陆有组织抗清斗争的终结。此时，台湾郑成功已是孤军抗清，但他仍奉永历年号，自称“孤臣”，将自己视为明王朝的臣子，坚持他收复统辖的台湾岛从来就是“中国之土地”。

当年五月，年仅三十九岁的郑成功病逝。其子郑经掌控父亲遗下的大权，主政台湾。他“自称世藩。凡台湾属文武各官所用旗纛，均更书为世藩属下字样”。他公然“自称世藩”，并急于将所有文武官改命为世藩属下，意在自立为主。这是他不久宣称“台湾非属中国版图”，图谋在台湾另立国家的思想源头。在这种思想支配下，他一再拒绝削发登岸、归附朝廷。

时已雄踞大陆的清王朝统治者，不能容忍台湾岛从国家版图中分裂出去，不能容忍蕞尔小岛再冒出个皇帝来与自己分庭抗礼，决定用武力征讨郑氏、收复台湾。

台湾海峡波涛汹涌。郑经想要在大陆彼岸立国称帝的本钱，是拥有一支当时中国最厉害的水军。清王朝要把台湾岛上妄图做皇帝的人灭掉，得有一支比对方更厉害的水军；而想建立这样一支水军，关键得有一员比对方更高明的水军将领。

于是，这个人物出现在清王朝统治者的视野里，凸现在大清初年硝烟弥漫、和战交替的统一台湾的大背景上。

此人就是福建水师提督施琅。

施琅于康熙元年（1662年）七月二十七日担任福建水师提督之职。当时，康熙帝玄烨年仅八岁，朝廷大权实际上由诸辅政大臣执掌。施琅被提拔重用，主要是受到朝廷重臣、大学士苏纳海的赏识。苏纳海早在顺治十七年（1660年）就对施琅有所了解。当时，他任兵部尚书，曾赴福建同安，检阅时任同安副将的施琅整练兵马情况，进行面试考核。他对施琅的评语是：“防守汛地，真有为主实心报效之意。”因此，他向朝廷提出使用意见：“此副将应给与总兵敕印。”总兵为武职正二品，官秩低于从一品的提督，高于从二品的副将。苏纳海此公，满洲正白旗人，曾在极富军事才能的多尔衮身边担任侍卫，并参与汉文《三国志》译成满文的工作，通晓用兵用人之策。他的建议很快被朝廷采纳。施琅留给苏纳海的印象颇为深刻，后来他提拔为水师提督时，时已升任大学士的苏纳海成了他的奥援。

施琅是清廷与郑氏集团敌对双方都很看重的水军将领。他统领水师进行海战的才能，大学士苏纳海、浙闽总督李率泰了解，郑成功、郑经父子也了解。当年，海澄公黄梧向李率泰举荐施琅时说，此人“仇贼甚深，知自知彼，胸有成算”，“且智勇兼优，忠诚素矢……与梧戮力驰驱，必能剪除海孽”，李率泰将这番建言奏报朝廷，施琅得以起用。兵部尚书苏纳海亲自考查施琅后，朝廷更明白施琅是一员不可多得的水师将才，颁谕命他统领一支水师，提拔为绿营军最高官衔提督之职，获武职从一品官秩。郑成功、郑经父子也深知施琅厉害，当年施琅背离出逃、行将投清之际，郑成功断言：“此子不除，必贻后患。”在郑成功父子眼里，施琅其人，是猛虎，是劲敌，此人不除，后患无穷。

康熙二年（1663 年）十月，趁郑氏集团权力交接、内争纷扰之际，清王朝接受黄梧、施琅建议，命浙闽总督李率泰、海澄公黄梧、水师提督施琅，向郑军发起大规模攻击，一举拿下金门和厦门。随后，攻取郑军在大陆的重要基地铜山，郑经仅率战船数十艘逃往台湾。

清廷大受鼓舞，意欲一举攻克台湾。

翌年七月，清王朝任命施琅为靖海将军。八月，令其统率新近降清的郑军麾下大将周全斌，以及杨富、林顺、何义等郑军降清水师军官，统领水师进剿台湾。十一月，施琅挥率水师浩浩荡荡向台湾进发，师出洋面，突遭飓风袭击，水师兵船无法逆进，只好偃旗息鼓半途而返。

出师未捷，施琅第一次统兵攻台失利。

朝廷降旨："伺机进剿，勿以日久为虑。"

康熙四年（1665 年）三月二十二日，施琅奉命再次征台。水师船队在海上行进，再次遭遇飓风，兵船难以前进，在海上折腾三天两夜，不得不撤回金门料罗湾避风。四月二十六日，风平浪静，云开日出，施琅下令船队起锚，继续向台湾进发。可是，船到澎湖口，又一次遭受飓风袭击。事后，施琅在上报朝廷的奏本中描述当时水师遭袭的情形："骤遇狂风大作，暴雨倾注，波涛汹涌，白雾茫茫，眼前一片迷漫，我舟师不及撤回，皆被巨浪凌空拍击，人仰船倾，悲号之声，犹如水中发出，情势十分危急。臣所坐战船，亦漂至南方。"据说，当时船队很惨，有船舷、船尾、船面、船底被狂涛拍裂而进水的，有桅樯、船尾、船具、缆绳断裂的，有舢板用具被海浪冲走的，还有船只葬身大海的。飓风之下，兵船四处飘散，七零八落，漂泊至镇海、大担、浯屿、厦门、靖卫、漳浦、潮州各地。主帅施琅乘坐的战船，也难逃此劫，随风浪漂泊至广东潮州海面。

施琅无功而返，征台再次宣告失败。

脸上无光的施琅，急忙向朝廷呈上题为《密报进攻台湾舟师被风事本》，洋洋万言，解释出师失利缘由，并且表示，他将"竭诚效命，矢志灭贼"，"挑选精兵，候有南风讯息，即约期复征"。

不知什么缘故，朝廷失去了原有的热情，颁谕冷冷地说："知道了，进兵与否，已有旨。兵部知道。"不久，还派总兵官孔元章等人赴台招抚。

康熙五年（1666年）正月，大学士兼户部尚书苏纳海因上疏反对鳌拜提出的镶黄、正白两旗圈换土地案，惹恼势焰熏天的鳌拜。当年十二月，权臣鳌拜凭借手中代幼主批红之权，在少年皇帝没有点头同意的情况下，将苏纳海等人处以绞刑。苏纳海被杀事件与施琅虽没有直接关联，但对施琅仕途及其高度关注的征台事业很有影响。施琅从此失去了一位了解和支持他的朝中重臣盟友。

康熙六年（1667年）康熙帝亲政，但朝政仍由一手遮天、跋扈专权的鳌拜控制。当年十一月二十四日，施琅呈上《边患宜靖疏》，认为孔元章称台湾郑氏答应受抚之说不足为信，对方“未必有归诚实意”，建议“乘便进取，以杜后患”；他还提出用兵谋略，届时采用剿抚并用之策，先“据澎湖以扼其吭，大兵压境，贼必胆寒”，尔后进行招抚，若招抚不成，再“提师进发，次第攻克，端可鼓收全局矣”。

施琅对自己提出的剿抚并用战略，颇为自信，认定只要此举运用得法，必可大获全胜。

施琅翘首企盼，等待朝廷命其征台的旨令。然而，此疏呈上去后，如泥牛入海，杳无音信。

康熙七年（1668年）四月，施琅再次上疏，在题为《尽陈所见表》中，结合自己的见闻，提出对郑氏集团的看法和对台主张，认为“郑经逃窜台湾，负嵎恃固。去岁朝廷遣兵前往招抚，未见实意归诚”；如不讨平台湾，而严迁海之令，必弊多利少，导致“赋税缺减，民困日蹙”；倘若让郑氏得到喘息，“收拾党类，结连外国，联络土番耕民”，逐渐坐大，窥视边疆，必后患无穷。

这一次，施琅很快得到朝廷回音：“渡海进剿逆贼，关系重大，不便遥定。着提督施琅作速来京，面行奏明所见，以便定夺。其施琅之缺，着施琅自行择人暂行代管。兵部知道。”同时，上头还通知，让施琅携带家眷进京。

施琅很是狐疑，既然是“作速”赴京向皇上当面阐述对台主张，当是去去就回，何必携带家眷？但施琅更愿将此理解为圣上非常隆恩，四月间火速启程，驰赴京师。

暮春时节，施琅抵京。少年皇帝康熙向他面询对台方略，施琅利用这一极其难得的机会，直抒己见。意犹未尽，施琅又上《台湾剿抚可平疏》，认为台湾郑军实力不足，兵力不到二万，战船不过二百余艘；郑经其人智勇俱无，打仗不是他的长处；手下部将都是庸碌之辈，而且散沙一盘；士兵需要耕垦自给，荒于操练，没有多少战斗力。他分析判断说：“郑经得驭数万之众，非有威德制服，实赖汪洋大海为之禁锢。如专一意差官往招，则操纵之权在乎郑经一人，恐无率众归诚之日。若用大师压境，则去就之机在乎贼众，郑经安能自主？是为因剿寓抚之法。大师进剿，先取澎湖以扼其吭，则形势可见，声息可通，其利在我。仍先遣干员往宣朝廷德意，若郑经迫之势穷向化，便可收全绩。倘顽梗不悔，俟风信调顺，即率舟师直抵台湾，抛泊港口以牵制之。”他得出结论，如果采用此策，“贼可计日而平”。

朝廷命有关部门对此疏进行研究讨论。长于骑射的八旗兵鉴于多次征台失利，恐海症发作。施琅这一被未来证明非常正确的对台策略，部议竟以“风涛莫测，难以制胜”为由，予以彻底否定。

朝廷之中喧闹高涨的主和声，淹没了施琅“因剿寓抚”的主张。

随后，不可思议的事情发生了。朝廷下令，撤销原设置的水师提督官职，裁撤福建水师，焚毁全部战舰，宣示再不武力征台。

同时，朝廷命施琅留在京城担任内大臣，将他抬入“上三旗”之一的镶黄旗。内大臣，官秩为武职正一品。由从一品提督提升为正一品内大臣，由绿旗汉籍抬入皇上亲隶的旗籍，看上去无论官秩还是身份都大为提高，加官进身、风光荣耀，实际则是明升暗降，被削夺兵权，担任闲散之职。

施琅明白这意味着什么。他这才省悟过来，为何要他携带家眷来京，为何朝廷格外示恩由他自行择人代理提督之职。他实际上被软禁了，只不过这是一种光彩体面的软禁。

少年皇帝玄烨，虽于康熙六年（1667 年）七月首辅索尼病逝后亲政，但作出这些安排的并不是他本人，而是掌控朝廷大权的辅政大臣鳌拜。

施琅从康熙七年（1668 年）春至康熙二十年（1681 年）夏，被削夺兵权羁留京师，前后长达十三年。

康熙八年（1669 年）五月，少年皇帝以迅雷不及掩耳之势，智擒鳌拜，夺回旁落多年的皇权。当年十一月，康熙帝破格授予施琅伯爵爵位。

但康熙帝也没有立即命施琅返回福建重组水师。

康熙帝亲政以来，已将“三藩”割据势力视为心腹大患，列为头等重要的大事高度关注。

因此，征台剿郑的计划就被康熙帝暂时搁置起来。况且，他对施琅统兵征台一再失利心存疑虑。

对此，全望祖一言说穿：“方施琅之叛成功而归附也，世祖（顺治帝福临）即以为水师提督，驻海澄。琅以平台自行，出兵不克，疑其贰，召入京，不复用，而水师亦罢。”

施琅是明朝降清将领，而且降清过程中有过反复。他是福建晋江衙口村人，原在郑成功之父郑芝龙属下担任左冲锋，顺治三年（1646 年）跟随郑芝龙降清。郑成功起兵背父抗清后，施琅背叛清军投入郑成功阵营。起初，施琅与郑成功关系很好，但因施琅恃才倨傲，多次忤逆郑成功，两人矛盾加剧，郑成功下令将施琅及其父亲施大宣、弟弟施显捉拿关押，施琅侥幸逃脱，其父亲、弟弟及一个儿子、一个侄子均被杀害。施琅遂于顺治八年（1651 年）再次降清。施琅如此反复的行径已令清廷生疑，随后两次率水师征台无果，进一步加重朝廷疑虑；尤其是第二次征台，他在奏本中说遭遇飓风如何如何厉害，但实际沉没损失的仅两只小船，令人疑肠百结。更让朝廷放心不下的是，施琅还有众多亲属在海峡对岸郑经手下做官，有的甚至颇受器重。以上种种情由让朝中很多亲贵大臣对施琅的忠诚持有怀疑，私下说他有子侄在台湾，与郑氏旧恩未断。

这类尴尬之事，朝廷不予明言，施琅难以辩白。

清廷对台时抚时剿。康熙八年（1669 年），又回到和谈桌上，皇上玄烨派大臣明珠等人赴泉州与郑氏谈判，放宽条件，提出只要他们遵制剃发归顺，不仅可得到高官厚禄、保持台湾原有局面，还允许郑氏集团长期留住台湾，不必迁来大陆。康熙十二年（1673 年），“三藩”战争爆发后，清廷为争取郑氏集团，双方又有过和谈接触，依旧对其采取宽容政策。

兵权被解除，水军被裁撤，施琅的翅膀折断了。

春花伴着流水逝，黄叶随着秋风去。岁月无情地流逝着。施琅羁留皇城，年复一年，遥遥无期。

以施琅这种特殊背景，可以想见，其在陌生京城所过的是什么日子。名义上是显赫伯爵、一品大员，实际上生活清苦，不会有朝廷额外的赏赐，不会有人登门送礼，也不会有什么灰色收入，以致逼得伯爵夫人不得不放下贵妇架子，做一些针线活养家糊口。

施琅在这段岁月里，是否有过独囚书房黯然神伤，是否有过愤世嫉俗泪湿衣襟，是否有过怨天怨地自暴自弃，是否有过精神沉沦死心绝望……如此种种，人们都无缘得知，唯有施琅自知。

十三年的京师生活，对施琅来说是一片海。清苦的海，冤屈的海，孤寂的海，凄凉的海，窒息无助的海。但是，这一片茫茫大海中，没有一个沉溺呛水的施琅，没有一个随波逐浪的施琅，没有一个自绝于深渊的施琅。他在苍茫大海上顶风逆浪、一臂一臂地划着，不停歇地奋臂击水，坚忍不拔，泅渡大海。他明白，他不能停止击水。因为停止击水，他就会葬身于鱼腹，就会沦于万劫不复的渊薮。对于水军将领来说，战死于大海是最高的荣耀，而自绝于大海则是极端的耻辱。

施琅身羁京师，却始终不忘规取台湾，常与闽籍在京官员探讨台海形势。他致力于研究风潮信候，“日夜磨心熟筹”。他是在台海变幻莫测的飓风潮汐中栽倒的，他还要在变幻莫测的飓风潮汐中站起来。他在退朝休闲时，“翻阅历代二十一史，鉴古今成败及史臣言行可法者，一一具志诸胸中”。

他始终认为“海上可平”，坚信能够收复台湾。在有的朝臣看来，施琅两次征台无功而返，是个爱说大话的人，过于骄狂，连康熙帝宠信之臣李光地也这么看。直到有天晚上，李光地与施琅秉烛而谈，经过一席论兵谈势，才改变了对他的看法。

李光地在所著《施将军逸事》中对此作了详细记述："余素未深知公（指施琅）。一夕，就公烛下话，道及顺治乙亥（十六年）事。余曰：'社稷之灵也。令贼（指郑成功）不屯兵城（南京）下，驱而径前者，是诚可危。'公笑曰：'宜何所向?'余曰：'循山而东，奈何?'公曰：'南北马步不相若，人矣众寡劳逸又悬，所在虽响应作声，实观望不能为之助也。才涉北地，与官军交，贼立尽耳。'徐又曰：'向彼舍短用长者，委坚城，溯江而上，所过不留，直越荆襄，呼召滇粤三逆藩，与之联结，动摇江以南，以挠官军，则祸甚于今日矣。弃舟楫之便而敝围攻，故知贼无能为也。'"

这个夜晚，谈起顺治十六年（1659 年）郑成功兵败南京的原因，施琅在直言李光地所见不切实际的同时，指出郑成功当年之败，是抛弃战船，水军当作陆军使，登岸屯结于南京坚城之下，舍长用短所致。李光地听后，深为佩服，认定施琅确是将帅之才，而非骄狂无能之徒。由此，李光地了解到，施琅虽羁留京师，但一直在钻研兵法，始终在研究作战对手，目光执著地关注着东南沿海的局势。

"三藩"战争爆发后，郑军乘机攻占东南沿海不少城池。这使康熙帝对台湾问题有了新的认识：台湾虽然远隔海峡，但一旦机会来临，他们就会反攻大陆、卷土重来，威胁清王朝的统治，台湾问题必须予以解决。清军在平藩中的节节胜利，则使康熙帝信心大增，相信台湾问题完全能够解决。

形势开始朝着施琅期盼的方向发展。康熙十七年（1678 年），清廷重设福建水师提督，重建福建水师。接着，先后调京口将军王之鼎、湖广岳州水师总兵万正色为福建水师提督，就是没有起用施琅。

早在康熙十五年（1676 年），福建布政使姚启圣就建议康熙帝重新起用施琅为福建水师提督。康熙十七年（1678 年），升任福建总督的姚启圣再次推荐施琅出任福建水师提督，康熙帝依然没有采纳。随后，姚启圣不屈不挠，先后十多次向康熙帝保荐施琅，结局都与以往一样。

当时，能够统领水师与郑军作战的水师帅才稀缺，朝廷选拔艰难，为何偏偏不让知己知彼的前任福建水师提督复出？朝廷讳莫如深。直到康熙二十年（1681 年），青年皇帝玄烨垂询心腹重臣李光地时，才泄露其内心确切顾虑。

康熙二十年（1681 年）六月七日，康熙帝御门听政。诸大臣启奏：将军喇哈达、总督姚启圣奏报，在台郑军主帅郑经已死，部下互相猜疑，他们建议，乘此良机命令水师进攻台湾。

康熙帝听后谕令："进取台湾事情关系重大，着将军、总督、巡抚、提督等同心，速乘机会，灭此海寇。"遂后颁发谕旨："郑经已伏冥诛"，"务期剿抚并用，底定海疆，毋误事机"。

渡海攻取澎湖、台湾，全靠水师。但福建水师提督万正色却呈上《三难六不可疏》，声称郑军澎湖守将刘国轩智勇双全，锐不可当，台湾难以攻取。康熙帝看罢大失所望，怒不可遏道："我仗他有本事，委之重任，而他却畏服贼将，不成说话。"

康熙帝于是知道，靠万正色这号人物是不可能攻取台湾的，便有了起用施琅之意。但康熙帝对施琅尚存疑虑：施琅之子施齐（即世泽）被郑军俘获后，在郑经手下担任军职，据说后来被郑经杀害，不知到底是否属实；再说，施琅在京赋闲十多年，其才干如何已经很难说了。在此之前，福建总督姚启圣对施琅海战才能、子侄全家七十三口被郑氏杀害等情况，作过详细调查，因而多次力荐施琅出任水师提督，并愿以全家百余条性命作担保。

康熙帝高度关注的施齐被杀事件颇为复杂。施琅到京担任内大臣后，长子施齐也随侍在京。康熙十年（1671年），他回福建晋江衙口老家完婚。两年后爆发“三藩之乱”，郑军乘机反攻大陆，攻占漳州、泉州等地，施齐被郑军俘获。然而，郑经不仅不杀施齐，反而给予重用，授他为女宿镇之职。后来，由于风传施琅将复出担任水师提督，施齐被郑经解除兵权。康熙十六年（1677年），施齐叛郑归清，被授予副将，奉康亲王杰书之命，跟随提督段应举守卫海澄。郑军围攻海澄，城池陷落，施齐再次被郑军抓获成为俘虏。但郑经仍没有对他下毒手，再度委以重任，命他担任监提督之职。康熙十九年（1680年），施齐与族兄施亥密谋策划，试图擒拿郑经，将他作为俘虏献给清军，但因密谋败露，施齐、施亥两家七十三口全部被杀。

姚启圣洞悉康熙帝幽微之心。身为总督、正一品封疆大吏，举荐一位水师提督，在皇上面前竟以全家一百多口性命作担保，足以反观康熙帝对施琅疑心之重，也足见姚启圣荐才之心切。

对清王朝来说，钦命水师提督本来就是一桩大事，更何况要用施琅这样不大托底的水师提督。水师提督若是用准了，就能打败倚仗水师作支撑的在台郑军；若是用错了，不仅要打败仗，而且此人可能与敌狼狈为奸、倒戈一击，动摇大清基业。八旗军系陆战劲旅，天下无敌，但他们不习水战，见了波涛就头晕心慌、七颠八倒，海上战斗力等于零。能不能起用施琅出任水师提督，康熙帝思虑再三，拿捏不定。为此，他先后四次询问心腹大臣、内阁大学士李光地。

“施齐果以内附为海上杀耶?”康熙帝问李光地。海上，指占据台湾海岛的郑经集团。

李光地知道康熙帝尚存疑虑，答道：“施琅既来，琅海上所畏也，恐我朝用之，故彼用其子，以生我疑，不用其父耳!”他看了看皇上，接着又道，“施齐后得来降，复为海上所得，知其必不能一心，故杀之。”这番话，对郑经起初为何让施齐当官、后来又为何将他杀掉，作出了很有说服力的解释。

“施琅果有什么本事?”康熙帝又问。

李光地答：“琅自幼在行间，经历得多，又海上路熟，海上事他亦知得详细，海贼甚畏之。”

康熙帝频频点头，认为李光地说得有理，便问道：“汝胸中有相识人可任为将者否?”又说：“就汝所见，有可信任者，何妨说来。”

康熙帝关注者是施琅，李光地解说的也是施琅，但此时康熙帝话锋一转，却要李光地为他推荐一员水师将领，而并不直截了当询问施琅是否可担当这一重任，这让李光地一下沉重起来。

李光地矜持再三，答道：“此事非小，容臣思想数日后，斟酌妥即复旨。”

过了数日，康熙帝派武英殿大学士明珠前往询问。李光地已经想妥了，极力推荐施琅出任福建水师提督，娓娓道出四条理由：“他全家被海上所杀，是世仇，其心可保也。又熟悉海上情形，亦无有过之者。又其人还有些谋略，不是一夫之勇。又海上所畏，唯此一人，用之则其气先夺矣。”

康熙帝听罢，心中疑虑彻底打消。

这是发生在康熙二十年（1681年）二月的事。过了五个来月，七月二十八日这天，康熙帝作出决定，任命施琅为福建水师提督，加太子少保衔，令万正色改任陆路提督。

羁留京城十三年，是施琅最为难熬的日子。现实给施琅所出的题目极其残酷：若见不到儿子被杀证据，就意味着他仍将困在皇城，永远困下去，困到老死；若是见着儿子被杀证据，那是一个父亲莫大的悲哀。

不幸的是，福建总督姚启圣竟然拿出确凿证据：儿子侄子两家果被郑经满门抄斩。

施琅羁留京城十三年的生活，因此画上一个血色句号。

八月十四日，施琅将要离京启程，康熙帝设宴瀛台，为他饯行。同时，赐他鞍马一匹。皇上神色凝重地叮嘱施琅："尔至地方，当与文武各官同心协力，以靖海疆。海氛一日不靖，则民生一日不宁，尔当相机进取，以副朕委任之至意。"

康熙帝神色凝重，自有一番道理。对于台湾问题，一直存在主张和平谈判与主张武力解决两种声音，只不过随着形势的变化，时而这种声音高一些，时而那种声音高一些。时光流转到康熙二十年，朝廷内主张和谈的声音占据上风，普遍认为，攻打台湾要渡过如此险远的一片海洋，海风巨涛变幻莫测，想要长驱直入克敌制胜，实在难有胜算。当时，主张武力攻台的只有内阁学士李光地、福建总督姚启圣、福建巡抚吴兴祚等人，声音微弱，属少数派。但康熙帝力排众议，毅然采纳少数派的主张。

宴会上，施琅提出一个请求，要皇上派御前侍卫吴启爵随同征台。康熙帝听罢，欣然同意他的请求。施琅这一手很高明：这等于主动要求皇上派心腹监视自己，使皇上心中的那个疑团彻底去掉。经过皇城十三年历练，施琅已成为老到持重的帅才。

在皇上眷望的目光中，施琅踏上重返东南海疆的路。蓄积十三年的绵厚阴霾，此刻化作痛快淋漓的电闪雷鸣射向东南。

车马疾疾行，施琅回首、再回首，作别京城，作别铭心刻骨的十三个春秋。

十月初六日，施琅抵达厦门视事。为防止总督、巡抚、提督之间彼此掣肘，上疏提出“臣职领水师，征剿事宜理当独任”，要求给予专征之权。但康熙帝没有全盘采纳他的建议。当月二十七日，康熙帝命福建总督姚启圣统辖福建全省兵马，同施琅一起进取澎湖、台湾；命福建巡抚吴兴祚负责刑名钱粮诸务，提供后勤保障，但不必随同进剿。

就在施琅整治战舰、督练士卒、制造军械之时，海峡对面台湾岛上的郑克塽也在调兵遣将，积极备战。澎湖为台湾门户，郑克塽派精兵强将备战澎湖。他命刘国轩驻守澎湖，拜他为正总督，以征北将军曾瑞、定北将军王顺为副总督，调水、陆师增援澎湖，修战舰，筑炮垒，并派密探细作侦探对岸军事情报，厉兵秣马，以待清师来犯。

战鼓越擂越紧，郑克塽心中有些发虚。从康熙二十年起，台湾接连三年遭受旱灾，其间又数度遭受暴雨洪水侵袭，饥荒并发，每石米卖到五六两银子。百姓难以生存，活活饿死很多人，土著部落伺机造反，形势越来越严峻。在这种情况下，又传来清廷重新起用施琅挥师攻台的消息，郑克塽赶紧命冯锡范为左提督，在台湾鹿耳门一带布防，进一步作好迎战准备。到康熙二十二年二月，饥荒更加严重，饿死者越来越多。初八日，郑克塽便派天兴知州林珩抵福州，谒见姚启圣，寻求和谈。姚启圣被打动了，知会施琅，建议“以抚为善策”。施琅对此持不同看法，总督、提督两人各持一端，和议未成，林珩不得不打道返台。

施琅想撇开总督、巡抚专征台湾，已令姚启圣很不满意；现在，在对台策略上施琅又针锋相对，两人关系进一步僵化。

施琅面临的形势十分严峻。他明白：在挥师打下台湾之前，首先要打赢一场没有硝烟的战争——战胜主和派。

十二日，施琅上疏请求调遣兴化、江东陆兵三千人配船进剿，获得康熙帝批准。实际上，这是施琅探出的触角，看看这会儿皇上心中的天平，是倾向武力攻台还是倾向和谈招抚。

三月二十五日，康熙帝令平阳总兵朱天贵及所部仍留福建，在后策应，听施琅调遣。这表明，康熙帝是倾向于武力攻台的。

四月十六日，姚启圣、万正色联合上疏，陈奏进剿台湾“三不可行”。这一次，姚启圣倒向万正色一边。施琅则截然相反，上奏提出，目前正值攻台良机，机不可失，失不再来，水师已作好进攻准备，台湾郑军“灭在旦夕”。

主战主抚，双方各不相让。

在此期间，姚启圣对施琅多方掣肘。施琅原择定农历四五月间进军台湾，因为这时正行南风，对清军水师出击有利，过了六月，遭遇飓风概率大为增加，出师不利。出身行伍、担任福建军事首领已久的姚启圣，不会不懂这一常识，但他蓄意挑起南风进军有利还是北风进军有利之争，从五月初七至十六日，争执不休，还借故阻挠施琅出征，以至拖到六月，差点贻误军机。

施琅明白姚启圣的用意，断然越过顶头上司，直接上疏康熙帝，坚持自己的对台用兵主张，索性将姚启圣掣肘之事挑明，要求皇上“独任臣以军事，令督抚二臣催载粮饷接应”，断言如由他一人指挥，出其不意，攻其不备，台湾“何难一鼓而平”，并且立下军令状，宣称“若事不效，治臣之罪”。

这时，姚启圣也上疏皇帝，陈奏台湾刘国轩又派员抵福建议和，条件与上年一样，台湾依照高丽、琉球等外国模式，称臣进贡，但岛上官吏、将士、百姓不剃发、不迁往大陆。实际上，郑克塽这一分裂主张，继承了其父郑经衣钵。郑经上台不久，于康熙六年背逆父亲郑成功意旨，宣称“东宁（台湾）远在海外，非属版图之中”，“今日东宁，版图之外另辟乾坤”，决意分裂割据，在台湾另行立国，并要求清王朝“以外国之礼见待”。

面对错综复杂的形势，康熙帝心如烛燃，断然定下决心，准许施琅“独任专政”，委以军事指挥全权，并催促他迅速进兵台湾。

在战与和这场没有硝烟的战争中，施琅战胜对手，大获全胜。

施琅坚信：台湾能平，台湾必平。经过京城十三年的修炼，施琅已经成为坚韧无敌的蛟龙，具备一脚踏平万顷浪、一口喝干台海水的英雄气魄。

现在，这条蛟龙挥率水师、扬帆出征的时机到了。

康熙二十二年（1683 年）六月十一日，施琅在铜山召开誓师大会，各镇、协、营等随征官员全部出席。会上，遐迩闻名的大力士、提标右营游击蓝理挺身而出，自荐出任先锋。十四日辰时（7—9 时），清军二万一千余人，各型战船二百三十六艘，浩浩荡荡从铜山出发，向澎湖进发。

十五日辰时，郑军澎湖守军主帅、武平侯刘国轩获得这一情报。在此之前，他已令澎湖各岛守军沿岸构筑堡垒、布设火炮，岸外以炮船列阵，并调集重兵环泊于娘妈宫前口子及诸要口守备。申时（15—17 时），清军水师抵达澎湖外围，兵船分别暂泊于猫屿、花屿等澳。这些小岛上的郑军守兵不战而退，在清军到达前已撤奔澎湖本岛。

十六日，清军抵近澎湖本岛，施琅随即下达进攻命令。刘国轩率领部属二万多名、战船二百余艘，迎击猛扑而来的清军。论兵力，两军旗鼓相当、不相上下。杀声震天，枪炮齐鸣，惨烈的征台大决战，在澎湖打响。

就在这紧要关口，飓风突发，怒涛山立。施琅所率水师前锋簸荡漂散，战斗阵形被狂风打乱，遭到敌舰四面围攻。见状，施琅亲率舰船冲击敌船，不幸右眼被枪铳击伤，啊呀倒地，血流满面。危急时刻，蓝理率船冲入重围，接连击毁三艘敌船，其他敌船畏怯稍退。于是，主帅、先锋得以联手攻敌。战斗正酣，蓝理被敌一炮击伤，顿时腹破肠流，遭受重创。但蓝理一声不吭，咬牙挺立，稍加包扎即投入战斗。因此英勇壮举，蓝理后来荣获“破肚将军”美名。在这千钧一发之际，千总游观光喊杀连天，率部乘风直扑而来，救回主帅、先锋。

在主帅、先锋均遭重创的情况下，清军急忙撤退。刘国轩因军中缺粮，恐怕部属溃散，不敢追击。当日战役，郑军损兵二千余人，毁船约二十艘。

第二天，施琅回师停泊于八罩岛。施琅对海事稔熟于心，明知舰队停泊之处属于危地，却没有良策，因为澎湖三十六岛凡能用于停泊兵船的军事要地，均被郑军占领。施琅对天叹道：“三军命悬，悉听之天。”当时，海流湍急，兵船难泊，海潮骤涨，忽与岛平，看上去又一场摧天飓风就要袭来，情形万分危急，但不知为何，老天蓄势造作了一阵子，竟突然平息。施琅庆幸非常，用手抚额说：“天佑我师也!”

按照常例，六月时节，澎湖难有五日和风，常常骤起飓风，怒涛山高，变幻莫测。因此，这次清军攻台，施琅心中没有百分之百胜算。利用天赐良机，施琅下令整军五日，申严军令，审定功罪，赏惩官兵。

郑军望见敌军泊于八罩岛，冷笑道：“此不足烦吾兵，潮至自碎耳。”

二十一日晚，清军舰队起航。刘国轩正要整兵迎敌，望见一团黑云从天边突起，便说：“不用排兵，但排酒来作戏。”他断言，清军舰队将很快葬身鱼腹。原来，黑云是飓风骤起的前兆。酒筵摆开，忽然听得有殷殷之声，刘国轩非常惊愕地环顾众将说：“何声遽鸣遽息?”边问边饮酒自若。过了一会儿，殷殷之声又起，刘国轩道：“岂雷声耶?”语音未落，只听轰隆一声，雷声大作。原来，澎湖一带海面有一个规律，乌云起必飓风起，雷声作则风云立散。刘国轩大惊失色，跳将起来，将筵席一脚踢翻，仰天长叹：“此天也，非人也，罢！罢！速具舟楫。”随即，刘国轩将日常乘坐、树有主帅旗纛的大船，换给他人乘坐，自己乘坐一条小船作好败逃准备。

二十二日，清军兵分四路出击：施琅亲率战船五十六艘，均分为八股，进攻郑军主阵娘妈宫；都督陈蟒、魏明等率战船五十艘为东线，自峙内直奔鸡笼屿、四角山为奇兵，夹击娘妈宫；总兵董义、康玉等率战船五十艘为西线，自西侧突入牛心湾，佯动登陆，做疑兵牵制西面之敌；其余八十艘战船作为后援。辰时（7—9 时），清军发动总攻。

郑军二百余艘炮船、鸟船，在刘国轩指挥下四处迎敌。其中二十余艘大炮船，各装备三四千斤红衣大炮一门，发熕二十余门，铳一二百门不等，火力强大。两军对垒，一场恶战，炮火连天，矢石交攻，弹矢如雨，烟焰蔽天，咫尺莫辨。总兵林贤、朱天贵等清军将领率先冲入敌阵。朱天贵尤其勇猛，力敌三船，身负重伤，宁死不退，在追击敌船时炮穿其肋，立时阵亡。战至巳时（9—11 时），南风大作，施琅立即令火器船乘风纵发，用火桶、火罐攻击敌舰。这场鏖战，直至申时（15—17 时），以郑军大败而告终。郑军主帅刘国轩仅率大小船只三十一艘逃回台湾本岛，清军占领澎湖。这场海战，郑军主力被歼，官兵阵亡一万二千三百余人，投诚五千余人，澎湖外围三十六岛兵民全部投降，战船损失一百九十四艘。相比之下，清军损失要小得多，从十六日至二十二日，官兵亡三百二十九人，伤一千八百余人。

澎湖系台湾门户，刘国轩所率舰队乃郑军主力。攻占澎湖、消灭刘国轩舰队，等于给台湾郑氏政权敲下了最后一颗棺钉。

七月十五日，正逢中秋佳节。这一天，澎湖大捷喜讯驰抵紫禁城。康熙帝遥望天际一轮圆月，喜不自禁，立即脱下所穿御衣，令人快马加鞭，驰赐施琅。随即，这位热血奔涌的青年皇帝，诗兴大发，挥毫泼墨，写下一首特赐施琅的五言律诗："岛屿全军入，沧溟一战收。降帆来蜃市，露布彻龙楼。上将能宣力，奇功本伐谋。伏波名共美，南纪尽安流。"

在康熙帝眼里，此时的施琅，是善伐谋、建奇功的一员上将。

澎湖被攻克，台湾失去屏障，岛内人心涣散，郑克塽丧魂落魄、手足无措。在此形势下，施琅当年在京师时酝酿成熟的“因剿寓抚”之策，得以付诸实施。他提出“我军暂屯澎湖，扼其吭，拊其背，逼近巢穴，使其不战自溃”的作战方案，边整军备战，边对台湾郑氏集团展开和平攻势。但姚启圣提出与其截然相反的主张，建议迅速进击，“乘胜直捣台湾”。对此争议，康熙帝出来裁定，批准施琅之策，否决姚启圣之策。在施琅以战逼和策略面前，郑克塽不得不宣告无条件归顺大清。施琅遂于康熙二十二年（1683 年）八月十三日抵台受降，向郑氏集团宣读皇帝赦诏。十八日，郑克塽及所属官员全部剃发归顺。

征台大功告成，施琅晋将封侯，成为康熙朝大红大紫之人。

九月初十日，康熙帝晋升施琅为靖海将军，官秩武职从一品，荣获京外武职官员的最高军阶，并晋封他为靖海侯，准许世袭罔替，以奖励其“矢心报国”的赫赫功勋。同时，破格优叙、奖赏征台官兵。康熙帝还允准施琅之请，破格赐予施琅戴用只有皇帝特别赏识的官员、贵族才有资格佩戴的冠饰——花翎，赐予内大臣殊荣——成为由上三旗子弟组成的、翊卫扈从皇帝的侍卫亲军头领。随后，康熙帝御书“忠勇性成”匾额赐给施琅，使其永享盖世荣耀。

虽然近二十年里官衔没有晋升，爵位也只上升一个台阶，但今非昔比，施琅征台成功后的荣耀绝不是往日可以比拟的。昔日将军、伯爵之施琅，朝廷和皇上均满腹狐疑，说罢就罢，说免即免，根本无根基可言。今日将军、侯爵之施琅，皇上宠信备至，深信不疑。

可以断言，施琅若是没有京城十三年修炼而成的超级坚韧，就没有后来的平台伟业和大红大紫。

统一台湾之后五年，康熙二十七年（1688 年）七月，施琅入觐，康熙帝在乾清宫召见施琅，对施琅说：“今尔来京，又有言当留尔勿遣者。朕思寇乱之际，尚用尔勿疑，况今天下太平，反疑尔勿遣耶！”

直至此时，朝中竟仍有人怀疑施琅，竟还有人要将他扣留在京！

试想一想，当年施琅若不将京城当作淬炼坚韧之炉，若是英雄气短、脆弱易碎，会招致何等结局！

4. 雍正朝红人／胤祥

交出自我

雍正帝即位后，在众兄弟中，与胤祥关系最铁，史家称之为“亲密无间”。胤祥从雍正帝那儿得到的荣宠极高，从整个清代来看，也是顶级水平。将自己与胤祥的关系，界定为千百年一遇的“圣王贤臣”关系，足见雍正帝对胤祥的满意程度。胤禛生性刻薄寡恩、残忍多疑。在这么一个君皇跟前，胤祥要得宠固宠绝非易事。他到底有何秘诀？

雍正一朝，最得宠走红的臣子当属怡亲王胤祥。

康熙帝共生育儿子三十五个，除早夭者外，叙齿排行的二十四人。雍正帝胤禛排行第四，胤祥排行第十三，比胤禛小八岁。雍正帝君临天下后，在众兄弟中，与胤祥关系最铁，史家称之为“亲密无间”。胤祥从雍正帝那儿得到的荣宠极高，放到整个清代来看，也是顶级水平。雍正帝说：“朕实赖王（胤祥）翼赞升平，王实能佐朕治平天下。咸谓圣王贤臣之相遇千百载而一见，今且于本支帝胄之间得之。”将自己与胤祥的关系，界定为千百年一遇的“圣王贤臣”关系，足见雍正帝对胤祥的满意程度。

胤禛生性刻薄寡恩、残忍多疑。在这样一个君皇跟前，胤祥要得宠固宠绝非易事。他到底有何秘诀?

胤祥为人做事很绝，胤禛因此由衷地感动，由衷地信赖，由衷地以一个皇帝所能使用的方式给予褒奖。

胤祥之绝一：替人受过，愿把牢底坐穿。

在惨烈的皇位争夺战中，胤祥投靠势单力薄的胤禛，并且关键时刻肯效死命。康熙朝皇太子之位争夺血腥残酷，激烈程度为整个清代之最。众多皇子结党谋夺皇太子之位，朝野文武大臣各附一党，多派势力纵横捭阖、明争暗斗，都想置政敌于死地。当时，势力最大的是皇八子允禩派，当时暗里挖空心思谋夺皇太子之位、明里装作富贵闲人的皇四子胤禛，将皇八子允禩视为自己的劲敌，以巧妙的、几乎不为康熙帝察觉的各种手段与之较量。皇八子允禩有才干、人望好，皇子多投靠依附于他。相比之下，皇四子胤禛势孤力单，连同母胞弟允禵都不帮他。特别是皇十四子允禵，先是依附于允禩，继而自立门户争夺皇位，成为胞兄胤禛的死对头。胤祥是胤禛的同父异母弟，他不嫌胤禛势孤力薄，与他结成一党，积极谋夺储位，卷入党争漩涡。康熙四十七年（1708 年），康熙帝将皇太子胤礽废黜后，惩处争夺皇太子之位的皇子，胤祥与皇长子允禔、废太子允礽同时被捕圈禁。为救胤禛，胤祥大包大揽，将罪责揽到自己身上，使胤禛得以开释，摆脱干系。

胤祥为保全胤禛，失去皇父宠爱，付出了惨重的代价。本来，他也是一个颇受皇父宠爱的皇子，自幼受过严格教育，日常侍奉康熙帝于宫廷内外。胤祥“生秉粹质，至性过人”，童真无瑕，对皇父十分崇拜，“尝随行，以稚弱未能前视，圣祖过，循履迹伏地嗅之，其孺慕诚切如此”。他为皇父所钟爱，经常参加祭陵、出巡等重大活动。十三岁起就跟随父皇巡幸，康熙帝一生六次南巡，他参加四次，成为参加次数最多的皇子。这显然是一份不可多得的殊荣。他对治水很有一套，堪称谙练，曾多次跟随康熙帝巡视永定河等河道工程。在以农为本的华夏中国，治水历来被视为重要的治国本领。他还精于骑射，具有过人的胆魄和勇气。有次出巡狩猎，一头猛虎突然呼啸而出，直扑过来。在性命交关之际，胤祥“神色不动，手利刃刺之”，目击者无不为其神勇所折服。他多才多艺，善写书法、著诗文。具备如此综合素质的皇子，康熙帝喜欢时常带在身边、出入扈从，实属自然。若不是卷入党争，不成为铁杆式人物，生性宽仁的康熙帝完全可能给他一个很不错的政治前程。康熙四十八年（1709 年）三月，康熙帝复立允礽为皇太子后，为求得诸王子间的政治平衡，加封诸子爵位，封皇三子允祉、皇四子胤禛、皇五子允祺为亲王，皇七子允祐、皇十子允䄉为郡王，皇九子允禟、皇十二子允祹、皇十四子允禵为贝子。这次晋封爵位，比胤祥年龄大的兄长有份，比他年龄小的弟弟也有份，独没他的份。获得封爵的这些皇子，大多是争夺储位的活跃分子，但他们善见风使舵，有讨取皇父欢心的能耐，生性仁厚的康熙帝宽宥了他们。按照清朝定制，皇子十五岁著封。而时已二十三岁的胤祥，死心眼，不回头，是头犟驴，因而被皇父一直禁锢牢中，皇恩浩荡时，他也未能沾上一星半点。胤祥从二十二岁那年关入牢狱，到康熙六十一年父皇去世那年才重见天日，在牢里度过近十四个春秋，走出牢笼时已年届三十六岁。身在禁所，压抑落魄自不待言，还有性命之虞，很容易中政敌的阴招，被害夺命。皇长子允禔、废太子允礽、皇八子允禩、皇九子允禟等失势之辈，就是在牢中困毙或遭阴招而死的。胤祥踱步在牢狱的黑暗中，并不料知胤禛会有荣登九五之尊的那一天，也不知自己这份苦难何日是头，但他为了保全胤禛的政治前途，置生死于度外，愿把狱底坐穿，这怎能不叫胤禛撼心动魄呢！

胤祥用自己的牢狱之灾，终于换来四阿哥胤禛的皇帝宝座。康熙六十一年（1722 年）十一月十三日，康熙帝去世，胤禛掌控皇权，立即下令将圈禁于内务府高墙内的胤祥放出。第二天，胤禛任命胤祥为总理事务大臣，与贝勒允禩、大学士马齐、尚书隆科多共同佐理朝政。同日，将胤祥从闲散皇子破格晋封为和硕怡亲王。对胤禛而言，总理事务大臣四人中，允禩及其党羽马齐为死对头，将他们推上高位，是出于斗争策略的需要；隆科多帮助他用非常手段夺得皇位，动荡时期不得不加以笼络；而胤祥曾为他坐牢卖命，是两肋插刀、肝胆相照的铁杆兄弟，是足可信赖的心膂。因此，总理事务大臣名为四人，核心灵魂人物实际只有胤祥一人。

胤祥从前朝落魄囚徒，一跃成为威势显赫的亲王，实掌辅政大权，成为朝廷二号人物。

这是当上皇帝的胤禛，对肯效死命之人的天恩地谢。

胤祥受到如此器重，对胤禛更加忠心耿耿，办事更加卖力，辅佐胤禛渡过初政难关，坐稳龙廷，巩固皇权。雍正帝后来回忆这段历史时说，“辅政之初，阿其那（允禩）包藏祸心，扰乱国是，隆科多作威作福，揽势招权，实赖王（胤祥）一人挺然独立于其中，镇静刚方之气，俾奸宄不得肆其志。”

胤祥之绝二：送上门的白花花银子不要。

雍正元年（1723年），雍正帝晋封胤祥为和硕怡亲王后，考虑到他在皇父康熙帝当政时，“敬谨廉洁，家计空乏，举国皆知”，援引康熙年间自己和允祉等人分封亲王每人各得钱粮二十三万两的先例，赏给胤祥二十三万两白银。面对这笔巨款，府中贫寒的胤祥坚决不受。经雍正帝再三再四颁谕指示，胤祥才接受十三万两，其余十万两固辞不受。雍正帝只好另行施恩，命由胤祥兼管的佐领（满人定三百人为一牛录，一牛录之长，汉译称作佐领）都归他统辖，并增赏其侍卫和亲军。后来，雍正帝又援引给予裕亲王的待遇，命胤祥“支官物六年”，他又固辞不受。雍正帝当皇子这么多年，四十四周岁才做皇帝，在藩邸冷眼旁观几十年，“于群情利弊事理得失无不周知”，深知满朝文武、贵族官僚普遍嗜钱如命，为了弄钱，贪污受贿、搜刮敲诈，无所不用其极，像胤祥这般唯恐银子咬手，送上门来的白花花银子不要，实属罕见。胤祥如此清廉，令雍正帝为之振奋，对他掌管朝廷财政大权更加放心。

胤祥之绝三：铁腕理财，功及三朝。

康熙晚年用兵西北，各地拖欠赋税，国库空虚，加上官吏贪污渎职，朝廷财政混乱，经济呈现衰退趋势。雍正帝是位励精图治的皇帝，上台伊始就提出“雍正改元，政治一新”的奋斗目标。他知道，要实现这一宏大目标，必须振兴经济，而要振兴经济，必先整顿财政。雍正帝掌权不久，就任命胤祥总理户部三库事务。户部三库，银库、缎匹库和贮藏茶、蜡、铜、铁等物的原料库，历来是朝廷的钱袋子。钱袋得由最信得过的人来掌管。钱袋子有毛病，漏洞百出，即使金山银山搬进来，最终也是一场空。雍正元年（1723年）二月，清廷设立会考府，雍正帝命由胤祥主持该府事务，“专司各省事件及一切奏销钱粮”。过了两个月，雍正帝又任命胤祥总理户部事务。这一任命，改变了祖制，因为顺治元年就下令停止贝勒总理户部事务，改由尚书总理部务，顺治八年（1651 年）虽一度恢复以诸王、贝勒总理部务，但第二年就停止了这一做法。雍正帝从任命胤祥开始，使户部长官由以往的常设内阁尚书负责制，改为不常置的特简宗室亲王、大学士兼理部务制。户部负责管理全国二十七省区疆土、田亩、户口、财谷政令，包括掌管钱币事务的机构钱法堂和宝泉局。因此，雍正帝命胤祥总理户部，就是将朝廷财政大权交到他手上。

胤祥明白，整顿财政对于雍正新政具有重要的战略意义。财政混乱，没有钱花，雍正朝要想政治一新就是一句空话。康熙帝留下的户部，历年“库银亏空数百万两”，钱粮匮乏，国库空虚，管理上积弊丛生。胤祥将“整理财政、清查赋税”，作为雍正新政的第一战役来打，殚精竭虑，夙夜匪懈，豁出命来理事。胤祥上任时，滞积案牍如山。他革除旧有陋习，奖励富有进取精神和创造能力的官吏和办事人员，并明确规定完成整顿任务的期限。一手悬鞭挥策，一手奖以利禄，效果非常明显。四十日期限一到，“旧案数千，悉经理就绪，部务于是一清”。

钱与命一样，最关乎贵族官僚的切身利益。如果身怀私欲，没有一张铁面，没有铁的手腕，绝难整顿好财政。

胤祥认账不认人，只对皇上一人负责，不到三年时间，稽查和驳回不符合规定的奏销项目近百起，给贪官污吏营私舞弊的恶习以沉重打击。在此期间，他查出户部库银亏空二百五十万两，经雍正帝批准，勒令有关官员限期赔缴或逐年补偿。胤祥不做只打苍蝇不打老虎的软蛋，对造成朝廷财政亏空者，不论王公贵胄，还是身居要职的官僚，一概严惩不贷，绝不网开一面。其兄敦郡王允䄉、履郡王允祹，内务府官员李英贵等，凡上了追索名单的，勒令追缴，赔缴不足的，变卖家产偿还。总之，吃进去的不义之财都要吐出来，一个子儿也不能少。这触犯了不少人的利益，涉案者无不剜“肉”出“血”、颜面扫地，他们对胤祥恨之入骨。有些官员也认为胤祥过于苛刻无情，招致舆论不满。

雍正帝对胤祥的做法及政绩很满意，站出来为他撑腰，说这些严厉措施势在必行，胤祥只是遵旨而行，全然不关他的事。

经胤祥铁腕整肃，财政局面为之一新，“稽核精密，出纳有经，径窦为之肃清”，雍正朝由穷变富，“府库岁有余羡，国用益饶”。

雍正六年（1728 年）五月，雍正帝颁布上谕，表彰胤祥在王朝财政方面作出的贡献，赞誉他“涤弊清源，劳绩茂著”。

雍正朝国库渐盈，积存白银达六千万两之巨，成为清代最富庶的时期，乾隆初年国库积存白银六七千万两，主要是雍正朝留下的遗产。雍正朝在整顿财政、振兴经济等方面所作的努力，使康熙后期的财政混乱和经济颓势得到挽救，为康乾盛世架起坚实的桥梁。胤祥铁腕匡弊、拨乱反正，成效卓著，功及三朝。

胤祥之绝四：吞吃泥巴，固守臣道。

胤禛信佛崇佛，自幼喜爱阅读佛家典籍，成年后与僧人过往甚密，曾自号“破尘居士”，又称“圆明居士”，当上皇帝后，自称“四和尚”，甚至在宫中举行法会，亲自说法，收门徒十四人。他热衷于修缮古刹名寺，江南荆溪

（今江苏宜兴）崇恩寺、浙江绍兴报恩寺、舟山普济寺和法雨寺，南岳衡山、西岳华山的佛寺，都由他特发帑金，进行扩充修葺。信佛的雍正帝相信人能够轮回转世，相信肉体死后灵魂不灭。因此，他对修建自己陵寝非常重视。要建一座好的陵寝，首要的是要找一块上吉之地。雍正四年（1726 年），他把这一重任交给干练忠诚的心腹重臣胤祥，命另一位心腹张廷玉辅助，工部、内务府负责具体办理建陵事务。

顺治、康熙二帝陵墓都建在遵化，胤祥等人自然在遵化一带寻找吉地。跋山涉水，披星戴月，仔细寻觅。第二年四月，胤祥终于在九凤朝阳山看中了一块陵地，雍正帝也点头同意。谁知开工后，发现穴中之土杂有砂石，雍正就不满意了，他说这块地“规模虽大，而形局未全，穴中之土又带砂石，实不可用”。胤祥转而又到别处寻找，经过四处踏勘，确认遵化一带再无中意之地。于是，甩开大步朝北京西南方向踏勘。翻山越岭，栉风沐雨，经过精心勘察，胤祥总算在易县泰宁山太平峪找到一块上好陵地。胤祥上奏说，这块地“实乾坤聚秀之区，为阴阳和会之所，龙穴砂水，无美不收，形势理气，诸吉咸备”。雍正对这块陵地也十分满意，认为“山脉水法，条理分明，洵为上吉之址”。

胤祥为选陵址千辛万苦，千挑万拣觅得的陵地风水又这么好，既有利于万年之后安身，又有利于子孙后代的兴旺。雍正帝对十三弟心生感激。他以胤祥经营吉地居有首功为由，把自己万年吉地附近的一块“中吉”之地赐给他。胤祥听后，“惊悚色变，惶恐固辞”。他认为这块地只有大富大贵之人能够享用，自己身为臣子，绝不能在属于帝后们的陵地上修建陵墓。他在涞水县境内为自己找了一块平善之地作为墓址，认为才是他所适用的，奏请雍正帝赐给他。雍正帝知道其铁了心，不得不同意他的请求。胤祥接到圣旨，高兴得手舞足蹈，说："皇上待我隆恩异数，不可枚举，今兹恩赐，则子孙俱受皇上之福于绵长矣。"当日，就派护卫前往起土。过了数日，护卫呈看土色，怡亲王胤祥竟然"取一块捧而吞之"。

胤祥吞吃自己墓地的一块泥巴，含义幽深。这件非同寻常之事，被郑重载入清官方所著的《清世宗实录》和《钦定八旗通志》，现存中国第一历史档案馆的"内务府档"也有同样详细记录。这表明，它引起当时朝廷上下包括雍正帝的高度关注。从后来雍正帝对胤祥的评价看，胤祥吞土之事，在皇兄那儿确是大大得分的。

胤祥之绝五：敢于举荐政敌。

康熙帝皇十七子允礼，曾依附皇八子允禩，参与皇权争夺，属允禩党羽，被皇四子胤禛视为政敌。康熙帝死后，雍正帝采取逐一分割、各个击破的办法，有计划分步骤地进行打击，命允礼罚守遵化康熙帝景陵。胤祥上奏，认为允礼此人"居心端方，乃忠君亲上、深明大义之人"，属可用之才，竭力向雍正帝推荐。雍正帝采纳胤祥意见，进封允礼为果郡王，管理掌蒙、回、藏事务的国家机构理藩院。这是雍正元年的事。当时雍正帝刚执掌皇权，为巩固自己的统治地位，没有立即对头号政敌允禩进行打击，反而故意赋以重任，任命他为总理事务大臣，将他由贝勒晋封为亲王，欲抑先扬，麻痹对手。胤祥举荐允礼，一石二鸟，既分化了允禩党人，又为心腹不多的雍正帝增添了一位得力助手。

允礼不负胤祥举荐，不负皇上重用，成为朝廷栋梁之材。雍正三年（1725 年），他因"实心为国，操守清廉"，获赏亲王俸禄，并按亲王规格增加侍卫。雍正六年（1728年），晋封为果亲王。后来，进一步重用，任命他管理工部，总理户部三库，授宗令、管理户部，并办理送达赖喇嘛还藏、循途巡阅各省驻防及绿营官兵，以及治理苗疆等重大事务。雍正帝临死前，任命他为辅政大臣，辅佐年轻的乾隆帝处理军政事务，成为举足轻重的显贵重臣。

胤祥还向雍正帝极力举荐并非科班出身的李卫，说此人“才品俱优，可当大任”。后来证明，李卫此人的确具有不同寻常的施政才能，后来仕途通达，官至疆臣之首直隶总督，成为雍正朝赫赫有名的模范三督抚之一。他还举荐了很多人才，后来官至福建总督的刘世明也在其列。

在举荐的人才中，一为雍正帝临终付托重臣，一为全国疆臣之首，胤祥看人之准，由此可见一斑。雍正帝说，胤祥“为国荐贤之处甚多”。这句看似平常的话，实际上是对胤祥识人荐才的高度评价。

举者尽贤，且有大贤，这是胤祥的又一过人之处。

……

诸如此类，一件件一桩桩，胤祥为人做事之绝，还有很多。

他精通河工，曾奉命治理直隶、江南水道。雍正三年，由于京畿水利设施年久失修，直隶暴发大水灾。经胤祥寒暑靡间、躬亲治理，直隶地区水患变成水利，数千里沮洳污莱变成丰收沃野。随后，胤祥又赴江南，治理黄淮水患。当时江南水道，除河淮之外“多致浅塞”。经胤祥领导治理，“东南数十州县，河流疏畅，获灌溉之利”，“亿万生灵，永受其福”。对此，雍正帝给予充分肯定，说他“兴田功于畿内，粳稻连畴；筹水利于江南，河渠顺轨”。

他还颇通法律，负责办理过数十起大案。这些案子每桩牵涉人员都很多，情况错综复杂。胤祥审理非常慎重，而且不搞刑讯逼供，认为“听讼之道，求诸词色以察情伪，设诚以待之，据理以折之，未有不得其情者。惟大猾狡狯，不得已而施之敲搒。若概用重刑，锻炼成狱，三木之下，何求不得?”这一高见，雍正帝深为赞赏，命全国司法部门将胤祥这些话“刻木榜置堂署，时时省览”。

胤祥还是军机处领班大臣。雍正七年（1729 年）三月，清廷下令，准备兵分两路，征讨准噶尔部噶尔丹策动叛乱。当年五月，为出兵西征作准备，在北京南苑举行大规模阅兵，胤祥担任阅兵活动主要组织者。次月，雍正帝命在内廷设立军机处。这是清王朝设置军机处的开始。当时，这个机构直接秉承皇帝旨意，主办机密军务。军机处的设立，加强了雍正帝的专断独裁，也把封建王朝的集权推向新的高潮。军机处领班大臣职要权重，雍正帝经过长时间“筹算”，决定将此重任交给胤祥。胤祥积极筹划，倾奉智慧，为平息西陲叛乱作出重要贡献。

胤祥担任总理事务大臣，管理户部，又是军机处首揆，集政权、财权、军权于一身，位高权重，综理万机。他还兼督领雍正帝经常居住处圆明园八旗禁军之责，负责雍正帝日常处理政务之处养心殿的用物制造，办理诸皇子事务和雍正帝藩邸旧务，代行祭祀办理雍正帝临时交办的各类差务，可谓职任繁多。

有的事比天还大，有的事细腻如丝，无论事大事小，也无论何等艰难繁杂，胤祥总是精益求精，做一事成一事，做一事成一绝。雍正帝说，胤祥“凡宫中府中，事无巨细，皆王一人经画料理，无不精详妥帖，符合朕心”。

总理事务，夙夜匪懈，呕心沥血，造成生命大量透支。胤祥生命不止，理政不息。他将自己一百几十斤，毫无保留地献给了雍正王朝。

雍正七年十一月，积劳成疾的胤祥倒下了。他所居住的交晖园与圆明园邻近，雍正帝常派御医过来治疗，并多次打算亲登亲王府看望，被胤祥恳辞谢绝。胤祥病中仍关心朝廷大事，隔十天半月就硬撑着入宫觐见皇上。后病情日重，为避免雍正帝登府看望、增添忧伤，他特地搬到京郊西山养病。胤祥一生不居功、不自傲，谦虚谨慎贯穿始终。临终之际，对身后之事逐一作出交待，并反复叮咛他死时殡殓“只用常服，一切金玉珠宝之属，概不可用”。他还亲手画了一幅坟茔图交给妻子和儿子，嘱咐道：“（我身后）茔地之制，悉照会典所载亲王之礼行，毋得稍有逾越。如或稍过，则汝等违我之治命矣!”雍正八年（1730年）五月初四日，胤祥生命垂危。雍正帝获悉，急从圆明园起驾前往探望，还未赶到怡亲王府，胤祥永远闭上了眼睛，年仅四十四岁。这对感情至深、互为依赖的君臣兄弟，未能见上最后一面。

胤祥为人做事如此之绝，说到底是因为他对皇兄雍正帝有着深透的了解，对如何为人、做官、处事到了近乎大彻大悟的境界。

胤祥与皇子时代的胤禛关系就很铁。胤禛将十三弟视为知己，争夺皇太子之位时结为一党。出于竞争需要，为对付共同的政敌，兄弟俩自然少不了独对密谋、推心置腹。以胤祥的天资，对兄长胤禛的心灵解读，自然也就高人一筹。

胤禛谋取皇位后，军政大事千头万绪，同时还需要防范和打击胤禩党人，需要一位足可信赖、才能出众、身份显赫的人物替他总理军政大事。这个人非皇十三子胤祥莫属。胤祥遂成了雍正帝的心腹股肱。处于这样一个位置，经常听皇兄耳提面命、下达密旨，胤祥对领会吃透皇兄决策意图，也就有了其他任何人所难以企及的独特优势。因此，皇兄雍正帝在想些什么、需要什么，应该如何满足他的需要，怎样贯彻落实他的决策意图，等等，胤祥心知肚明，非常清楚。

更为重要的是，胤祥此人天分很高，且又自律很严。自成为皇太子党争牺牲品坠入监牢之后，他站在暗处，对在明处继续着的形形色色争权夺利行径看得更为清楚，看清了那些局中人种种昏头之处；他在黑暗和阴冷中反省自己，对大本大源之事有了冷静、深透的觉悟，面对怎样做人、怎样做官、怎样处事的人生基本问题，也就有了鲜明的答案，从而掌握了人生的指南和舵把，即便平步青云、大权在握，甚至权倾朝野，也不迷心窍、惑失方向，始终老老实实、精明能干地做一个皇兄所需要的贤臣和能臣。

胤祥好事做绝，雍正奖赏越格。

早在雍正四年（1726 年）七月，雍正帝就亲书“忠、敬、诚、直、勤、慎、廉、明”八字，制成大匾赐给胤祥，并颁旨说：“怡亲王事朕，克殚忠诚，职掌有九，而公尔忘私，视国如家，朕深知王德，觉此八字无一毫过量之词。在朝诸臣，于‘忠勤慎明’，尚多有之，若‘敬诚直廉’，则未能轻许。”这就是说，八字之中“敬诚直廉”四字他尤其看重，轻易是不赐给朝臣的。他还对嘉许胤祥的八个字逐一作出解释：所谓忠，即“公而忘私，视国事如家事，处处妥帖，能代朕劳，不烦朕心，盖其忠君亲上之念，肫恳笃挚”；敬，即“小心兢业，无纤毫怠忽”；诚，即“精白一心，无欺无伪”；直，即“直言无隐，表里如一”；勤，即“黾勉奉公，夙夜匪懈”；慎，即“一举未尝放逸，一语未尝宣漏”；廉，即“清洁之操，一尘不染”；明，即“见理透彻，莅事精详，得弊周知，贤愚立辩”。通过对这八个字的解释，对怡亲王胤祥的为人做事，给予高度评价。

怡亲王胤祥英年早逝，雍正帝辍朝三日，悲恸不已。第二日，他又亲自前往祭奠，对怡亲王祭礼作出专门安排，并颁谕：“怡亲王毙逝，心中悲恸，饮食无味，寝卧不安。王事朕八年如一日，自古无此公忠体国之贤王，朕待王亦宜在常例之外。”雍正帝还亲自素服一个月，一月之内不举办任何宴会。

胤祥死后第三日，雍正帝谕示内阁，“凡告庙典礼所关有书王名处，仍用原名，以志朕思念不释之意。”将“允”改为“胤”，恢复其名为胤祥，不避皇帝“胤禛”之讳，体现了雍正帝对这个弟弟的格外敬重和亲密。因此，后修的《清圣祖实录》《钦定八旗通志》等官方书籍中表述的，雍正帝诸兄弟中，独胤祥一人书写原名。为了与雍正帝名字多少有点区别，撰史者挖空心思，故意省缺“胤”字左边一撇，书写为“胤祥”。雍正帝赐胤祥谥号为“贤”，为表彰其“嘉谟懿行”，雍正帝“滴泪研硃”，亲书“忠、敬、诚、直、勤、慎、廉、明”八字加于“贤”字前，并给予配享太庙，在奉天、直隶、江南、浙江建专祠的待遇。谥号前加上御赐八字，在清代历朝王公中惟怡亲王胤祥一人。

雍正帝还破例提高胤祥陵寝规格。雍正帝认为“园陵之制，则关系国家之典礼，德懋懋官，功懋懋赏”，应当按规矩办事。但以胤祥一生丰功伟绩，若循常制修建其陵墓，他认为太过亏待，于心不忍。最后，他不顾胤祥留下的建茔遗嘱，突破定规，在涞水县为其建造了规模宏大的陵墓：享堂七间，享堂之外中门三间，内围墙一百丈，中门之内建焚帛亭、祭器亭，中门之外建神厨五间，神库三间，东西厢及宰牲房各三间，碑亭一座，其外为大门三间，周围墙二百九十丈，大门外设奉祠房二十间，再加石桥二座，石碑坊一座，擎天柱二根，神道碑一座。并且从建陵开工之日起，设立守备一员、千总一员、把总二员、兵丁五十员，永远守护。按照《钦定大清会典》规定，凡亲王坟茔，一律为“享堂五同、门三、茶饭房左右各三间，碑亭一座，围墙百义，守冢人十户”。比较两组数据可见，怡亲王胤祥的陵园规模大大超越常规。

胤祥安葬之日，雍正帝亲往奠送，亲笔为其撰写碑文。洋洋千余言，系统记述了胤祥一生功绩，字里行间充满感情、称赞备至。他还允准京西白家疃、天津、扬州、杭州等各地之请，在这些地方建立怡亲王寺，供人们永远祭祀。

雍正帝对胤祥处处施以优礼特恩，胤祥可谓“生荣死哀，备生人之全福”。

胤祥所享宠荣荫及子孙。雍正帝为褒奖胤祥之功，将其第三子弘晈晋封为宁郡王，命第四子弘晓袭封怡亲王，其余儿子也加官晋爵。到乾隆中期，允许胤祥子孙王爵世袭。胤祥子孙后代，均达官显贵，权势显赫。

5. 乾隆朝红人/傅恒

低调贵戚

艰险未能阻止傅恒的前进步伐，过成都，经天赦山时，道路艰险，雪紧冰滑，十多匹战马先后坠入深不见底的山涧，傅恒下马与官兵一起步行，翻山越岭走了七十里地。大学士、皇帝小舅子尚且如此，其他将士还有啥话好说，大家无不抖擞精神，奋力向前。傅恒勇于任事，善于任事，而且虚怀若谷，有功不居功，赐爵不受爵，给赏不领赏，乾隆帝打心眼里赞赏。如此给皇上长脸的小舅子，皇上哪能不宠信！在连续三次征缅战争失败、统兵主帅一一丧命的情况下，傅恒再次受命，顶着兵败帅殒的死亡气息，挂帅统兵，驰赴西南前线……

乾隆前期官场大红大紫之人莫过于傅恒。

傅恒在乾隆朝担任首席军机大臣时间最长。乾隆帝在位六十年，接着当太上皇三年，实际掌控皇权六十三年。

在其统治期间，任首席军机大臣时间较长的三人：初期鄂尔泰，从元年到十年，前后十一年，他实际上是雍正朝红人，是两朝间的过渡性人物；之后是傅恒，从十四年（1748 年）干到三十五年（1770 年）去世为止，前后二十二年；而后是阿桂，从四十五年（1780 年）干到嘉庆二年（1797 年），前后十八年。其间，讷亲、尹继善、刘统勋、于敏中、和珅先后担任过渡性首席军机，短的如尹继善仅九个月，长的如于敏中也不过六年。论担任首席军机时间，傅恒独占三分之一，堪称首席军机中的常青藤。

清朝不设宰相。雍正帝设立军机处后，朝廷权力由内阁集中到军机处。首席军机大臣，实际权责已相当于宰相。当时朝野私下里是这么看的，也是这么称呼的。

当然，首席军机大臣并不等同于皇帝宠臣。比如，乾隆后期，阿桂长期坐军机处头把交椅，但满朝文武都知道，皇上最宠信的是和珅，而非阿桂。

而傅恒确实深得乾隆帝宠信。整个清代，太师、太傅、太保“三公”加于一身的宰辅寥寥无几，傅恒则是其中之一；当时紫光阁陈列百名功臣像，傅恒赫然列居首位；两度晋封为一等公的，在乾隆朝傅恒当是绝无仅有。

傅恒官运亨通，提拔速度之快，好比火箭升天。对此，打开其履历就可一目了然：

乾隆五年（1740 年），任蓝翎侍卫，很快升至头等侍卫，官至正三品。

七年（1742 年），晋升为总管内务府大臣，晋至正二品。

八年（1743 年），擢升为户部右侍郎，成为财政部门的副长官。

十年（1745 年）六月，在军机处行走，相当于见习军机大臣。

十一年（1746 年）七月，正式担任军机大臣；十月，任内大臣，官至从一品。

十二年（1747 年）二月，任会典馆副总裁；三月，任户部尚书、议政处行走、兼管銮仪卫事务；六月，任会典馆正总裁。

十三年（1748 年），任领侍卫内大臣；四月，任协办大学士、加太子太保衔；六月，充经筵讲官；九月，暂管川陕总督，晋升为保和殿大学士，官至正一品；

十四年（1749 年），任首席军机大臣，晋封为一等忠勇公。

傅恒在官场上呼呼地往上蹿，主要原因，身份特殊，系世臣贵戚，又是乾隆皇帝的小舅子。

傅恒隶属满洲镶黄旗，姓富察氏。曾祖哈什屯，曾任内大臣，为大清开国功臣；祖父米思翰，曾任户部尚书，系乾隆帝亲信；父亲李荣保，曾任察哈尔总管。尤其不一般的是，他的胞姐富察氏是弘历嫡妻，乾隆二年（1737 年）册封为皇后。

傅恒生于何年何月，史料没有记载。但可推算出其大体年龄。他姐姐富察氏雍正五年（1727 年）七月嫁给弘历时十六虚岁，出生时间应在康熙五十一年（1712 年）。作为富察氏的胞弟，傅恒应生于康熙五十二年（1713 年）之后。据此可知，他任内阁大学士、官正一品时，还不到三十五岁；出任首席军机大臣、荣获一等公爵时，小于三十六岁。

乾隆帝一生册立过两位皇后，富察氏是第一位皇后。与后一位忤旨剪发令乾隆帝震怒的乌拉那拉氏皇后大不一样，富察氏一直深受皇帝宠爱。

富察氏嫁给已被内定为皇太子的弘历后，表现出与众不同的纯朴德性。她平日从不披金戴银，而将通草绒花作为自己饰物，每年还采用关东传统技艺，把鹿羔细皮绒制成荷包送给皇帝。富察氏清纯自然、法祖承本，赢得弘历喜爱。有次乾隆帝生病，在长达三个多月的日子里，富察氏每夜都在皇帝寝宫外侍候，悉心照料，思虑周详。她居六宫之首，壶范足式，孝奉皇太后，下抚诸嫔妃，博得内宫上下一片赞颂。有这么一位贤内助，使乾隆帝得以摆脱繁杂的家事，专心处理朝政。他说："朕得以专心国事，有余暇以从容册府者，皇后之助也。"乾隆帝爱妻及子，先后将她生育的幼子皇二子永琏、皇七子永琮内定为皇位继承人，可是这两个爱子于乾隆三年、十二年相继夭折。两个爱子均魂归西天，使富察氏身心遭受巨大打击，她于乾隆十三年春随驾东巡时死于山东德州。痛失爱妻后，乾隆帝颁旨，九天不办事，亲王以下文武官员斋宿二十七天，并于大清会典律例之外另行规定，命满汉文武官员百日内不准剃头。谕令外省文武官员，从接到谕旨之日起，摘去冠缨，齐集公所哭丧三日。乾隆帝答应富察氏临死前请求，赐她"孝贤"谥号。在泪悼亡妻之际，乾隆帝写下哀思缠绵的《述悲赋》，留下"痛一旦之永诀，隔阴阳而莫知"；"入椒房兮阒寂，披风幄兮空垂"的凄泣悲吟。

富察氏为乾隆帝如此宠爱，其胞弟傅恒也大大沾光。天下官位千千万，皇上圣口爱任命谁就是谁，何况还是爱若心肝的妻子之弟，历朝历代类似例子不胜枚举。傅恒与贵戚中昏头之辈大不相同，没有因扯上天下第一的裙带而趾高气扬、忘乎所以。他处事非常谨慎，有两个故事很能说明问题。其一，乾隆初年，皇上不同时召见军机处大臣，一般君臣独对，其中首席军机讷亲为承旨大臣，由他负责传达皇帝谕旨。每逢召见傅恒，为回避与皇上的特殊关系，傅恒总是自称识见不广，请求各位军机大臣与他一同入见。皇上晚饭后有所咨询，又把他召去，单独询问商议。因此，时人将傅恒称为“晚面”。其二，军机处大臣承领皇帝旨意后，退下来独自起草谕旨，轮到傅恒，总是命军机处的其他小官员一起拟稿，然后呈给皇上。傅恒坦坦荡荡，尽力避嫌，与左右和睦相处，颇得人望。

傅恒长得很胖，稍走快一点就气喘吁吁。但这位肥胖的贵戚不讨人嫌，因为他特会做人。他为人谦逊和善，不因为自己与皇上关系独特，“早龄侍值禁近”，随时可以出入内廷而目空一切，也不武断自擅，更不做仗势欺人之事。对待长辈尤其是士大夫，他总是十分礼让、敬重有加，对后进之辈从不压制，而是想方设法引荐奖掖，使他们脱颖而出、用当其位。因此，朝臣们对他也很敬重，在他身边团结了一帮人，都愿意与他一起共事效力。

如果说，傅恒得宠，主要缘于皇上与他是郎舅关系，那么，他所以能够固宠，尤其在其胞姐富察氏皇后病逝后，仍被乾隆帝倚为心膂，主要得益于他为人德性好，勇于任事，而且不居功不邀赏，始终谨慎小心，夹着尾巴做人，不摆皇帝小舅子和首席军机大臣的威风。

乾隆十三年（1748 年）九月，傅恒临危受命，暂管川陕总督，经略征讨大金川军务。当时，大金川土司莎罗奔攻打革布什咱土司，扩张势力，扰犯清军，乾隆帝命川陕总督张广泗征讨莎罗奔。当年四月，命大学士、一等公、首席军机大臣讷亲为经略大臣，统率皇家劲旅赴前线督师。讷亲抵前线后，先是限令三天拿下莎罗奔结寨地噶拉依，轻率冒进，导致进攻失败，损兵折将，代理总兵任举阵亡；继而丧失斗志，畏缩不前，打算转攻为守，让四万大军构筑碉堡，以垒对垒，打持久战。这一做法，遭到乾隆帝斥责。随后数月，讷亲、张广泗所率大军虽有小胜，但始终未能前进一步。乾隆帝命讷亲、张广泗回京师见皇上。不久，将讷亲革职。当年十二月和翌年正月，将张广泗和讷亲先后诛杀。就是在讷亲和张广泗征伐大金川失利的情况下，乾隆帝将经略重任交给了傅恒。同时，积极为其提供条件，调拨京师及各省满汉官兵三万五千名供他指挥，拨给军费四百万两白银，还拨十万两内帑以备来日犒赏将士。

对傅恒离京出征，乾隆帝高度重视。十一月二日，乾隆帝在重华宫亲自宴请傅恒，为他壮行。翌日出师，乾隆帝“亲诣堂子，行告祭礼”，并亲御瀛台，赐食将士。傅恒启行时，乾隆帝派皇子和大学士来保将他送到远郊良乡。

傅恒顶风冒雪，毫不懈怠。时正隆冬，他率部日夜兼程，有时日行竟达三百二十里。进入陕川境内，因驿政不修、马匹供应不及时，迟滞大军行动。傅恒及时将沿途考察了解到的情况奏报皇上。乾隆帝下令，火速整修从北京至成都的四十八座驿站，从成都至前方军营的马步二十四塘，保证交通、通信畅通。艰险未能阻止傅恒的前进步伐，过成都，经天赦山时，道路艰险，雪紧冰滑，十多匹战马先后坠入深不见底的山涧，傅恒下马与官兵一起步行，翻山越岭走了七十里地。肥胖的傅恒，在平坦大道上走急了尚喘不过气来，可以想见，要在冰封雪阻的崎岖险道上跋涉，会何等艰难。但他战胜自我，把坎坷艰险甩在身后。大学士、皇帝小舅子尚且如此，其他将士还有啥话好说，大家无不抖擞精神，奋力向前。十二月十八日，如期抵达金川军营。在此期间，乾隆帝以傅恒率师远征，公忠体国，殚竭悃忱，纪律严明，行军迅速，兼办一切咨询机务，常常彻夜不眠，一秉丹诚、心坚金石，劳瘁超伦，先是命部优叙，部议加傅恒太子太傅衔，特命加太保衔。傅恒获悉，赶紧上疏固辞，但皇帝不允；傅恒克服千难万险到达金川军营后，乾隆帝大喜，命赐傅恒双眼孔雀翎，傅恒再次固辞，坚不接受恩赐。

傅恒抵金川后很快出了一招，命副将马良柱，诱杀附从大金川土司莎罗奔作乱的小金川土司泽旺之弟良尔吉、其嫂阿扣及汉奸王秋。乾隆帝褒扬傅恒明断，命他接受双眼孔雀翎的赏赐，并说，“如仍执意谦让，是不遵旨也”，傅恒这才不敢推却。

随后，傅恒进行抵近侦察，发现清军屯驻之地狭隘，与高居山梁上的敌军战碉相望，且杂处于当地士民市肆中，不占地利。傅恒遂考虑迁移旧日营垒，令总兵冶大雄总理营盘，以肃军纪。他在查找张广泗用兵失败的原因的基础上，分析敌我军事态势，提出自己用兵主张，奏报皇上：“臣惟攻碉最为下策，枪炮不能洞坚壁，于贼无所伤。贼不过数人，自暗击明，枪不虚发。是我惟攻石，而贼实攻人。贼于碉外为濠，兵不能越，贼伏其中，自下击上。其碉锐立，高于浮屠，建作甚捷，数日可成，旋缺旋补。且众心甚固，碉尽碎而不去，炮方过而复起。……攻一碉难于克一城。即臣所驻卡撒，左右山巅三百余碉，计日以攻，非数年不能尽。且得一碉辄伤数十百人，得不偿失。兵法，攻坚则瑕者坚，攻瑕则坚者瑕。惟使敌失所恃，我兵乃可用其长。拟俟诸军大集，分道而进。另选锐师，旁探间道，裹粮直入，逾碉勿攻，绕出其后。番众不多，外备既密，内守必虚。我兵既自捷径深入，守者各怀内顾，人无固志，均可不攻自溃。”应当说，傅恒决定各路大军继续发动正面进攻，控制并迷惑敌军，另出一支奇兵，从别的小道进击，凡遇敌坚碉一概绕过，直捣敌心脏刮耳崖，来个中心开花，使固守山梁石碉内的敌军不战而溃，这是高明之策。然而乾隆帝受岳钟琪影响，不同意直捣刮耳崖的军事计划，且此事心思已起了变化，考虑到金川并非大敌，清军已劳师两年，杀了两员大臣，失去多员良将，心中很不痛快，见到傅恒上疏，见敌军据险而守、难以攻克，更加不想继续用兵，遂以孝圣宪皇后名义下谕，命傅恒班师回朝。此时，千里之外的傅恒已开始实施自己的战略战术，督军攻下好几个敌碉。乾隆帝一面驿送三斤人参慰劳傅恒，谕封他为一等忠勇公，赐给宝石顶和四团龙补服，一面屡次下诏命他班师。傅恒认为，没有将敌人打服就撤军，莎罗奔等人气焰会更加嚣张，自己也没有脸面无功而返，表示不能就此回撤。他坚请进兵，恳辞公爵，而且缴还原旨，以示绝不是虚头巴脑故作姿态。

就在傅恒与岳钟琪决策遣军挺进之际，大金川土司莎罗奔在清军久困下坚持不住了，多次在阵前高喊投降，并于乾隆十四年（1749 年）正月派头人前来求降。傅恒坚持要莎罗奔等人自缚到清军辕门投降，实际上是想乘机将他逮捕，还朝献俘。乾隆帝坚决反对这个计谋，并不断催促傅恒结束战争。圣命难违，傅恒不得不举行仪式，接受莎罗奔的投降，宥其免于一死。

乾隆帝好大喜功，后来将金川之役自诩为“十大武功”中的首功。对于为他立下汗马功劳的小舅子傅恒，已晋封他为公爵，没有更高爵位可以晋封，他只好另赐豹尾枪二杆、亲军二名，壮其仪威。他还同意莎罗奔之请，同意在刮耳崖下建祠供傅恒长生禄位。傅恒疏辞四团龙补服，不敢受用。乾隆帝见他固辞，专门颁发谕旨，认为对傅恒的褒奖，“实出至公，且具有深意”，并且评价傅恒征金川之功，“与当年岳钟琪之树绩青海，大学士鄂尔泰之绥靖苗疆”完全等同。因此，他在颁发这份长长谕旨的末尾命令道：“所赐大学士、公傅恒照宗室公式之朝帽顶及四团龙补服，著于朝贺典礼之时，时常服用，不必恳辞。其寻常入朝入部办事，应从所请，随宜即用公品级补服，以成谦挹之美。”乾隆十四年（1749 年）三月，傅恒率大军返抵京师，乾隆帝命皇长子率诸位亲王大臣到郊外，给予高规格迎接犒劳。不久，敕令按照勋臣额亦都、佟国维之例为傅恒建立宗祠，祭祀其曾祖哈什屯、祖父米思翰、父亲李荣保，春秋官为其举行祭礼。并追谥傅恒父亲李荣保“庄悫”谥号，在东安门内赐地修建傅恒府第。

傅恒勇于任事，善于任事，而且虚怀若谷，有功不居功，赐爵不受爵，给赏不领赏，乾隆帝打心眼里赞赏。如此给皇上长脸的小舅子，皇上哪能不宠信！

乾隆十九年（1754 年），准噶尔部发生内讧。乾隆帝乘机发兵，彻底解决准噶尔问题。当时，满朝文武，坚决拥护这一策略的只有傅恒一人。后来乾隆帝称赞：“西旅之役，独能与朕同志，赞成大勋。”乾隆二十年（1755 年），清军攻克伊犁，将准噶尔首领达瓦齐一举俘虏。当年六月，准噶尔之乱被清军平息。乾隆帝回想起上年决策用兵之时，曲高和寡，文武百官均不支持，投赞成票的独有傅恒，对这位富有战略眼光、敢于力排众议、坚持正确主张的大臣非常欣赏，而且充满感激之情，特地颁谕，再次授傅恒为一等忠勇公。傅恒在平金川之役中已获一等忠勇公爵位，再次封公，实属殊典旷恩。对此，傅恒上疏力辞，并向皇上当面恳陈辞谢之意，再三再四，说到动情之处涕泪俱下，声称自己在金川之役中“叨封公爵已为过分”，执意谢绝再赐他一顶公爵桂冠。乾隆帝察傅恒表现，认为其“信出至诚，实将来可以永承恩遇之道”。不能让谦逊者吃亏，乾隆帝仍下令对傅恒“从优加等议叙”。部议将傅恒加赏六级。不久，乾隆帝将百名功臣画像陈列于紫光阁，傅恒荣居首位。乾隆帝特赋御诗一首，盛赞傅恒功勋：

世胄元臣，
与国休戚。
早年金川，
亦建殊绩。
定策西师，
惟汝予同。
酂侯不战，
宜居首功。

在连续三次征缅战争失败、统兵主帅一一丧命的情况下，傅恒再次受命，顶着兵败帅殒的死亡气息，挂帅统兵，驰赴西南前线。

乾隆三十年（1765 年），缅甸军队多次侵扰西南边陲云南。新任云贵总督刘藻乃一老儒，不识事体，调兵遣将与缅军作战均不得法，屡吃败仗。翌年二月，乾隆帝命撤掉刘藻总督之职，将他降补为湖北巡抚，总督之职由历任两广总督、闽浙总督、陕甘总督并拜东阁大学士的杨应琚担任。年逾七十的刘藻经不住丢官降职的打击，“自刭不殊，婉转于戕榻间，七日乃死”。杨应琚上任后发动反击战，收复被占边地，这场小规模的边境战争已告结束，他本不想进一步讨缅，使战争升级。但其一些部属立功心切，低估缅军力量，蛊惑主帅对缅开战，未经乾隆帝颁谕，就发动了征缅战争。结果战败失地。杨应琚心神恍惚，旧病复发倒下，以致对部属违败为胜、虚报战果的行为毫无察觉，稀里糊涂地向乾隆帝报捷。远在万里之遥的乾隆帝"按图详阅"，反而将其中错谬识破。乾隆帝对此非常恼火。本来，天朝大国征服不了区区缅甸小国，就已让他窝火，现在滇缅边界纠纷不仅未能平息，反而愈演愈烈，而杨应琚竟然虚报蒙蔽、负恩欺罔，"大出情理之外"。这令他龙颜震怒，下令将杨应琚调回京师调养，命伊犁将军明瑞继任云贵总督，发动第三次征缅战争。杨应琚返京不久，乾隆帝命其自尽。明瑞用兵有方，取得蛮结之役大捷。但清军胜而轻敌，长驱直入，一度攻入缅甸心脏地带，距其都城阿瓦仅七十里。但由于军械粮饷缺乏保障，兵疲马乏粮尽，敌都在前，清军竟然无力攻城。缅军乘机发动反攻，清军节节败退，明瑞在小猛育突围战中多处负伤，自缢而死，第三次征缅战争宣告失败。乾隆帝觉得大失脸面，异常震怒，誓雪丧师辱国之耻。

尚书、参赞大臣舒赫德，奉命赴西南边地永昌实地考察后，与新任云贵总督鄂宁联合上疏，提出征缅有办马、办粮、行军、转运、适应"五难"，认为清军征缅"实无胜算可操"，不宜继续对缅动武。乾隆帝对不领会圣意的舒赫德严厉训斥，革去舒赫德尚书、参赞大臣之职，给予鄂宁降职处分，降补福建巡抚。

乾隆帝谕示，"筹办进剿缅匪，一切机宜紧要，必须重臣前往调度"。何人堪当重任？乾隆帝高坐龙廷，反复审视度量，目光最后还是落在大学士、一等忠勇公傅恒身上。

傅恒就是在刘藻自刭、杨应琚赐死、明瑞自缢，三位云贵总督相继身败名裂，新任云贵总督翻身落马的情形下，执掌征缅帅印，拂着乾隆三十四年（1769 年）早春二月的寒风，踏上西南征程的。

傅恒于三月入云南。四月抵达边城腾越。在乾隆帝心目上，傅恒是一张王牌。这张王牌不负重托，办事用心，进军迅速，乾隆帝十分满意，并期望他征缅得法，扬武威、宣仁德。为此，他特赐傅恒扇子一把，并在扇面亲书御诗一首，谆谆叮咛："炎徼炽烦暑，军营区画频。大端应释记，细务不辞亲。世人谁知我，天边别故人。勖斯风到处，扬武并扬仁。"傅恒愈感责任深重，尤其是"世人谁知我，天边别故人"，足见皇上对自己倚眷之隆。他倍加用心，经仔细研究勘察，不仅找出了明瑞兵败的症结，并且得到意外的收获：有个叫翁古山的地方，有许多参天大树，其中昼楠、夜槐两种树木是造船的上等材料；附近有个叫野牛坝的地方，凉爽无瘴，是个造船的好去处。他一边命其子傅显率清军三千、湖广工匠四百六十余人秘密赶造战船，一边制定水陆并进、直捣缅甸都城阿瓦的军事计划。这一计划，正合圣意，乾隆帝大喜，给予充分肯定："至于造船一事，水陆并进，实征缅最要机宜。"特别对造船巨木、造船佳地独为傅恒发现之事，大加赞赏，"何以前此并无一人见及，而傅恒得之，竟尔便于取携，可见事无难易，人果专心致力，未有不成者。"乾隆帝意犹未尽，还赋诗《造舟行》盛赞傅恒。

当年七月，傅恒祭纛誓师，兵发腾越，对缅发动突袭。初战告捷，乾隆帝十分高兴，赐给傅恒三眼孔雀花翎。傅恒上疏，坚辞不受重赏。此时，缅甸正值收割季节，对清军进攻猝然不防。清军深入猛拱、猛养二千余里兵不血刃，如入无人之境。只是因为气候恶劣、烟瘴弥漫，清军运粮困难，官兵多有病倒。九月，野牛坝战船造成，清军水陆并进，击溃缅甸水军。十月，攻克前被缅军攻占的军事重镇新街。十一月，进攻老官屯。该城位于金沙江东岸，南通缅甸都城阿瓦，是缅甸都城的北方屏障，是由北往南水陆交通咽喉。老官屯易守难攻，缅军设立木寨、水寨，据险坚抗。去年清军在这里吃了钉子，久攻不下，被拖累拖垮。傅恒调集清军主力猛攻二十余日，炮击、火攻、挖地道爆破，各种战法都用上，就是拔不掉这颗钉子。因这一带成天烟雾缭绕，湿度很大，水土恶劣，清军特别是久居北方的满洲兵身体很不适应，官兵染上瘴疠之疾纷纷病倒，有的甚至一命呜呼。在可怕疫病袭击下，清军原有水陆军三万一千余人，死亡过半，遭受重创，仅幸存一万三千余人，连傅恒之子傅显、总兵吴士胜、副将军阿里衮、副都统水瑞、提督五福、叶相德等重要将领，均被恶性传染病夺去生命。主帅傅恒，也未能幸免，染上恶疾，腹泻一天比一天厉害，以致一病不起。未被缅军打败的清军，在一场恶性传染病面前溃不成军，失去战斗力。

乾隆帝获悉大惊，颁谕令傅恒立即班师回京。碰巧缅甸国王、缅军主帅慑于清军兵威，也有罢兵乞和之意。决计撤兵、不愿将征缅战争再拖下去的乾隆帝，正好借机下了台阶，同意前方清军与缅方议和息战。

傅恒深知这次征缅战争并未取得乾隆帝预期的结局，自己作为主帅负有不可推卸的责任，主动上疏向皇上请罪："用兵之始，众以为难。臣执意请行，负委任，请从重治罪。"乾隆帝没有将傅恒当作替罪羊，积极为他开脱责任："此次出兵非好大喜功，而傅恒承命经略，职分应尔，设以为办理是非，朕当首任其冲，其次方及傅恒，岂宜独以为己责？昔皇祖于吴三桂一事，谕令廷臣集议，而主撤藩者，惟米思翰、明珠数人，后逆藩抗命，众皆归罪议撤之人，皇祖谕曰：'朕自少时以三藩势焰日炽，不可不撤，岂因吴三桂反叛委过于人？'大哉圣言，足为万世法守。傅恒此事即可援以为例。前于傅恒收服猛拱时，曾赐三眼花翎以示褒宠，傅恒恳俟功成后再用。今既未经克攻贼巢，前所赐翎即着缴回，仍用伊原戴之翎。"皇上将责任揽到自己身上，并用心良苦地援引祖父康熙帝与米思翰、明珠等执意撤藩的先例，朝臣们自然也就息事宁人，不敢贸然攻击傅恒。身为首辅、贵戚的傅恒充分回收谦逊低调的好处，既未受辱，更未夺命，避免了那些恃宠骄狂的贵戚一旦失足便从云端跌落的悲惨结局。

傅恒在接到缅甸国王乞降方物后宣布撤军，于乾隆三十四年（1769 年）回驻虎踞关。翌年二月，班师回朝。三月，带病赶赴天津觐见正在当地巡幸的乾隆帝。乾隆帝迟迟未见期待的缅王屈服求贡的表文，很是窝火，本想斥责傅恒撤兵过于草率，但看到傅恒重病缠身，不忍将他治罪。两个月后，傅恒病情恶化，乾隆帝几乎每日派人去看望，并好几次亲临慰问，关怀备至。然而乾隆帝浩荡关爱，未能挽留宠臣的生命。七月十三日，傅恒病逝，年仅四十八岁。

心膂之臣英年早逝，乾隆帝"深为震悼"。盖棺定论，乾隆帝对傅恒一生予以充分肯定，并对他谦虚之风特别赞赏："及崇爵再加，坚让不受，尤足嘉焉。"乾隆帝将悲痛寓寄于对他的高规格治丧中。他命户部侍郎英廉负责承办傅恒丧事，谕示丧礼按宗室镇国公规格办理，赏内帑五千两治丧，允其入贤良祠，赐祭葬加礼，赐谥号"文忠"。乾隆帝还亲登其府在灵前祭酒，赋诗举哀，留下"鞠躬尽瘁诚已矣，临第鸟悲有是哉”的诗句，既是对傅恒的高度评价，又充分流露痛失宠臣的内心哀痛。后来乾隆帝赋诗悼念傅恒，嘉许他为“社稷臣”。

傅恒子侄也都深受皇上恩宠，获高官显爵。长子为皇帝女婿（多罗额驸），曾任正白旗满洲副都统，官正二品，在代理云南永北镇总兵时去世；次子福隆安，被乾隆帝招为女婿（和硕额驸），封一等忠勇公，任兵部尚书；第三子福康安，官居协办大学士、吏部尚书，仍任两广总督，封一等嘉勇公；四子福长安，任工部尚书。内阁六个部，傅恒的三个儿子竟当过三个部的第一把手。福隆安之子丰绅济伦，袭一等忠勇公，官副都统，在御前侍卫行走，为皇上心腹之臣。傅恒子孙个个高官显爵，其留下的云骑尉世职，便由其侄子承袭。

谨慎低调是部厚沉沉的人生哲学，尤其天生显贵如傅恒者，只要读懂用好，必终生受益。

6. 乾隆朝红人/和珅

高明奴才

和珅钻营的最大特点，是精于揣摩主子心理。成为乾隆帝肚里的一条虫子，他就有这番本事。只要乾隆帝喜好之事，他都抢着去做、尽心去做，什么事都能干得出来。身为堂堂军机大臣，朝廷大员，他总是“言不称臣，必曰奴才”，“皇帝若有咳唾，和珅以溺器进之”。要成为皇上肚里一条虫子绝非易事，和珅却做到了。查办云南总督李侍尧案，就可见识和珅这一手的厉害……乾隆帝与和珅，世俗层面论，一个是甩手掌柜，一个是出色管家；精神层面论，一个是俞伯牙，一个是钟子期。在世俗王国和精神世界的两端，君臣两人都心心相印难舍难分。清代皇帝好把宠臣称为“心膂”，乾隆帝真的将和珅当作了自身重要的一部分。如果说主动求宠、顺境固宠还不足以显示和珅全部本领的话，那么，其反败为胜、逆境邀宠的招数，不得不令同僚自叹弗如、望而生畏。但也有人说，和珅受乾隆帝异宠，原因是君臣两人为一对同性恋……

乾隆朝后期，和珅一跃成为权倾朝野的政治暴发户。

和珅在弘历当皇帝期间，虽始终未能跨越阿桂，当上首席军机大臣和内阁首辅，实现位极人臣的梦想，但朝臣们心里明镜似的，都知道他才是皇上最宠信的大臣。《清史稿》称和珅“宠任冠朝列矣”，说的就是这意思。和珅与皇帝的特殊关系和在朝中的独特地位，连英国访华使团副使乔治·斯当东也看在眼里，“这位中堂大人统率百僚，管理庶务，许多中国人私下称之为‘二皇帝’。”

这种现象具有特殊而典型的意义，因而值得冠以一个时髦称谓：“和珅现象”。

和珅为何能够飞速跃上政治舞台，为何得以长期受到专宠，实在是一个天大的谜。

乾隆四十年（1775 年），是破解“和珅现象”的重要时间界碑。这之前，和珅平淡无奇，名不见经传，官场之中不知和珅为何许人；这之后，和珅平地一声雷，超级礼炮般直蹿九霄云天，而且这朵巨大神奇的耀眼礼花，从此宝石星辰似的镶嵌于苍穹，终乾隆一朝不再消陨。

乾隆四十年前，和珅是一个名落孙山的穷学生，是一个偶尔陪同皇上捕鱼、罟雀，寻开心的小混混。

《清史稿》载，少年和珅是在贫穷中度过的。乾隆十五年（1750 年），他出生于一个旗人之家。父亲常保，姓钮祜禄氏，隶属满洲正红旗；母亲是河道总督嘉谟的女儿。和珅祖上没得过什么高官显爵，高祖尼牙哈冲锋陷阵、出生入死，挣下三等轻车都尉世职，这个爵位允许世袭罔替，算是给后代子孙留了一官半职。三等轻车都尉政治待遇相当于正三品官，但物质待遇比正二品还要高一些。常保除承袭三等轻车都尉世职外，生和珅那年任副都统，论品级为武职正二品；后来，他还晋升为都统，成为从一品官员。就拿副都统俸禄来说，每年白银一百五十五两，俸米七十五点五石，蔬菜、烛炭、纸张等各项补贴银三百七十六两，养廉银六百至一千两。另外，清廷还发给三十五个人的口粮（每人三十五石）作为官员家属补贴。武职官员的岁俸比起待遇最高的宗室岁俸要低得多。宗室岁俸最高的是亲王，岁俸白银一万两、米一万斛。但要比起寻常百姓家来，武职正二品官员的收入就够富庶的了。然旗人有旗人的生活方式。八旗军入主中原一百多年，绝对优越的统治地位将他们诱入堕落的罗网。眠花宿柳，声色犬马，赌博斗殴，看戏遛鸟，酗酒豪宴，甚至吸食鸦片，无休止的挥霍享乐，往往使他们坐吃山空，债台高筑。和珅一家生活方式大概与其他旗人没多大差别。特别是和珅父亲常保，中年丧妻，前妻撇下和珅、和琳两个儿子，不久常宝续娶吏部尚书弥泰女儿为妻。和珅在后娘那里得不到从前那份娇惯，要想过其他八旗子弟那种奢华日子，只好经常向外祖父嘉谟讨钱。有一回，和珅又派仆人去找两千里外的外祖父讨银子，嘉谟给他五十两；没过多久，又派仆人刘全讨要三百两，被嘉谟拒绝。和珅只好自己出京去找外祖父。嘉谟恼了，打算将外孙和珅法办（逃人法规定，旗人不得私自外出，旗人奴仆不得擅离主子）。这时，嘉谟部下郭大昌出面说情，嘉谟才很不情愿地掏给外孙三百两银子，郭大昌也掏给三百两。这种屈辱生活，给少年和珅留下很深刻的记忆。和珅父亲是都统、母亲是河道总督之女，这等身份，要是放在外省特别是边远之地，也算是显赫门第了，但放在皇子皇孙一大帮、王公贵族满大街的京师，就再寻常不过了，穷兮兮的和珅绝对找不到一丁点优越感。

幸运的是，十岁的和珅步入位于西华门内的咸安宫官学。这所官学始建于雍正六年（1728 年），隶属内务府，每年招生仅九十名。入学者每年免费得一份口粮，不必再为肚子发愁。官学师傅由进士或举人担任，课程有四书、五经、满文、骑射。清廷定期考核官学生，择优授以官职。考一等的授笔帖式，主要负责抄写和满汉文翻译，有七品、八品、九品及未入流者；考二等的授库使、库守。从笔帖式入仕，对咸安宫官学生来说具有极强的诱惑力。乾隆朝协办大学士兆惠、军机大臣舒赫德、云南巡抚恒文等高官，都是从笔帖式做起，逐步发迹的。凭着自己的机敏和刻苦，和珅学习成绩拔尖，精通满、蒙、汉、藏四种语言文字，四书五经能够倒背如流，写得一手漂亮八股文，而且工诗擅画、才气横溢。乾隆三十三年（1768 年），十八周岁的和珅去应戊子科顺天乡试。他兴冲冲而去，灰溜溜而归，只好用“翻悔归来增怅怏，人间谁复是知音”的诗句，来抚慰自己的落第创伤。过了很多年后，和珅才明白，清初以来历次科举考试有一个规律：“所中大臣子弟居多”。作为出身寻常的普通官吏子弟，乡试落第不足为怪。

乾隆四十年（1775 年），是和珅官运骤起之年，是其仕途的关键转折点。这年十一月，和珅平步青云，升任乾清宫御前侍卫兼正蓝旗满洲副都统，从此一路扶摇，进入仕途快车道。

次年正月，和珅任户部右侍郎；三月，任军机大臣；四月兼任总管内务府大臣；八月调任镶黄旗副都统；十一月充国史馆副总裁，荣戴一品朝冠；十二月，兼任步军统领，跻身朝廷一品大员行列，相当京师卫戍司令，百姓俗称“九门提督”，成为皇帝心腹中的心腹，成为当时政治苍穹中最耀眼的一朵礼花。回顾乾隆三十七年时，和珅还只是个三等侍卫，论品级正五品，但仅仅四年时间，就从默默无闻的小混混，一跃成为声名显赫的一品朝臣，成为皇帝跟前的大红人。

和珅不是皇帝国戚，但其升官之快却超过乾隆帝小舅子傅恒。傅恒从任蓝翎侍卫到进入军机处，用了五年时间；和珅同乾隆帝相识仅一年，就进入了军机处。

和珅能够官场骤起、大红大紫，得宠高升，到底有何秘诀，世人众说纷纭。

说法之一，和珅第一次进入皇上视野，就打下了特别深刻的烙印。

陈康祺《郎潜纪闻》记载：“一日，警跸出宫，上偶于舆中阅边报。有奏要犯脱逃者，上微怒，诵《论语》‘虎兕出于柙’三语。扈从校尉及期门羽林之属咸愕眙，互询天子云何。和珅独白：‘爷谓典守者不得辞其责耳(凡内臣称皇上皆曰老爷子，或曰佛爷)。’上为霁颜，问：‘汝读《论语》乎?’对曰：‘然。’又问家世、年岁，奏对皆称旨。自是恩礼日隆。”

《庸庵笔记》则另有说法：“大驾将出，仓促求黄盖不得。高宗云：‘是谁之过欤?’各员瞠目相向，不知所指。和珅应声而曰：‘典守者不得辞其责。’高宗见其仪度俊雅，声音洪亮，乃曰：‘若辈中安得此解人?’问其出身，则官学生也。和珅虽无学问，而四书、五经尚稍能记忆，一路舁轿行走，高宗详加询问，奏对颇能称旨。”

和珅首次受乾隆帝赏识的记载，《郎潜纪闻》与《庸庵笔记》在具体情形上出入颇大，但实质上是一致的，都表明和珅反应机敏，而且学问功底不薄。

“虎兕出于柙”与“是谁之过欤”，均出于《论语·季氏篇第十六》。而“典守者不得辞其责”，是套用原文中注释“言在柙而逸，在椟而毁，典守者不得辞其过”的后半句，只是将最后一字改为“过”。《论语·季氏篇第十六》讲的是，掌握鲁国国政的季孙大夫即将发动讨伐颛臾（今山东费县）的战争，孔子反对用战争解决国与国之间的争端，因而反对季氏这场不义之战。当时，孔子弟子冉有、子路在给季氏当家臣，孔子给两位弟子讲不该帮主子发动这场战争的道理，从剖析“虎兕出于柙，龟玉毁于椟中”的原因入手，指出作为家臣未能制止主子季氏开战，具有不可推卸的责任：老虎、犀牛从笼里跑出来，龟甲、玉器在匣里毁坏了，这是谁的过错？《论语·季氏篇第十六》原文强调的是“过”，而乾隆帝实质上是追究“责”，和珅脱口而出，对以“典守者不得辞其责”，既表明反应极快，具有很强的应变能力，又表明学问功底较深，尤其置身于八旗武夫中间，更是令人注目、高人一头。

又有一说，和珅在一场独特考试中进入圣眼，从此踏上飞黄腾达之路。

陈焯之《归云室见闻杂记》载：和珅“扈从上幸山东，上喜御小辇，辇驾骡，行十里一更换，其快如飞。一日，和珅侍辇旁行，上顾问：‘是何出身？’对曰：‘生员。’问：‘汝下场乎？’对曰：‘庚寅（一说戊子）曾赴举。’问：‘何题？’对：‘《孟公绰》一节。’上曰：‘能背汝之文乎？’随行随背，矫捷异常。上曰：‘汝文亦可得中也。’其知遇实由于此。”

据说，从顺治十五年（1658 年）起，会试和顺天乡试头场《四书》三题，都由皇帝亲自命题并密封，送内廉官刊印颁发。所以，乾隆帝是顺天乡试的命题者，当他知道和珅曾应顺天乡试时，要他回忆考场做过的文章。和珅一边侍轿飞跑，一边竟能将应试文章流畅地背诵出来。听罢“回忆作文”，乾隆帝得出结论，和珅应该有资格金榜题名。

和珅于乾隆三十三年（1768 年）应戊子科顺天乡试，此后四年担任三等侍卫，又过三年，乾隆四十年冬当上皇帝贴身侍卫。他边扶皇帝小轿边背诵当年考试作文，很可能就在那个幸运的冬天。在毫无准备的情况下，能将七年前考试作文背出来，表明他记忆过人，体现出不同寻常的心理素质。七年前参考之后心情沮丧至极，七年后扶轿答题的幸运不亚于殿试；七年前名落孙山，七年后文章得到皇上首肯，其意义甚至大于当年荣点翰林——乾隆帝是当年出试题者，面对当年本该考中而没有考中的和珅，脑子里很可能闪过许多复杂的念头：对于科举制度的反省，对于屈遭埋没的才子的同情，以及对和珅的补偿心理，等等。参加这场由皇帝亲自主考、只有一个考生、试题为七年前钦命题目的特殊考试，和珅的成功大大超过状元。

还有一说，和珅受乾隆帝异宠，出于一种非同寻常的暧昧关系。

这一说法广为流传。说是乾隆帝父亲雍正帝有一位相貌非常娇艳的妃子，少年弘历“以事入宫，过妃侧，见妃对镜理发，自后以两手掩其目，盖与之戏耳。妃不知为太子，大惊，遂持梳向后击之，中高宗额”。雍正帝皇后获悉后勃然大怒，以为年轻美貌的妃子故意调戏皇太子弘历，立即命妃自缢。弘历闻讯，飞速“往妃所，则妃已环帛，气垂绝”，弘历哀痛之际以珠子在妃子脖颈上做下印记，痛悔说：“我害汝矣！魂而有灵，俟二十年后，其复与吾相聚乎?”到乾隆中叶，和珅当了乾隆帝的御前侍卫，有次乾隆帝偶尔遇见他，“则似曾相识者，骤思之，于何处相遇”，“追忆自少至壮事，恍若和珅之貌与妃相似，因密召珅入，令跪近御座，俯视其颈，指痕宛在，因默认珅为妃之后身，倍加怜惜，遂如汉哀帝之爱董贤，不数年间，由总管仪仗而骤跻相位。”

这一野史传说，乍看纯属无稽之谈。清代自雍正元年建立秘密建储制度后，不再公开预立皇太子，除雍正帝外任何人都不可能预知弘历是皇太子；和珅系某艳美妃子投胎转世之说，看上去言之凿凿、有板有眼，其实风影演绎、毫无根脚。然而，野史的意义不在于就事论事，而在于透过现象看本质，揭示隐藏于生活表象后面的底色，好比X光，让人们透过包裹的衣服、皮囊，看到内在的骨骼。这一传说，意在于告诉世人，乾隆帝与和珅是一对同性恋。从历史背景看，这一说就并非无稽之谈了。乾隆帝是不是与汉哀帝同样钟情于男色，官史无载，官史也不会载。但有一铁的事实，清代因取缔官妓，严禁官员嫖娼，官场内狎男妓之风盛行。和珅相貌不俗、善解人意，乾隆帝是否与他有断袖之欢，只有他们君臣心里明白。和珅突然受宠、大红大紫背后多种可能里边，也不排除这一可能。这也折射出人们对“和珅现象”的浓厚兴趣，与欲解其中之谜的强烈欲望。

机敏应对《论语》也好，扶轿忆诵当年应试文章也好，幸得成为乾隆帝男宠也好，即使确有其事，从史实看，也不是和珅骤然得宠的全部原因。

和珅之为和珅，还在于具有其他过人手段。

他是投机钻营大师。

和珅隶属正红旗。正红旗属“下三旗”，但他却能顶破一层又一层天然障碍，钻到皇帝身边任御前侍卫，这不能不佩服其钻营功夫。从顺治帝时代起，御前侍卫均选自皇帝亲自统帅的正黄、镶黄、正白“上三旗”，当皇帝贴身侍卫也就成了“上三旗”的特权。按清制，负责皇宫、行宫警卫的侍卫处，编制一等侍卫六十人，二等侍卫一百五十人，三等侍卫二百六十人，蓝翎侍卫九十人。这些侍卫的官秩都很高，一、二、三等分别为正三品、正四品和正五品。按定制，“上三旗”子弟才有资格充当御前侍卫，“下五旗”子弟只能去当王府护卫。乾隆三十七年，二十二周岁的和珅跻身于三等侍卫行列，不久进入粘杆处任侍卫。粘杆处，因其只要负责皇帝“巡狩时扶舆、擎盖、捕鱼、罟雀之事”，又称“上虞备用处”。皇帝出巡时服侍护卫，闲暇时陪同皇帝玩乐，一天到晚围着皇帝转；一旦讨得皇上欢心，皇恩雨露往往能够优先打到头上。清代由侍卫发迹成为达官显贵的榜样很多，康熙朝大学士索额图，乾隆朝大学士、首席军机大臣、内阁首辅傅恒，都是从御前侍卫任上飞黄腾达的。虽然当御前侍卫干的是“扶舆、擎盖、捕鱼、罟雀”之类的下等活，比官学生或居家闲散的悠闲生活辛苦得多，但因为这是一条发达之路，贵族官家子弟趋之若鹜，为争这个显缺打破头。“下三旗”出身的和珅在竞争中的劣势自不待说，居然能大获成功，表明他在打通关节方面能力超强，堪称钻缝破障的行家里手。当上御前侍卫的和珅写下一首诗：“纵马凌云去，弯弓向月看。莫嗟行役苦，时接圣人欢。”这首诗活脱脱勾勒出御前侍卫和珅的精神世界：终于获得在皇上鼻子底下当差的机会，终于与“上三旗”子弟站在同一条起跑线上了，种种行役之苦统统退隐远去，凸现在仕途风景线前面的唯有洋洋得意。

和珅钻营的一个最大特点，在于精于揣摩主子心思。成为乾隆帝肚里的一条虫子，他就有这番本事。而且，只要乾隆帝喜好之事，他都抢着去做、尽心去做，什么事都能干得出来。身为堂堂军机大臣，朝廷大员，他总是“言不称臣，必曰奴才，随旨使令，殆同皂隶”，“皇帝若有咳唾，和珅以溺器进之”。要成为皇上肚里一条虫子绝非易事，和珅却做到了。查办云南总督李侍尧案，就可见识和珅这一手的厉害。

乾隆四十五年（1780年）二月，御前大臣和珅偕刑部侍郎喀宁奉旨奔赴云南，对云贵总督李侍尧进行突然审讯。直接起因是，曾任云南粮储道的海宁控告李侍尧受贿、勒索。马蹄在南去的驿道上泼风似的狂奔，和珅的脑子也在泼风似的飞转。他意识到这个案子很不简单，此案处理结果是否深契圣意，对他自己未来仕途至关重要。

“侍尧号才臣，帝所倚任。”《清史稿》中这九字，揭示了李侍尧的特点和其在乾隆帝心目中的重要地位。李侍尧隶属汉军正蓝旗，“短小精干，机警过人。凡案籍经目，终身不忘；其下属谒见，数语即知其才干，拥几高坐，谈其邑之肥瘠利害，动中要害；州县有阴事者，公即屡屡道之，如目睹其事者。”除了才具非凡，此人还颇有来头。他是额驸李世芳四世孙。李世芳是最早向努尔哈赤投诚的明军将领，出于瓦解明朝边将的政治需要，努尔哈赤将孙女嫁给他，授其为一等伯，遂成清初标志性政治人物。背景不凡、才华横溢的李侍尧，早在乾隆十四年（1749年）得睹天颜时就受乾隆帝赏识，破格由印务参领擢升为正蓝旗汉军副都统。乾隆二十一年（1756年）七月，乾隆帝委派他署理两广总督。广州从隋唐起就成为对外贸易港口，康熙十四年（1675年）清廷在广州设立海关，该地在对外贸易中的地位更加突出，两广总督既是要职也是肥缺。乾隆帝对李侍尧很器重，乾隆二十四年（1759年）正月正式任命他为两广总督。皇上对李侍尧格外垂青，三度委派他担任这一要职和美差，累计长达十五年。此外，还先后出任过湖广总督和云贵总督。李侍尧精明强干、政绩斐然，乾隆帝对他总是高看一眼。乾隆三十八年（1773年）还在两广总督任上的李侍尧，就被晋升为武英殿大学士。此后两年，被抬入汉军镶黄旗，由“下三旗”升为“上三旗”。乾隆四十二年（1777年），乾隆帝在选调李侍尧任云贵总督时评价说，“各省总督老成有识，能办大事者，实无出李侍尧之右者”，认定李侍尧在总督队伍中最为能干。

李侍尧兼才臣、能臣、宠臣于一身，久历疆臣，宠荣超常，乾隆帝为何突然对他下手？和珅虽聪明机警，却一时猜不透帝意，百思不得其解，因此费尽心机，憋出一身冷汗。他在路过奇石遍地的贵州时，咏物言志，写下一首长诗，吐露当时心情：“……禅机岂可妄相求，我对石言石点头。丝缕牵缠尘网重，溪山笔傲宦情收。凉汗沾肌岚风冷，策马依然纵玉鞭。回首绝壁矗青天，山灵不许游踪恋，顷刻飞云罩暮烟。”在和珅心中，帝意何在，这是处理李侍尧案的唯一要害。然而，禅机不可妄相求，这一点似乎连石头都明白。驿马飞奔上万里，和珅揣摩帝意禅机的心思从未停息。

抵达云南，和珅对李侍尧仆人进行突击审讯。李侍尧猝不及防，掩盖不及，屁股后头未擦干净的屎迹曝于阳光之下：他收受部属奉送的馈赠和规礼，还不失时机地暗示他们送其他厚礼，甚至巧立名目进行勒索。一次，他令仆人将一颗珍珠强行推销给昆明知县，竟开出白银三千两的天价。还有一次，他将一颗珍珠强卖给属下一位同知，要价两千两。总督大人掌管着他们的仕途生死簿，知县、同知等辈哪敢说个“不”字。查讯结果，李侍尧共勒索属下白银三万五千两。但可断定，这只是其勒索、受贿金额的冰山一角。因为，其家人张永受在京城就有房产六处、地亩一处，放债银四千两，在易州还有房屋数十间、耕地四五顷。一个家奴尚且有如此惊人的非法收入，久任富庶之地总督大人的李侍尧搜括之巨不难推想。

当时总督队伍中，李侍尧还不是声名狼藉之辈。他贪污受贿、勒索部属，也不光全是充填自家腰包。他向部属勒索的一个重要原因，是因为皇上也向他勒索，只不过皇上勒索时美其名曰“进贡”。按明文规定，凡年节、皇帝万寿、太后千秋，官员都要掏腰包进贡。没名没目的贡奉，比有名有目的还要多。乾隆帝又是一位情趣高雅的皇帝，简单奉上金条银锭不能换得他的笑颜，对贡品他讲求艺术性。李侍尧在两广总督任内好办，处在与洋人打交道的最大商埠，不缺能赢得皇上欢心的“西洋镜”，什么会唱歌儿的盒子啦，会自动游弋的精巧小船啦，会嘀嘀嗒嗒自动报时的钟表啦，等等。这些从西洋舶来的千奇百怪的贡品，都是西方近代科技的结晶，论新、奇、巧，必然占据最前沿，其他总督无法比肩。皇上见了年年翻新的“西洋镜”，笑逐颜开，而且总是来者不拒、多多益善。一次进贡后，乾隆帝正经八百地向李侍尧颁了一道圣旨：“此次所进镶金洋表亭甚好。嗣后，似此样好的多觅几件，再有比此大而好者亦觅几件，不必惜价。如觅得时，于端阳贡几样来。钦此。”调任云贵总督后，李侍尧对贡品就犯愁了，虽说从广州带来的“西洋镜”还有库存，但这类东西不能再贡，因为新任两广总督在这方面必定更新潮。云贵的优势是盛产金银，要想博取皇上龙颜大悦，得将金条银锭精细加工，打造成精妙绝伦的工艺品。当然，在加工过程中还得花费一大笔银子做加工费。朝廷支给总督的正俸和养廉银，是绝对承担不起贡奉费用的。各省总督为正二品官员，岁俸银一百五十五两、米一百五十五斛，俸禄相当微薄，比给俸不丰的明朝官员还要低得多。例如，明朝正一品官员月俸支米八十七石，按每石米折银一两计算，大体相当于清朝同品级官员的四倍；同样计算，明朝七品官比清朝同品级官员俸禄高一点三三倍。为防止官员贪污勒索，雍正年间起，实行养廉银制度，即从耗羡银中提取一部分发给官员，供养廉之用。“养廉者，君恩豢养以呵保其廉隅也。”据光绪《清会典事例》，总督每年养廉银大概在二万至一万三千两之间。如此区区正俸和养廉银，对于总督大人的挥霍、排场和进贡需要来说，无疑是杯水车薪。羊毛出在羊身上，皇帝向督抚勒索，督抚便向部属勒索，层层效仿，层层搜括。李侍尧只是清朝官场搜括体系中的其中一环。

李侍尧倒是真精明，天塌下来自个儿顶着，任凭审过来审过去，咬紧牙关，不提“贡”字。

案情既已查实，和珅便将全部心思集中到一点：到底如何处置李侍尧？是留他一线生路，还是了断性命？

和珅知道，乾隆帝对贪官污吏下手历来非常狠。他一上台就强调：“人臣之所最尚者惟廉。”他这样说，也这样做，努力将自己的吏治主张付诸实施，一批高官成为其倡廉肃贪的刀下鬼：乾隆六年（1741 年），兵部尚书鄂善因受贿千两白银被正法；乾隆二十二年（1757 年），令犯有勒索部属罪的云贵总督恒文自杀，将在山西巡抚任内侵吞帑银二万两的蒋洲处以极刑；乾隆三十三年（1768 年），将侵吞盐引的两淮盐政高恒处死，此公是慧贤皇贵妃的弟弟，还是一个贵戚；乾隆三十四年（1769年），将以开矿营利肥私的贵州前任巡抚方世隽、现任巡抚良卿正法；乾隆三十七年（1772年），将勒索部属金玉的云南布政使钱度处死；此后三年，将私役维吾尔百姓采玉牟利的高朴当地正法，此公系高恒之子，慧贤皇贵妃之侄。

综观肃贪史，乾隆中叶前，贪官免于一死者仅浙江巡抚卢焯一人。乾隆六年（1741年），卢焯在审嘉兴府桐乡县汪姓分家案时，收受汪氏贿银五万两。结果，乾隆帝裁定，留其一命，限期退出赃银，发往军台效力，乾隆十六年获赦，此后四年重新起用。卢焯贪污数额远远高于鄂善、蒋洲等人，为何能逃脱杀身之祸？是不是乾隆帝考虑到卢焯是有名的能臣，兴利除弊，政绩卓著，在百姓中颇有声望，因此对他网开一面？这似乎也说不通。云贵总督恒文也是一位能臣，在其任上建言建树很多，政绩显著，尤其是善于抓住问题、切中要害，深得乾隆帝宠信，为何他就未能逃过死劫呢？

一部乾隆肃贪史表明，贪污官员可生可死，但死多于生。和珅遂将思绪整个聚焦到卢焯、恒文身上。一生一死，前者何以生，后者何以死？和珅明白，悟透其中玄机，李侍尧的生死答案也就出来了。

李侍尧的生与死之所以令和珅费尽心思，是因为这不只事关他李侍尧掉不掉脑袋，而是事关乾隆帝高兴不高兴，事关和珅本人仕途关键时刻跌跟斗还是得高分的大事。

和珅参呀悟呀，直参悟个昏天黑地。终于，一道灵光射进脑海，他眼睛一亮，顿时开窍。于是，他挥毫写下对李侍尧的处置意见：处以斩监候，籍没全部家产。

斩监候大不同于斩立决，前者尚有一线生机，不定皇上哪天高兴了可以保全性命官复原职，后者则是死定了，一点转圜余地都没了。

皇上不想要李侍尧的命。乾隆肃贪史，注定还要多一个卢焯。这一结局，和珅未卜先知。他很自信，断定自己绝不会看走眼。不然，他是不会挥毫写下拟处意见的。

内阁大学士、九卿奉旨对和珅拟处李侍尧意见进行讨论，他们认为对贪污勒索的李侍尧处以斩监候过轻，只有从重处置，才能深契圣意。于是，他们对李侍尧加重惩治，将斩监候改成斩立决。

乾隆帝对此不作仲裁，却将这个题目交给各省督抚去做。为此，他颁了一道耐人寻味的上谕：

> 李侍尧历任封疆，在总督中最为出色，是以简用为大学士，数十年来，受朕倚任深恩。乃不意其贪黩营私，婪索财物，盈千累万，甚至将珠子卖与属员，勒令缴价，复将珠子收回；又厂员调回本任，勒索银两，至八千两之多。
>
> 现在直省督抚中，令属员购买物件，短发价值及竟不发价者不能保其必无。至如李侍尧赃私累累，逾闲荡检，实朕所意想不到。今李侍尧即有此等败露之案，天下督抚又何能使朕深信乎！朕因此案深为惭懑。……
>
> 各督抚须痛自猛省，毋谓查办不及，幸逃法网，辄自以为得计。总之，有则改之，无则加勉，触目惊心，天良具在，人人以李侍尧为炯戒，则李侍尧今日之事，未必非各省督抚之福也。所有此案核拟原折即著交各督抚阅看，将和珅照例原拟之斩候及大学士、九卿从重改拟斩决

之处，酌理准情，各抒己见，定拟具题，毋得游移两可。

乾隆帝颁发此谕，乍看花费大量篇幅拿李侍尧做活教材，敲虎震山，训诫其他总督巡抚，其实埋在谕旨里边的关键之点，是要督抚们讨论：处置李侍尧，该采纳和珅意见还是大学士、九卿意见。

总督巡抚们舆论一边倒，几乎全都附和大学士、九卿之议，表明与李侍尧彻底划清界限，免得有与其沆瀣一气之嫌。独有安徽巡抚闵鄂元，明确支持和珅之议，认为应给这位能臣留一线生路。

形势对和珅很不利。但在舆论一边倒的情况下，他仍然坚持自己对李侍尧的拟处意见。

不出和珅所料，乾隆帝并没有采纳多数派的意见，而是采纳了安徽巡抚闵鄂元的意见。乾隆四十五年十月初三日，乾隆帝颁发上谕，阐述其理由并作出最后裁决：

各省督抚核拟李侍尧罪名一案，业已到齐。李侍尧以大学士兼管总督，受恩最深，乃敢营私败检，骄纵妄行，实出意料之外。核其情罪……较之从前恒文、良卿贪婪法，致罹刑宪，情节实约略相等。惟恒文甫任督抚，即肆意婪赃，平日又无出力办事之处；李侍尧则身任总督二十余年，如办理暹罗，颇合机宜，缉拿盗案等事亦尚认真出力。且其先世李永芳，于定鼎之初归诚宣力，载在旗档，尤非他人所可援比。是以，前于尚书和珅等照例定拟斩候，大学士、九卿请改立决时，朕复降旨，令各省督抚等各抒己见，确议具题，原欲以准情法之平。

> 兹各省督抚大率以身在局中，多请照大学士、九卿所议，而闵鄂元则以李侍尧历任封疆，勤干有为，为中外所推服，请援议勤议能之文，稍宽一线具奏。是李侍尧一生之功罪，原属众所共知，诸臣中既有仍请从宽者，则罪拟惟轻，朕亦不肯为已甚之事。李侍尧着即定为应斩监候，秋后处决，余着照大学士、九卿原拟行。

乾隆帝力排众议，最后借闵鄂元之口采纳了和珅意见。实际上，乾隆帝在颁谕征求各省督抚前，已拿定这个主意。他之所以将这个题目抛给各省督抚，一来是教育那些封疆大吏，二来是借他们之口宽宥李侍尧。督抚中间也未必只有闵鄂元一人领会皇上苦心，只是事关自身清白问题，何人肯手捧炭火取悦皇上！

皇上要做什么事，总是不乏理由的；他老人家无论如何怎么做，也都是千真万确的。“一意孤行”，这词儿专为皇帝打造，他想怎么干，就是怎么干，顺之者得宠，逆之者失宠。

李侍尧在大牢里蹲了不到半年，鬼头大刀要砍断他脖颈之前，就得到皇上特赦，以三品要员身份奔赴兰州办理军务，指挥镇压苏四十三挑头的回民起义。不久，又任命他代理陕甘总督，取代获罪的勒尔谨。翌年，授予头品顶戴，加太子太保衔。后来，命他代理户部尚书。台湾林爽文起义爆发后，命他出任闽浙总督，并作为功勋卓著的功臣将其画像陈列于紫光阁。

李侍尧结局大大出乎众朝臣意外：同样是犯下乾隆帝恨之入骨的贪污勒索大罪，这么多大臣贵戚都人头落地，为何李侍尧能够死里逃生、宠荣依旧？

事过境迁众大臣尚转不过脑子来的事，和珅事先就想明白了。和珅不会仙术，不会掐指灵算，但他确是人精，早就将乾隆帝的那几根肠子揣摩得清清楚楚、梳理得顺顺溜溜。

再复杂的事情，一旦悟透，结论会变得十分简明。和珅在拿捏李侍尧生死之时，将云贵总督恒文与浙江巡抚卢焯两位能臣反复比较琢磨，终于悟出前者所以死、后者所以生的深层原因：恒文在勒索部属案发被劾后，说弄来的钱是用来进贡的，竟将屎盆子扣到皇帝头上；卢焯却咬紧牙关，不扯任何与皇帝有关的事。李侍尧与恒文、卢焯一样，也是能臣宠臣，但他不像恒文那么蠢，而与卢焯同等精明，虽然勒索部属与向皇上进贡直接有关，却横竖自个认了，丝毫不扯进贡之事。于是，和珅在幽微的思想隧道里终于找到白亮的出口，茅塞顿开：给李侍尧留下一线生机必深契圣意。

至于乾隆帝出尔反尔，先是声色俱厉将李侍尧拎下总督宝座，把鬼头大刀架在他脖颈上，到头来却监而不斩，不按律严惩，如此乖戾到底出于何种盘算？有人解读，说这是因为，乾隆帝铁面无私，凡贪官污吏一概严惩，对李侍尧网开一面、未开杀戒，旨在鼓励臣属争做能臣、不做庸臣。还有的则推论，乾隆帝之所以动手惩治宠臣李侍尧，其动机与历史上那些巧于搜罗财富的皇帝一样，是冲着李侍尧聚敛的那堆金银财宝去的，目的一旦达到，鸣金收兵，并非真想要他性命。A. W. 恒慕文主编的《清代名人传·李侍尧传》中，这样推断乾隆帝处置李侍尧的动机："由于欧洲的贸易，广州官职一直是被视为全国的肥缺。而李侍尧在广州任最高地方长官长达十四年（应为十五年）之久，超过任何一个总督在此的任期，想必聚敛了大量财富。我们料想，正是这笔财富打动了和珅甚至高宗皇帝本人，才一再使李侍尧获罪，以便将其财产籍没。”这两种解读虽不能说全无道理，但如此度量乾隆帝，未免将这位圣君过于看扁了。乾隆帝如此处置李侍尧，充分体现了高超的驭臣权术：即便是宠臣能臣，即便位列督抚之尊，犯了事，朕照样治你，可以叫你脑袋搬家，也可以让你官复原职，生死荣辱，悉听朕便，朕要你怎的便是怎的，瞧谁敢不听朕的话！

李侍尧一案，和珅办得妥帖圆满，办到皇帝心坎上。乾隆帝龙心大悦，对和珅非常欣赏。和珅还在返京途中纵马扬鞭，浩荡恩宠就泼洒到他身上，乾隆帝颁旨，将他擢升为户部尚书、议政大臣。五月，抵京面见皇上，他又对云南盐务、钱法、边事等提出建议，乾隆帝很欣赏，均一一采纳，付诸实施。乾隆帝再次褒奖他，授其为御前大臣、镶蓝旗都统，使他成为手握兵权的亲信大臣。

如果说，精于揣摩皇上心思是和珅得宠钥匙的话，那么，善于拉扯关系，则是他固宠的藩篱。

和珅在拉关系方面堪称超级高手。他像一只雄心勃勃的蜘蛛，随风摆荡、精巧缜密地将银丝固定在大树枝干上。乾隆三十二年，和珅娶内务府大臣、户部侍郎英廉孙女为妻，找到一座靠山。虽说和珅父亲是从一品都统，英廉的内务府大臣、户部侍郎是正二品官秩，但清入关后重文官轻武官，内务府大臣、户部侍郎又属朝廷要职，因此和珅能成为英廉孙女婿，也算是攀了高枝。且英廉此人当时圣眷正隆，仕途看涨，和珅成为其孙女婿后连续升官，乾隆三十四年擢为刑部尚书，四十二年晋升为协办大学士，四十五年提拔为东阁大学士，升至文官最高品秩。仕途拥挤而坎坷，英廉为和珅早期出人头地，起到指点捷径、充当引路人的作用。处理李侍尧案归来，和珅又与皇帝结成儿女亲家，使自己与皇家的君臣关系成了裙带关系。乾隆四十五年，乾隆帝将年仅六虚岁的十公主许配给和珅独子，待长大成人时成婚，并赐名未来女婿为“丰绅殷德”，满语为福泽绵延之意。乾隆帝共生有十个女儿，其中五个夭折，长大成人的五个女儿中，他最疼爱皇十女和孝公主。小女儿是他六十五虚龄那年所得，年过花甲又添一女，殊属难得。乾隆帝对十公主特别钟爱，视为掌上明珠。小女儿和孝公主嫁给丰绅殷德之事，乾隆帝郑重其事地颁发了一道上谕，这令和珅父子风光无比。丰绅殷德与和孝公主同龄，他比公主晚十六天出生，两人于十五虚龄时结婚成亲。和孝公主出嫁时，乾隆帝赏给她大量珍宝、土地、庄丁做陪嫁。能将皇上视为掌上明珠的女儿娶来做儿媳，可见和珅拉关系的水平绝对超一流。有来无往非礼也！和珅不想只占皇上便宜，经过一系列眼花缭乱的撮合，他又将自己的女儿嫁给雍正帝孙子永鋆为妻，将侄女（其弟和琳之女）嫁给乾隆帝孙子绵庆为妻。这几桩显然精心谋划、错综乱伦的婚姻，使出身平平的和珅家族，与大清国最显赫的皇室紧紧捆在了一起，使和珅又获得一个青云直上的平台。和珅与乾隆帝结成儿女亲家后，官运接踵而至，当上正白旗领侍卫内大臣，任《四库全书》馆正总裁，兼任理藩院尚书。结成天下最过硬关系网络的和珅，仕途隆隆直上，令人瞠目结舌。

和珅更是敛财专家。他于乾隆四十一年（1776 年）四月当上内务府总管大臣。内务府的职掌大体类似秦汉时期的少府，隋唐时期的殿内省、殿中省，辽朝的著账户，金朝的殿前都点检司、宣徽院、卫尉司，元朝的宣徽院、中政院、经正监，明代的二十四衙门。清代内务府总管皇室禁宫事务，职责是“奉天子之家事”，“凡府属吏、户、礼、兵、刑、工之事皆属焉”。内务府组织机构庞大，拥有七司三院兼辖四十余衙门，是清代国家机构中职官人数最多、机构组织最为庞杂的衙门。清代吸收明代内外府库职责权利混淆、导致国家财富多为宫中耗尽的深刻教训，明确区分了内府库藏的收入来源及用途，以限制皇室对国赋的索取范围和数额。因此，内务府总管的一个重要职责是替皇帝及其家人理财。而要替皇帝担起这一重要职责的，必须是理财高手，否则他就混不下去。内务府所属内库的财源，基本来自户部拨款，乾隆时期部库拨银六十余万两作为内库常年经费；另一部分很重要的财源，来自内务府官员把持的盐政，通过其控制的部分盐引交与皇商经营获利，通过向盐商发放借贷内帑获取高额帑息，通过盐商“报效”、“捐纳”搜刮钱财，还将盐课的一部分解交内务府；再一部分是来自榷关的收入，这是仅次于地丁钱粮、盐业的第三大宗国家税课，通过内务府司员对榷关实行垄断，使榷关部分税银滚滚流入皇家私库内帑；第四部分，则是来自贡品，包括各省土贡、外藩贡品和每逢新年、万寿等庆典各处官员及商人的报效献纳，从这个意义上说，皇帝是天下最厚颜无耻的勒索者。除这些大宗收入外，内务府还利用赫赫皇权，通过没收、罚赎和捐官收敛充实内库钱财。同时，内务府还替皇上从事商业活动，通过皇商、织造、盐政、关差等变卖宫中物品和皇室垄断的东北特产人参，通过开设当铺、钱庄和发放营运生息银两，搜括金银，因此，乾隆帝是天底下最霸道的商人，他虽天天居庙堂之高，不打一个算盘子儿，不沾一点铜臭味儿，但他有办法将天下最善理财者找来替他打理，和珅之辈便是他的赚钱机器。此外，清代皇帝还拥有私有地——皇庄，内务府总管和珅作为皇室事务管理者，当然具有管理皇庄的职责。皇庄分为畿辅皇庄和东北皇庄，其中畿辅皇庄的发展在乾隆年间达到鼎盛，田亩数量巨大，共拥有二万八千五百九十四顷四十四亩，对庄头、庄丁以实物、货币、劳役地租三种形态进行盘剥，交实物地租的纳粮庄，除上交正项钱粮外，还要向皇帝交纳鹅、鸡、鸭、鹅蛋、鸡蛋、鸭蛋、猪、秫秸、草、红花、灯油、扫帚、瓢、芥子等名目繁多的物品，乾隆帝是名副其实的大地主，和珅则是货真价实的地主管家。

皇帝集天下之物为己用，是全国最大的消费享用者。他本人、皇后及一大群嫔妃日常奢华的膳食、服御用品要花银子，名目繁多、排场十足的各类筵宴、赏赐要花银子，皇太后、皇帝万寿、皇帝及皇子大婚等各类规模浩大的内廷重大庆典要花银子，修缮宫殿、苑囿、陵寝以及祭祀要花银子，皇帝出巡包括他一生四次东巡、六次南巡、四十次秋狩要花银子，内务府衙门所属五十多个机构、三千来名官员、近三千名太监、四五千名打杂苏拉、成千上万的宫女和匠役发薪资也要花银子。为体现皇帝仁爱，皇恩浩荡，皇帝需要花银子的地方太多了，他老人家有千百个理由多多敛财。不说其他数量巨大、没边没岸的开支，仅论内务府各衙门人员日常办公和发放薪水费用就大得惊人，以光绪二十年为例，这项开支共花白银一百二十五万七千二百九十三两五钱一分六厘，钱十五万九千二百三十二串四百五十五文，光白银就是户部所拨常年经费的两倍多。乾隆帝与其祖父康熙帝一样喜欢豪宴，祖孙分别举行过两次千叟宴，四次参加宴会人数达一万四千人，以乾隆五十年八百桌筵计，平均不到四人一桌，每桌以四两四钱三分银计算，光酒水菜肴米饭就花银一万五千五百零五两，林林总总的赏赐还不在里边。大的庆典花钱所费钱财更巨，乾隆八十大寿庆典，各类开销无法确切统计，其中仅各衙门报效白银一项就花费一百一十四万两；皇帝大婚之类更有理由大肆铺排了，不知康乾鼎盛时期皇子大婚花了多少银子，王朝行将崩溃前夕光绪帝大婚时，总共耗费白银五百五十余万两，其中内务府所掏银子占了百分之八十。乾隆帝要标榜在钱财上家国有别，皇室只花费户部所拨的常年经费，并非滥用国家钱财，又不能让内库入不敷出，出现巨额亏空，就得物色一位敛财高手，为他多多挣钱，源源不断地充实内库。和珅无疑是有这份本领的。他任内务府总管期间，内务府其他各项收入远远超出户部的年度拨款，内库“岁为盈积，反充外府之用”。终乾隆一朝，户部部库拨给内库常年经费始终控制在六十万两以内。到道光朝，内务府其他收入来源大大减少，内库不得不要求部库增拨银子，每年增加三十万两。和珅工于算计，善于巧取豪夺，既当过内务府总管，替皇上理财，又长期担任户部尚书，替国家理财，以他“马屁学院院士”的悟性和水平，当然分得清大小王，懂得糊弄好皇上是他的第一要务，他会巧立名目将“大河水”注入“小河水”，将内库金银填得满满当当的，任凭喜好铺排的乾隆帝如何流水般花钱，总是花之不尽用之不竭，以至还能出现内库金银反拨外库的奇迹。

乾隆帝非常赏识和珅的敛财本领。自任命他为内务府总管后，不管将和珅调用、晋升到什么官位上，总与钱财直接关联。乾隆四十二年命他继续担任国史馆总裁兼步军统领的同时，还让他兼崇文门总督；四十五年提拔他为户部尚书，同时兼任御前大臣、都统、议政王大臣；四十九年任命他为吏部尚书、协办大学士，仍兼管户部；五十一年授他为文华殿大学士，仍管户部；嘉庆二年，身为太上皇的弘历将他调任刑部尚书，仍兼管户部。乾隆帝只要想叫内廷机器运转得顺顺畅畅的、舒舒帖帖的、风风光光的，就再也离不开机器操纵师和爱卿了。和珅为乾隆帝挣了多少金银财宝，官史无载，也难以说清。但从他替皇上赚钱之际为自己捞取外快的业绩，还是可以大体窥见其敛财本领的。从当上内务府总管起，和珅为皇帝理财二十多年间，乘机为自己捞取了巨额钱财。出于暧昧因素，《嘉庆实录》载，查抄和珅家产“累至数十百万”，数额含混不清。确切数目多少，至今是个谜，史学家们对此众说纷纭。萧一山先生说，和珅家产不下于白银“八万万两”，当时清政府年财政收入七千万两，和珅“所蓄当一国二十年岁半额而强”。林铁钧先生认为，这个数额过于巨大，和珅家产“除某些稀世珍奇无法计价外，粗略估算，大概在二千万至三千万两之间”。李景屏先生认为，萧说因袭《清野史大观》的有关材料，林说则只估算了和珅官俸和贪污所得，未将经营当铺、钱庄、古玩铺及地租收入算进去，这些收入无疑会大大超过其官俸所得。薛福成认为和珅家产约有二三亿两。韦庆远先生则认为，“和珅财产总额很大，这是当时官方和后世史学家一致公认的。但准确的数目，迄今还是一个疑案。”当今全国中学采用的初中《历史》教科书，对说不清道不明的，干脆采用模糊数学的表达方式：“抄没的（和珅）家产，除珍宝、古玩、字画等无法估价外，还有白银一二千万两。”和珅家产不管是数千万两还是八亿两，其中相当部分属经营所得，当是不争史实。

和珅此人能俗能雅，绝非俗得只剩一个钱字，需要雅时也能雅得起来，完全能与皇上吟诗唱和，被皇上引为精神知己。乾隆帝自称“书生”，确爱吟诗写诗，是地道的高产诗人。一次去昆明湖的途中，不到半个时辰，他就吟了八首诗；还有一次去香山，五日内做诗六十七首。他一生诗作数量盖世无双，累计四万三千多首。皇皇巨著《全唐诗》收录唐代诗人二千二百余人，诗作总共也不过四万八千九百余首。乾隆帝一人诗作，几乎相当全唐诗的总量。乾隆帝是个勤政的皇帝，日理万机忙不过来时，每年元旦、上元、祈谷、除夕等等照例要写的诗，就得有文采的臣子代笔；随时吟诵的诗缺乏推敲，就得有人为他捉笔润色。和珅的诗文虽比不上张照、纪晓岚，但他最善吹拍，被自视很高的乾隆帝引为知音。和珅评论乾隆帝吟诗既快且妙：“皇上几余吟咏，分章叠韵，精义纷论，立成顷刻，真如万斛泉源随地涌出。昔人击钵催诗，夸为神速，何曾有咏十余，韵至十叠者！”如此高超、舒心的诗评，张照、纪晓岚不会，首席军机大臣阿桂不会，其他大臣更不会。和珅因此成为乾隆帝幕后捉笔的御用文人之一，替皇上润色御诗，甚至还代皇上制作御诗。

乾隆帝与和珅，俗世层面论，一个是甩手掌柜，一个是出色管家；精神层面论，一个是俞伯牙，一个是钟子期。在世俗王国和精神世界的两端，两人都心心相印难分难离。清代皇帝好把宠臣称为“心膂”，乾隆帝真的将和珅当作了自身重要的一部分。离开心脏和脊椎，他老人家怎么活？

如果说主动求宠、顺境固宠还不足以显示和珅全部本领的话，那么，其反败为胜、逆境邀宠的招数，不得不令同僚自叹弗如、望而生畏。

和珅擢为吏部尚书后，仍兼户部尚书，人事、财政大权一把抓，一人管了内阁六部中最要害的两个部。他一边利用可资调配的丰富资源，把乾隆帝糊弄得欣欣然、醺醺然、酥酥然，一边大营其私，盗用皇权，贻误朝政。朝臣看不下去的大有人在，只缘和珅圣眷太隆，是皇上眼里的宠臣和能臣，轻易不敢碰他，只能在暗中恨恨地盯着他，找寻下手的机会。要想扳倒皇上眼中的大红人，出手前就得有百分之百的胜算，一出手便直取要害将其击垮，否则，一旦遭其反击，不仅难以将他放翻，反会殃及自身。在暗中冷冷盯着大红人和珅的人群中，有位监察御史叫曹锡宝。此人是乾隆二十二年进士，深得首席军机大臣阿桂赏识。清代御史职司监察之责，拥有单独向皇帝密折言事权，参劾文武百官无需经都察院主官左都御史审核。曹锡宝骨头挺硬，把扳倒大佞大盗的和珅当作人生奋斗目标。

机会在等待中终于到来。乾隆五十一年（1786 年）五月，发生两广总督富勒浑家奴殷士俊案。有人告发，殷拥有说不清的巨额财产。结果查实，告发属实，在殷家中，查出现银及出借银钱二万余两，田三百六十多亩，房屋三舍，还查出其儿子捐监部照一张。一个家奴哪来这份巨额家财？乾隆帝断定其必有勒索行为。家奴犯罪如此，根子出在主子身上。乾隆帝愤而将富勒浑总督官职一下撸掉。顺藤不是目的，摸瓜才是本意，告发者本是冲着富勒浑来的，至此达成目标、大获全胜。

这一招确实高！曹锡宝大受启发。当年六月，他将张弓待发已久的箭射了出去。

乾隆帝在热河行宫，接览曹锡宝弹劾和珅家人刘秃子的参奏：“（刘秃子）本系车夫，管家务，服用奢侈，器具完美，苟非侵冒主财，克扣欺隐，或借主人名目招摇撞骗，焉能如此！”

乾隆帝最恨贪污勒索。戳了他的痛处，即使和爱卿也不能不了了之。他立即面询时正随驾的和珅。

和珅全无慌张神态，回奏：“刘秃子刘全儿，并无秃子之名，本系世仆，有旗档可查。因家人众多，宅内不敷栖止，是以令其在宅西附近兴化寺街居住。一向派在崇文门税务上照管一切，素著尚为安分朴实。平时管束家人甚严，向来未闻其敢在外间招摇滋事。或因扈从出外日多，无人管教，渐有生事之处亦未可定。请旨饬派严查重处。”

和珅不仅不为家奴辩白，反而主动要求皇上严肃查处，本已解除乾隆帝许多疑虑，待留京办事王大臣传询曹锡宝后，知其所告情形均为风闻，刘家房屋高大虽系亲察，也无真凭实据，这样一来，反倒进一步猜疑曹御史与人勾结、有意陷害大臣。乾隆帝推断：“看来，该御史意欲参劾和珅，而又不敢明言，故为此奏，隐约其词，以为旁敲侧击之计。”他遂命皇孙绵恩、都察院堂官和步军统领衙门一名司官，带着曹御史，先到和珅家奴刘全儿家中实地踏勘，再到阿桂等大臣管事家人宅中察看，如果“有比刘全儿多且大者，则当诘询曹锡宝，何以转不参劾之故。一经比较，情伪立见”。乾隆帝心疑，此案可能缘起阿桂、纪晓岚之辈与和珅党争较劲，曹锡宝是阿桂、纪晓岚所使的一杆枪。和爱卿在乾隆帝眼里是一朵花，御旨字里行间流露出对他的偏爱。

实地察看结果，刘全儿并无逾制建造的高大房屋，什么服用奢侈，什么器具完美，均属无稽之谈。

曹锡宝一下傻了。

七月十八日，乾隆帝亲断此案，并将和珅是否清白与对朝廷纲纪的评价紧密挂钩。他断言，“我朝纲纪肃清，大臣中亦无揽权藉势、窃弄威逼之人。此所可以自信者。”

他认为对曹锡宝捕风捉影、胡乱参奏之举，影响很坏，必将开启党援党争先河，此风不可长。他断定，曹锡宝此举动机在于：“盖今年为乡试之年，伊不过欲因进折，或记其名而出差耳，所见甚鄙!”因此，他作出圣断，给予曹锡宝革职留任处分。

曹锡宝只能相信自己碰见鬼了。明明亲到兴化寺街留心察看，刘全儿住宅高大，而且听人有板有眼地说，其出手阔绰、享用奢华，怎么转眼间全都蒸发掉了?

曹御史哪里知道，毛病正是出在他自己身上。告发刘全儿前，曹锡宝曾找江苏南汇同乡兼铁杆朋友吴省钦密谋，并将草拟奏折给他看过。吴省钦此时任侍郎，是朝廷正二品大员，不过他还想爬得更高，已暗投和珅门下。这份绝密情报，对和大人来说无疑是一份非常厚礼，吴省钦一转背就将它献给了和珅。

和珅当机立断，秘密通知刘全儿将逾制房屋立即拆毁，其他违制物品悉数转移隐匿。

曹锡宝反贪不成，反落得诬陷大臣、追名逐利的罪名，有苦说不出，只好暴打自己嘴巴。

曹锡宝疏劾案，不仅没有薅掉和珅一根毫毛，反而增添皇上对遭人诽诋的和爱卿的一份怜爱。乾隆帝下令，将和珅擢升为文华殿大学士，使他获得垂涎已久的高位，摘取文官最高品秩殿阁大学士桂冠，同时仍兼吏部尚书、户部尚书。

曹锡宝弹劾案后，和珅与皇上的关系反而更铁了。终乾隆一朝，朝臣中没有人再敢招惹大红大紫的和珅。

直到后来和珅被嘉庆帝逮捕治罪后，查办刘全儿家产，竟查出值银二十余万两之巨。曹锡宝蒙冤十几年，终于平反昭雪。嘉庆帝颁谕给予曹锡宝优奖，加恩追赠副都御史，并按追赠官衔恩荫其子。

和珅虽受乾隆帝长期异宠，但在乾隆帝当政时期，始终未能当上首席军机大臣，爬上仕途最高那级台阶。阿桂一直压在他头上，成为令他窒息的一堵高墙。阿桂是大学士阿克敦之子，英勇善战却缺乏文采。和珅与阿桂同于乾隆四十一年（1776 年）进入军机处，当时首席军机大臣是于敏中，论排名和珅还在阿桂前面，和珅排名第七，阿桂第八。和珅以户部左侍郎身份入值军机处，阿桂以太子太保、一等诚谋英勇公、协办大学士、吏部尚书身份入值军机处。和珅身份地位要比阿桂卑薄得多，可见乾隆帝对和珅的偏爱。翌年，阿桂超越和珅，排名第三，和珅排名第八，反掉下去一位。乾隆四十四年（1779 年）首席军机大臣于敏中死后，乾隆帝没将宝座交给和珅，而是交给了阿桂。其实，乾隆帝并非没有萌发过让和珅出任首席军机的念头，他曾给和珅提供过施展身段、建立军功的舞台。乾隆四十六年（1781 年），甘肃回民揭竿而起，乾隆帝任命和珅为钦差大臣，前往兰州指挥镇压，期望和爱卿能马到成功。然而，和珅的现实表现令乾隆帝大失所望。他既无作战经验，又不肯虚心向多谋善战的海兰察、阿桂等战将求教，处处显摆钦差大臣的谱，甚至不懂装懂，违反作战常规和原则瞎指挥，导致清军损兵折将，进剿遭受严重挫折，弄得一塌糊涂。结果，他还在奏折中推诿过失，为自己洗刷辩白。乾隆帝虽已不像统治早期那样开明，但也未像后期那么昏聩，他宠信和珅还没到神志不清、颠倒是非的地步。他在奏折批语上明确指出和珅过失，并谕示："此事阿桂一人已能经理妥协，无需复令和珅同办，且恐和珅在彼事不归一。"他已经意识到，若让和珅在那里胡搞下去，不仅于事无益，反而处处掣肘，不利阿桂等人指挥作战。既无作战韬略，又无统将带兵之才的和珅，就这样从皇上苦心孤诣为他搭建的舞台上滚落下来，悻悻然无功而返。

但和珅有和珅自己独特的手段。他不能用剑赢得皇上恩宠，却有其他大臣不会也不屑的道道，来博取皇上的欢心，赢得战场上未能得到的东西。甘肃剿回走麦城后，和珅虽不曾亲临疆场熏染硝烟、出生入死，却不妨碍他在人家金戈铁马、浴血征战之后分一杯羹，赏记军功时只要能沾上点儿边，乾隆帝总忘不了重重赏他。乾隆四十六年，和珅兼署兵部尚书；三年后阿桂等人再次镇压甘肃回民起义凯旋之际，死死生生、生生死死的阿桂仅加一等轻车都尉爵位，海兰察仅获一骑都尉，和珅却因“首承谕旨，再予轻车都尉世职”，不久调任吏部尚书、晋为协办大学士，兼管户部，晋封一等男爵。五十一年闰七月，和珅荣晋文华殿大学士，在四员殿阁大学士中仅次于宝和殿大学士，居第二宰执高位。乾隆五十三年（1788 年），清军镇压台湾林爽文起义告成，和珅因“承书谕旨”再度暴获军功，被晋升为三等忠囊伯，并赏用紫缰。乾隆五十七年（1792 年），清军击败廓尔喀，乾隆帝赏加和珅军功三级，并让他跻身十五功臣之列，将其肖像陈列于紫光阁。嘉庆三年（1798 年），清廷抓获白莲教头子王三槐，乾隆帝以赞襄军务有功为名，将和珅晋封为公爵。

晚年乾隆帝已经昏聩了，但他自个儿竟不觉得。

他记忆力明显衰退，极可能患了老年健忘症，往往早饭才下肚又传早膳，常常“昨日之事，今日辄忘；早间所行，晚或不省”。退位两年后，他说话变得口齿不清，含含混混，如同他国天语，包括嘉庆帝也不知他在说些什么，据说只有和珅明白太上皇咿里哇啦是啥意思，于是和珅就成了太上皇独一无二的翻译。《春冰室野乘》记载："一日早朝已罢，单传和珅入见。珅至，则上皇（指乾隆太上皇）南面坐，仁皇（指嘉庆帝）西向坐一小几，每日召见臣工皆如此。坤跪良久，上皇闭目若熟寐，然口中喃喃有所语，上（嘉庆帝）极力谛听，终不能解一字。久之，忽启目，曰：'其人何姓名?'珅应声对曰：'高天德、苟文明（皆白莲教首领姓名）。'上皇复闭目，诵不辍。移时，始挥之出，不更询一语，上大骇愕。他日密召和珅问曰：'汝前日召对，上皇作何语?汝所对六字又作何解?'珅对曰：'上皇所诵者，西域秘咒也，诵此咒则所恶之人虽在数千里之外，亦当无疾而死，或有奇祸。奴才闻上皇持此咒，知所欲咒者必为教匪悍酋，故竟以此二人名对。'"乾隆帝昏昏欲睡之际喃喃絮絮，是否真在秘咒白莲教首领不得而知，和珅的这番解释玄玄乎乎、神神道道，令人将信将疑，但关键在于和珅是太上皇最宠信的人，只有他来破译天语，太上皇清醒时才点头认可。和珅是最权威的天语解读者，谁人胆敢怀疑?

此时和珅，俨然成为太上皇化身。或者可以说，在太上皇昏昏呢喃之时，和珅就是太上皇。

和珅确实是糊弄上司的高手。他糊弄乾隆帝半辈子，贪蠹误国，败坏纪纲，在乾隆帝眼里却是一个大大的忠臣。乾隆帝对自己治世政绩十分自负，洋洋自得地说："前代所以说亡国者，曰强藩、曰外患、曰权臣、曰外戚、曰女谒、曰宦寺、曰奸臣、曰佞幸，今皆无一仿佛者。"还称："本朝纪纲整肃，无名臣亦无奸臣。"和珅高超的邀宠术和伪装术，使自诩圣明之君的乾隆帝对历史上最大的贪黩盗臣、奸佞之臣熟视无睹。

嘉庆二年（1797年）八月，八十一岁的阿桂老死，乾隆帝将首席军机大臣的基本条件弃置一边，任命和珅出任首席军机大臣。至此，和珅在军机处已经熬了二十三年。漫长的等待终于结束，和珅将最后一级台阶踩于脚下，登临仕途峰巅，位极人臣。

至于此后一年零四个月，也即嘉庆四年正月，和珅被控犯下二十大罪被迫自尽，那是在乾隆朝已经终结、嘉庆帝真正掌握皇权之后。

和珅与乾隆帝是一枚硬币的两个面，奴才高明的背面是主子的昏聩。

高明的奴才揽权滥用，昏迈的皇上冥然不觉，这对政局败坏所起的负面作用不可低估。《清史稿》作者赵尔巽认为，乾隆帝中年之后，“大臣恃宠乱政，民迫于饥寒，卒成祸乱。”

中国人民大学清史研究所郭成康等在所著《康乾盛世历史报告》中说，康乾盛世存在三个严重隐患：人口、物价和皇权的过度膨胀。尤其是后者造成的极端专制，“恐怕对康雍乾时代国势转衰更有其直接的促进作用，对十九世纪我们国家彻底败落的影响也更为深远”，因此是“最大的隐患”。诚者斯言！

乾隆中后期皇帝弘历的昏聩，是极度专制的政治体制的孵生物。然而，和珅与弘历的例子，还不是封建中国最糟糕的例子。

“恃宠乱政”不是和珅一个人的杰作。和珅之所以能够乱政，实因为有宠可恃。难道不是吗?

7. 嘉庆朝红人/朱珪

端方清廉

眼看着美妙的官场馅饼就要打在自己头上，却被太上皇宠臣和珅横插一杠，馅饼丢了不说，还弄得鸡飞蛋打，丢掉总督职位，朱珪只能将懊恼吞进肚里。……嘉庆十年（1805年）正月二十六日，嘉庆帝补授朱珪为体仁阁大学士，管理工部事务，终于了却长达十年的一桩心愿。当上大学士、爬上文官最高台阶这一日，年届七十四周岁的朱珪，感慨万千，夜不能寐。

嘉庆帝最宠信的大臣，是他的师傅朱珪。不过，嘉庆帝这份宠信总是藏藏掩掩，直到朱珪撒手归天，他对师傅的异宠才被人仔细品评出来。

嘉庆朝先后担任内阁大学士的阁臣共二十二人，他们是阿桂、和珅、王杰、福康安、孙士毅、董诰、刘墉、苏凌阿、保宁、庆桂、朱珪、禄康、费淳、戴衢亨、刘权之、勒保、松筠、曹振镛、托津、明亮、章煦、戴均元。

这班重臣中，除了非正常因素倒台的外，论任阁臣时间之短，朱珪倒数第三，前后不满两年：戴衢亨倒数第二，当阁臣还不一年；刘墉倒数第一，任协办大学士不到两个月就死了。非正常因素出阁的有四人：和珅、苏凌阿，素为嘉庆帝所憎，但他俩是太上皇乾隆帝宠臣，城府很深的嘉庆帝一直捏着鼻子、隐忍不发，听从乾隆帝旨意让他们留阁和入阁，太上皇乾隆帝一死，嘉庆帝立即动手，将和珅诛杀，将和珅弟和琳的亲戚且老朽不堪、两耳重听的苏凌阿逐出内阁；福康安、孙士毅都是乾隆末年入阁的，他们也是太上皇看重的人，金銮殿上屁股还没坐热的嘉庆帝，并未流露出替换之意，不过这两人分别于嘉庆元年五月、七月死了，在嘉庆朝担任阁臣时间极短。二十二位阁臣中，任职时间最长的是董诰，长达二十余年；其次是庆桂，前后达十四年半。比起董诰、庆桂来，朱珪任枢臣时间短得可怜。

在清代，大学士为文官最高品秩，军机处是权力核心圈子。朱珪不仅出任大学士时间很短，而且从未进入过军机处。但他死时，嘉庆帝所给予的评价，超过其他任何阁臣。显著标志就是，朱珪获赐谥之高，超越嘉庆朝任何阁臣。封建时代，君臣对谥号都看得很重。因为，谥号是君主时代帝王、贵族、大臣等死后，以其生前事迹所给予的称号，可谓盖棺定论。皇帝对大臣的看法如何，往往在赐予谥号时才能云开雾散，真正看清。清代皇帝赐予文臣的谥号，“文正”最高，“文忠”其次，“文恭”再次，往下是“文成”、“文端”、“文格”之类。阿桂、王杰、董诰、庆桂等都是嘉庆帝敬重和赏识的阁臣，但他们死后都未获最高谥号。阿桂于乾隆四十五年（1780 年）位列班首，平定台湾时为首辅，一生四次作为钦点功臣绘像陈列于紫光阁，始终不附炙于和珅，素为嘉庆帝敬重，嘉庆帝即位后仍出任首揆，死时获赐“文成”。王杰也是嘉庆帝器重的阁臣，他于乾隆五十一年（1786 年）任军机大臣，次年任东阁大学士，操守刚正，是阁臣中唯一敢正面与和珅争锋的人物，两次作为钦点功臣绘像陈列于紫光阁，七十六岁以老乞休时嘉庆帝赠以“直道一身立廊庙，清风两袖返韩城”的诗句，死时获谥“文端”。董诰于嘉庆元年跻身阁臣，当时协办大学士只有一个缺额，且还有刘墉、纪昀、彭元瑞三个资历很深的候选人参加角逐。刘墉即刘罗锅，纪昀即纪晓岚，都是声名显赫的人物，以至后来民间差不多家喻户晓，但乾隆帝认为刘墉遇事模棱两可，纪昀读书虽多却不明事理，彭元瑞有污点、曾因行为不检获咎，比较起来董诰略高一筹。董诰曾帮助刚继承皇位的嘉庆帝摆脱和珅的告讦和中伤，任官始终清正，“父子历事三朝，未尝增置一亩之田、一椽之屋”，死后获谥“文恭”。庆桂是乾隆朝大学士尹继善的儿子，边务练达，政治才能为乾隆帝所赏识，嘉庆四年（1799 年）任文渊阁大学士，十二年（1807 年）位列首辅，此后六年秋因老致仕，任阁臣时间之长仅次于董诰，死时获谥“文恪”。独朱珪死后，获谥“文正”。综观清代十一朝，汉人文臣获谥“文正”的，仅朱珪、道光帝心腹宰辅曹振镛、咸丰帝师傅杜受田、同治中兴名臣曾国藩等寥寥数人。可见，满朝文武之中，嘉庆帝对师傅朱珪最为看重。

嘉庆帝厚宠朱珪，却只能掩掩藏藏，事出有因。朱珪很早就为乾隆帝所赏识，但因和珅作梗，不仅自己失去荣升大学士进入枢机的机会，而且差点危及刚刚登基、地位脆弱的嘉庆帝。

乾隆四十一年（1776 年）五月，乾隆帝命朱珪入值上书房，教授皇十五子永琰读书。永琰在自撰文集的一篇序言中说："古体诗文及古文，从石君师傅习焉。"此前，乾隆三十八年（1773 年）冬，六十二岁的乾隆帝按照其父雍正帝建立的秘密建储制度，已用朱笔写下永琰之名，密封后藏于乾清宫"正大光明"匾后面，永琰已被暗中确定为皇位继承人。皇太子就是未来的皇帝，乾隆帝对挑选皇太子之师十分重视。朱珪，生于雍正九年（1731 年），字石君，所以永琰称师傅为石君先生，他是顺天大兴人。少时受经于大学士朱轼，"八岁即操觚为文，文体倔聱苍古"。乾隆十三年（1748 年），年方十八虚龄，就金榜题名考中进士，可谓少年得意。他的文章做得好，被乾隆帝选为庶吉士，在学馆深造三年后进入翰林院，任七品编修。对大多数士子而言，进入翰林院就进入了升官的快车道，善于作文应试者更是如此。十七年（1752 年），朱珪参加大考名列二等，成绩拔尖，连升三级，被擢升为从五品的侍讲。二十三年（1758 年）大考，再次名列二等，加之乾隆帝看重他的才学和品行，他被提拔为侍读学士，官至从四品。次年三月，出任河南乡试副考官。翌年三月，任会试同考官，同年七月，出任福建粮驿道，成为正四品官员。二十八年（1763 年），官升两级，任福建按察使，官至正三品。三十二年（1767 年）二月，为死去的父亲服丧守制期满，补授湖北巡抚。三十三年（1768 年）三月，调任山西按察使。次年二月，晋升为从二品的山西布政使。两年后的秋天，署理山西巡抚。其间，朱珪多有建言，乾隆帝予以采纳推行，并降旨给予嘉奖。四十年（1775 年）五月，乾隆帝命他来京觐见，不久命他担任翰林院侍讲学士，任日讲起居注官，随侍皇帝听政，记录皇帝起居、谕旨、题奏、引见、朝见、赐宴等情况，获得聆听天语、领会天意的独特条件。至此，书生朱珪已具备了丰富的经历和阅历，乾隆帝也完成了对他的暗中考查。乾隆帝评价说："朱珪不惟文好，品亦端方。"于是，朱珪于翌年五月踏进上书房，成为皇太子之师。这一年，朱珪四十五周岁。

在教过皇太子永琰的所有帝师中，朱珪对永琰的影响最大最深。永琰对朱珪也最为敬重。乾隆四十五年八月，朱珪出任福建学政，结束三年零三个月的皇子师傅生涯。这次不像以往临时外出当考官，朱珪要与学生永琰长离别。临行前，朱珪郑重向永琰赠以《五箴》："曰养心，曰敬身，曰勤业，曰虚己，曰致诚。"永琰的离别情绪也很强烈，写成七律六章，与恩师倾诉离愁别绪。对恩师赠给的《五箴》，他奉为信条，努力实践，后来当了皇帝，还曾将它随时带在身边，当作座右铭。朱珪对永琰思想行为影响之深，由此可见一斑。

乾隆帝曾多次秘密确立皇位继承人。先是册立永琏为皇太子，永琏夭折后又立永琮为皇太子，但永琮不久也夭折了。之所以先后选中永琏、永琮为皇太子，主要是乾隆帝崇尚中原传统的"立嗣以嫡不以长，立嫡以长不以贤"的建储方式。至乾隆十三年（1748 年）元后富察氏英年早逝后，他才被迫打消以嫡长制方式册立皇太子的念头。乾隆帝是一位长寿之君，也是清代掌握皇权最久的皇帝，在位时间加上当太上皇时间共六十三年，密立永琰为皇太子后，又活了二十五年，其中二十二年为帝。如果永琰不合他老人家的意，是极可能被换掉的。乾隆帝与后妃共生有十七个儿子，其中十人长大成人，皇太子候选人多的是，不像后来咸丰帝，只有一根独苗，继位人别无选择。

朱珪临别留下五条箴言，并不是随便置留的，这是他深思透悟的结晶。做好这五个方面，对皇子永琰的成长，特别是对参与皇太子的角逐非常重要：这是皇位继承人应当具备的基本素质，是获得乾隆帝认可的重要条件；说明永琰在这些方面不是无可挑剔，而是程度不同地存在一些问题，需要着力加强、始终保持。皇十五子永琰是个好学生，对师傅的殷殷嘱托心领神会。

恩师虽远在他乡，永琰却经常想念他，时常赠诗给恩师，贺师升迁，贺师大寿，遥寄问候。尤其是乾隆五十五年（1790年），乾隆帝八十诞辰，正好是朱珪六十寿辰，永琰竟忘了避讳，将父皇与恩师联系起来，写了一首五言长诗，内有“圣主八旬岁，鸿儒花甲年”、“设醴诚难罄，尊师敬独尊”之句，表达了深厚真挚的尊师恋师感情。朱珪接读贺诗，应和唱答，字里行间不忘帝师教诲之责。

朱珪浇灌永琰这棵皇家秀苗，使之茁壮成长，大获成功，得到的回报是双份的，乾隆帝对他投以赞赏的目光，永琰对他由衷感激。

朱珪的官运注定要与日俱隆。

乾隆四十九年（1784年）九月，他扈从乾隆帝南巡，授内阁学士兼礼部侍郎。礼部侍郎是正二品的官职，而且是京官、礼部的副长官，论地位的高下和重要程度，比他担任皇子师傅前所任的山西布政使、代理山西巡抚，不只是高一级两级的问题。当年四月，皇帝命他任殿试读卷官，掌衡文大权，为王朝选拔文职人才。当年十月，以命他担任武会试总裁，掌衡武大权，为王朝遴选武职人才。五十一年三月（1786年），正式升任礼部右侍郎。当年六月，出任江南乡试正考官，肩负起将江南才子收罗进王朝统治队伍的重任。两个月后，担任浙江学政。回朝后，调兵部任职。次年五月，升任礼部左侍郎。左侍郎虽在品级上与右侍郎相同，均为正二品，但地位略高于右侍郎。五十三年（1788 年）八月，调任吏部右侍郎要职。次年十月，任经筵讲官，为皇帝进讲书史。五十五年（1790 年）三月，出任会试副总裁。这段时间，他担任的官职和担负的任务，主要是为王朝选拔文武人才。乾隆帝对朱珪的培养可谓用心良苦、意蕴深远。

五十五年七月，五十九岁的朱珪外放任安徽巡抚，正式担任封疆大吏。安徽北部发生水灾，年近花甲的朱珪立即轻车简从，仅带几个仆人奔赴灾区赈济灾民，足迹遍布宿州、泗州、砀山、灵璧、五河、盱眙等地。他亲民爱民，与灾民同舟共度，并亲自参加抗洪抢险，抢堵决口大堤，举行赈灾活动。由于救灾有方，措施得力，大灾之后，“民无流亡”。此后三四年内，他先后编纂进呈《御制说经古文》《御制论史古文后跋》在所著文章中赞颂乾隆帝说经之文、论史之文，数度受到乾隆帝颁谕奖励。五十九年（1794 年）五月，乾隆帝调补朱珪为广东巡抚。随后，朱珪进呈编纂的《御制纪实诗》《御制几余诗》各一部，乾隆帝看到自己的诗篇被编纂得这么好，龙颜大悦，专门颁谕，将朱珪表扬一番，夸他“用心审密”、“用心细而措词当”，奖励其笔扇、纱匹、笔墨、荷包、锞锭等物，同时又告诫他，“务须尽心政务，以察吏安民为重，不可缓其所重，用心于无用之地。”乾隆帝话虽这么说，但内心对朱珪是满意的，把他视为自己的文学知音。六十年（1795 年）二月，乾隆帝写了四首诗，特地命朱珪和诗进呈。不久，命他兼署两广总督。四月，将他擢升为都察院左都御史，暂留巡抚任。这时，朱珪虽留巡抚之职，但其身份地位已是京中从一品大员了。八月，朱珪升任兵部尚书，仍留巡抚任。

嘉庆元年（1796年）正月初一，紫禁城张灯结彩，鼓乐齐鸣，皇位授受大典在太和殿隆重举行。年迈的乾隆帝正式将至高无上的皇权禅让给皇太子颙琰（为避讳，永琰在上年九月册立为皇太子时，改名为颙琰）。老皇帝在自己健在的情况下拱手让出最高统治权，这在清史上是破天荒之举，在有文字记载的中国史上也无先例。朱珪的身份因此发生变化，正式成为帝师。他听到这一重大消息非常高兴，立即进呈自己所撰诗册，进行恭贺箴规。和珅从获取的信息中得出判断，历封疆、负时望的帝师朱珪将有大用，心中妒火很旺。因此，借机诽谤朱珪，对他进呈诗册之事横加指责，并在乾隆帝面前搬弄是非。乾隆帝虽年迈昏聩，但对这件事情还算头脑清醒，说："陈善纳诲，师傅之职宜尔，非汝所知也。"既然乾隆帝这么说，和珅不好进一步中伤，嘉庆帝则颁谕称赞恩师所呈诗册："朕阅朱珪所进诗册措词冠冕得当，其颂扬处不忘箴规，尚得大臣之体。且二十五有韵内难押者居多。今百韵成篇，不致牵强，是其学问素优，着赏给顾绣蟒袍、大小荷包，以示优眷。"当年六月，朱珪擢升为两广总督，兼署广东巡抚，成为督抚兼于一身的地方大吏。不久接到圣旨：朱珪着来京另候简用。按照常理，朱珪就得做好交卸现任的准备了。

儿子颙琰继位后，乾隆帝打算将朱珪召回京师任职，以便辅佐儿子。嘉庆帝心中早有此意，碍于太上皇仍然掌握最高权力，轻易不敢造次，获悉这个消息后，异常高兴，赶紧写信告诉恩师。嘉庆元年七月，远在广东的朱珪接到一道很不寻常的上谕："孙士毅在四川酉阳州病逝，将来大学士缺，意欲即以朱珪补授。但此缺须一月后方始题请，特先降旨谕知朱珪，不必因有来京之旨，心存疑虑。现在京中并无应办之事，朱珪不必急于来京。两广总督仍应朱珪署理。朱珪在广东巡抚任内办理一切本为熟悉，今复奉有恩旨，尤应感激奋勉，倍加认真，不可存五日京兆之见，有负委任，一切洋盗更应严办。大学士员缺，除俟届期明降谕旨外，将此先行传谕知之。”这道谕旨，泄露了嘉庆帝急于召恩师入阁任职的迫切心情。嘉庆帝意犹未尽，还撰写诗篇准备向恩师致贺。清王朝国家机关中，殿阁大学士是文官中最高品秩的官员，声望最高，官场和民间都称之为宰相，是千万臣子的最高奋斗目标。虽然这个相位尚未到手，但皇帝明确预告，也算一条腿迈进门槛里了，朱珪跪听这道圣旨后，内心非常兴奋。师生两人远隔万里，盼着相见的那一天。

谁知，嘉庆帝祝贺恩师将升任大学士的诗稿竟被和珅所得。和珅立即拿着诗稿跑去密奏太上皇乾隆帝，添油加醋，挑拨离间，说这完全是“嗣皇帝欲市恩于师傅”。太上皇虽将皇位让出去了，但还想独把朝纲，尤其不愿见到儿皇帝向恩师买好之类事情发生，心中很不痛快，便向东阁大学士、军机大臣董诰征询处置此事的意见。董诰有意保驾，无意扩大事端，见此事已惹恼太上皇，急忙连连磕头，回奏说：“圣主无过言。”太上皇乾隆帝听了此言，冷静了一些，思虑许久，认为自己交出皇位不久，不宜将此事闹大。他对董诰道：“汝大臣，善为朕辅导之。”乾隆帝撂下要求老臣妥为辅佐新皇帝的话，才悻悻作罢，放过儿皇帝一马。但对朱珪，乾隆帝就不客气了，随便找了一个借口，就收回前不久要朱珪赴京另候简用之召，并将他从两广总督任上贬下来，降任安徽巡抚。朱珪在广东心头热了一个月，静候来自京师的佳音，不料八月份接到一道谕旨，当头浇了一瓢凉水。谕旨称：“前因大学士缺出，朱珪科分较深，学问素优，人亦端谨，是以降旨令其来京，原欲将伊补授大学士。乃节据魁伦奏到，粤东艇匪驶至闽浙洋面肆劫，是朱珪于署总督任内不能认真缉捕，咎实难辞。本当治以应得之罪，姑念其操守尚好，前任安徽巡抚办理尚无贻误，兹特加恩，仍令补安徽巡抚。”作为两广总督，军政事务千头万绪，若是有意挑刺，类似缉盗不力的纰漏绝对能找出好几箩筐。眼看着美妙的官场馅饼就要打在自己头上，却被太上皇宠臣和珅横插一杠，馅饼飞了不说，还弄得鸡飞蛋打，丢掉总督职位，朱珪只能将懊恼吞进肚里。

朱珪入仕多年，已不是早年彻头彻尾的迂腐书生，官场解套办法多少懂一点，不久他奏报，自己从养廉银中先后捐出二万两银子，用于修理官家缉盗船艇。第二年三月，就从京师传来好消息，将他擢升为兵部尚书。二万两银子没有白费，他总算重新升到两年前担任过的那个官职。当年八月，又有好消息传来，朝廷命他担任吏部尚书，不过不要他赴京上任，要他仍留安徽担任巡抚。

嘉庆四年（1799 年）正月十一日，一位来使火速驰抵安徽。朱珪接到一道封面标用蓝笔的上谕，心中顿生不祥之感：莫不是太上皇龙驭升天了？如此一想，顿时心慌意乱，浑身哆嗦。但是，启封奉读谕旨，只有“朱珪着来京供职”等字样，明确规定要他交印启程的日期。朱珪忍泣衔哀，昼夜兼程，飞赴京师。十七日抵京畿王庄，探清先前猜测属实：太上皇乾隆帝已于本月初三日殡天了！按他自己的说法，闻此噩耗，不胜悲伤，“胆裂呼天，角崩投地”。在此期间还发生了一桩举朝震惊的大事，嘉庆帝已将太上皇宠臣和珅打入死牢，明日就要赐令他自尽。朱珪琢磨着十有八九和珅会有这个下场的，只是没想到这一日来得这么快。

君臣相见于宫内永思殿。嘉庆帝与恩师久别重逢，不禁相互抱头痛哭。嘉庆帝此时的感情是复杂的。朱珪也涕泪交加，多少想说的话一时难以述说。平静之后，朱珪劝谏嘉庆帝，要为皇考服三年之孝确是自古未有的孝举，但天子服孝，不在于毁损自己的身体、泯灭自己的欲望，而在于继承先皇的事业。嘉庆帝颔首称是。朱珪向皇上提出两条建议：带头躬行节俭，带头崇清奖廉。他认为皇上要真能做到这两点，则“盗贼”可平，财用不竭。当时白莲教在各地纷纷起义，成为嘉庆帝心病。嘉庆帝含泪听罢恩师谏言，频频颔首。

乾隆时代已经过去，嘉庆时代已经到来。颙琰现在在大清国里是说了算的。嘉庆帝命恩师入值位于乾清宫西南隅、与皇帝近在咫尺的南书房，以备随时召对。同时，命他管理户部三库事务，将户部钱财掌管起来。这一日，嘉庆帝赐给恩师乾隆帝遗服四团龙褂一件，四开禊袍一件；赐其紫禁城内骑马，赐第西华门外。

令人不解的是，已经独揽朝纲的嘉庆帝，在诛杀和珅、将苏凌阿逐出内阁，大学士职位多有空缺的情况下，竟没有让他补任大学士。除了命他入值南书房、管理户部三库外，赐予太子太保衔，任实录馆正总裁兼国史馆副总裁，当年十月调任户部尚书，年底任上书房总师傅，但迟迟没有让其入阁办事。

嘉庆帝没有授予恩师大学士职衔，自有深层考虑。和珅当年在太上皇面前告状，说嘉庆帝“欲市恩于师傅”，太上皇对此表示认同，将一肚子怒气泼洒在朱珪身上。现在太上皇刚刚闭眼咽气，素有孝子之称的嘉庆帝不便违背父意立即翻案，否则在舆论上就会陷于被动。出于政治策略，嘉庆帝只好委屈恩师。

朱珪虽未进入王朝权力核心层，但并不妨碍他成为核心成员。嘉庆帝对恩师非常宠信："时召独对，用人行政悉以咨之。"朱珪与皇上促膝商议军国大事，所议内容从不告知军机大臣，他本人也从不向获得升迁和得到其他好处的官员讨好。嘉庆帝对恩师则言听计从，"初政之美，多出赞助"。

只要合适时机一到，嘉庆帝就会把大学士之职授给恩师，这种急切心情是可想而知的。但偏偏此时发生了两件令朝臣哗然的事，这两件事都与朱珪有关。嘉庆五年（1800年）五月，朱珪与工部尚书彭元瑞一起入朝，彭在紫禁城内不慎从马背上掉下来，跌伤昏迷，朱珪急于救人，传呼彭所乘轿子直接进入西华门，令轿夫将他抬出。这一违规行为，遭到御史周栻的弹劾。当年九月，朱珪的轿夫在西阙门禁地酗酒斗殴，戮打禁门卫军，撅断他们的枪杆。西阙门距朱珪府第近在咫尺，轿夫如此不法，朝臣议论颇多，认为这与朱珪平日管教不严有关。光天化日出了这两桩事，嘉庆帝想摁是摁不住的，只好交部议处。部议结果，将朱珪降二品调用。嘉庆帝急忙颁谕为恩师百般维护，说朱珪"前在上书房行走，小心恭谨。于在书房之皇子皇孙，无一不出于敬"；认定他呼彭元瑞轿入西华门违反门禁，原因在于彭"坠马昏迷，难以扶掖"，属"一时仓促，不暇详思"；其轿夫在禁地酗酒殴人，是"平日恪谨"的朱珪"造次之际稍不自检"所致。总之，竭力为减轻恩师过失寻找理由。最后，嘉庆帝裁决，"唯念朱珪平日为人谨饬"，革去太子少保衔，不再管理户部三库事务，但仍加恩担任户部尚书，继续做他的一品官。

嘉庆帝宠护恩师是有目共睹的。就在御史周栻弹劾朱珪当月，嘉庆帝任命朱珪署理兵部尚书，过了三个月又让他兼署吏部尚书。至此，朝中六部朱珪身兼户、兵、吏三部长官，大权要职集于一身；朱珪轿夫在禁地酗酒殴人当月，嘉庆帝颁发上谕，将朱珪未考中举人的孙子“加恩赏给举人”，破格给予参加会试的资格。在革去朱珪太子少保任不久，又将他五年前任两广总督时捐银二万两的陈芝麻翻出来，以此为由，降旨命“朱珪着加三级留任”，随后让他出任会试馆副总裁。嘉庆七年（1802 年），命他担任殿试读卷官，总掌衡文大权。当年八月，嘉庆帝命恩师担任户部尚书、协办大学士，仍加太子少保衔。至此，朱珪在朝廷的地位职务不仅统统恢复，而且攀升到新的高度，距正式入阁担任宰执仅一步之遥。

嘉庆八年（1803 年）二月皇上外出谒陵，七月赴避暑山庄，均命朱珪留京办事，对朱珪寄予高度信任。次年正月，嘉庆帝晋升他为太子太傅。翌月，嘉庆帝驾临翰林院，联句赐宴，亲笔挥写“大禄储才”匾额赐给朱珪，并让人摹刻高悬院中，朱珪获得辉煌殊荣。

嘉庆十年（1805 年）正月二十六日，嘉庆帝补授朱珪为体仁阁大学士，管理工部事务，终于了却长达十年的一桩心愿。嘉庆帝特地解释说，这一任命，实际上是遵照皇考乾隆帝谕旨下达的，命大学士朱珪前往埋葬乾隆帝的裕陵叩谒谢恩。当上大学士、爬上文官最高台阶这一日，年届七十四周岁的朱珪，感慨万千，夜不能寐。

嘉庆十一年（1806 年）七月，皇上率领一群文武大臣赴避暑山庄，又命自己宠信的朱珪留京办事。不久，赐给他一柄玉鸠杖，并颁御诗赞扬恩师的辅佐之功，内有“健步固未妨，视履应策杖。入朝引班联，佳话群欣仰”之句，表示对恩师的敬重，对他表率群臣的肯定。不久，嘉庆帝给予鹤发飘萧的朱珪很多特权："以天气渐寒，俟日出后入值。遇临幸离宫，不必随来。即御门勾到奏事日期，俱不必侍班。间二三日入值书房，候召对。"这些，充分体现了嘉庆帝对恩师的殷殷关切。十一月的一天，嘉庆帝即将在乾清宫御座时，朱珪突然发病晕眩，不省人事。御前大臣怕他失仪，命太监将他扶出乾清宫，随后用木凳将他从月华门抬出。嘉庆帝闻讯，急忙派医官为他诊视治病。次月初五日，朱珪病逝，享年七十五岁。

嘉庆帝痛闻恩师逝世，颁谕予以高度评价："大学士朱珪持躬正直，砥节清廉，经术淹通，器宇醇厚。受皇考高宗纯皇帝特达之知，由词垣补授道员，荐历两司，内用为侍讲学侍。特命入值上书房，给朕讲贯诗文，深得其益。嗣以卿贰出任封圻，有守有为，贤声益懋。迨擢至正卿，皇考即欲用为大学士。朕亲政后，召令还朝，在南书房侍值有年，简任纶扉，深资启沃。凡所陈奏，均得大体。服官五十余年，依然寒素。家庭敦睦，动循矩法。不愧为端人正士，倚畀方殷。"同时宣布：晋赠朱珪为太傅，使其位列"三公"；入祀贤良祠；赏给内库白银二千五百两用于治丧；其任内一切降革处分全部撤销。

朱珪死后，哀荣备至。逝世第二日，嘉庆帝亲临其府上哭奠，并不经内阁讨论草拟，颁谕亲赐朱珪谥号为"文正"，获得乾隆朝仅大学士刘统勋享受过的同等哀荣。为此，他特在上谕中说了一番理由："朱珪在朝五十余年，外而扬历督抚，内而荐直纶扉，身跻崇阶，从未稍蹈愆，尤绝无瑕玷。靖恭正直，历久不渝。犹忆伊官翰林时，皇考简为朕师傅，尔时朕于经书已皆竟业，而史鉴事迹均资讲贯。其所陈说无非唐、虞、三代之言，不特非法弗道，即稍涉时趋之论，亦从不出诸口，启沃良多。揆诸谥法，实足以当‘正’字而无悔！毋庸内阁拟请，着即赐谥‘文正’。”随后，嘉庆帝派早已秘密内定为皇太子的绵宁代他前往祭奠，殡送朱珪时派庆郡王永璘前往主奠目送，“以示朕眷怀旧学、哀荣备至之至意”。不仅如此，嘉庆帝还亲自写了一首十二韵诗，派人前往朱珪灵前祭焚。翌年三月，嘉庆帝谒清西陵，虽然朱珪墓地离他经过的道路有好几里地，但他想起三个月前去世的恩师，特派户部左侍郎英和前往赐奠，并亲撰祭文，内有“哀我哲辅，松楸在望”之句，表达了他对恩师真挚而深切的缅怀。朱珪逝世临近十周年之际，嘉庆帝亲自到恩师墓园赐奠，凭吊感怀，留下“讲帷昔年共，《五箴》诲早垂”，“洒泪乘骝去，回望萦悲思”等诗句，感念师傅栽培辅佐恩德，表达自己对恩师永别十年的绵绵哀思。

嘉庆帝给予师傅朱珪的宠荣和礼遇，可谓超逾常格。对此，《满汉名臣传》称：“恩遇之隆，古所未有也。”《清史稿》则称：“恩礼始终无与比。”

朱珪得到嘉庆帝宠信，主要原因起码有这样几条：一是成功培育了皇太子永琰。在朱珪谆谆教导下，皇太子永琰在激烈的继位人竞争中保持和巩固了自己的地位，成长为符合乾隆帝心意的帝位继承人，顺利获得王朝最高权力，君临天下。二是经得住考验。因和珅作梗，不仅丢掉了将要到手的大学士职位，而且失去两广总督高位，将他贬到安徽担任巡抚，遭受这一沉重打击后，他没有怨天尤人、一蹶不振，而是亲赴灾区赈灾，整肃吏治，确保大灾之年无人祸，大灾之年“官吏无侵蚀”。三是辅佐有方。嘉庆帝有一首志感诗称：“入阁赞机务，辅治惠泽施。方期久论道，岂料身骑箕？”表示他受恩师辅佐惠泽很多，他多么期待恩师能够长久辅佐，但老天却将他请走了，遗憾之意溢于言表。朱珪不仅在军国大事上给嘉庆帝出了许多好主意，而且数度掌握考试大权时都选才有方、秉公行事，竭诚为国家搜罗英才。《清史稿》称：“珪文章奥博，取士重经策，锐意求才。嘉庆四年典会试，阮元佐之，一时名流搜拔殆尽，为士林宗仰者数十年。”依靠朱珪悉心辅佐，才有嘉庆帝“初政之美”。四是为官清廉。他做官五十余年，任总督、巡抚地方大员多年，从不收受部属一文钱，还把积蓄的养廉银奉献给官家，四十年独居无妾媵，生活非常清贫。他病重时嘉庆帝前往探望，见其居舍简陋狭小，门前竟无法过车。死后遗物，只有一布衾、一布被，几箱残书。嘉庆帝与随行人员见了，为之震惊，为之感动，无不潸然泪下。“半生唯独宿，一世不贪钱。”嘉庆帝为恩师所写的五言挽诗中的这一诗句，是对他为官为人的充分肯定。

然而，帝师在皇帝心目中毕竟是臣子。一个臣子，要让挑剔、寡恩、高傲的皇上依恋、感动、佩服是极不容易的，需要付出常人不愿付出、难以付出的东西，朱珪做到了。

8. 道光朝红人/曹振镛

追求无为

> 曹振镛为官政绩平平，无赫赫建树，却仕途通达，升得很快。此公不仅得宠令人吃惊，固宠亦令人吃惊。平平庸庸却能平步青云，无所建树却能长保荣宠，其中必大有奥秘……事理透彻必简明，曹相国将做官秘经用六字说尽，堪称一绝。此公无论立德、立业，均没有什么可以名垂青史的，但这一做官六字诀却成为官秘谶。不然，这一密室耳语、只授得意门生的做官真经，怎会一出口便广受追捧、经久不衰呢?

进入道光朝，满朝文武中最得宠、最走红的当属曹振镛。

道光元年（1821年），他一下跃居领班军机大臣高位。在上一年九月，也就是嘉庆帝当权的最后一年，曹振镛才爬进军机大臣这个核心圈子。之后，他一直高居领班军机大臣之位，还荣晋太傅、位列“三公”，直至道光十五年

(1835年)八十高龄时死于任上。清朝不设宰相,但曹振镛的地位实际上相当于宰相。自雍正朝设立军机处以来,这一辅助皇帝执政的中枢机构,参议国家政治、军事、经济、司法等重要机密和对重要官吏的考核任用,实际上取代内阁职权;军机大臣每日入值于皇帝寝宫养心殿外的值房值班,以备皇帝召对,皇帝出外巡幸则随同前往,朝廷重要机密事项均由军机大臣直接面奏皇上请旨,或者草拟谕旨请皇帝裁决,原属内阁的票拟、承旨大权,全部掌握在军机大臣手中;军机大臣无定员,通常三至七人,品位最高的充任"领班"。道光朝历时三十年,先后由曹振镛、潘世恩、穆彰阿三人担任领班军机大臣。潘世恩任领班军机大臣仅一年,原来排名在其后面的穆彰阿就蹿上来,超越了他,连续担任领班军机大臣十四年。论当领班军机大臣的时间,穆彰阿只比曹振镛少一年,但此公下场不好,道光三十年(1850年)十月被革职。曹振镛死后,盛享哀荣,道光帝亲赐其"文正"谥号。"文正"是清代赐予文官的最高谥号。生晋太傅,死谥"文正",在清一代汉大臣中屈指可数。因此在道光朝大红大紫,始终保持高位荣宠的,当属曹振镛。《清史稿》称:道光帝对曹振镛"恩眷之隆,时无与比"。

曹振镛为官政绩平平,无赫赫建树,却仕途通达,升得很快。

他生于乾隆十九年(1755年),安徽歙县人,乾隆朝户部尚书曹文埴之子。安徽歙县有读书做官的悠久传统,他父亲又是高官,读书条件得天独厚。他颇能读书应试,学而优则仕,乾隆四十六年(1781年)二十六岁即考中进士。乾隆帝从当年新科进士中亲自挑选数名才学兼优、年轻力壮者为庶吉士,他被幸运挑中,成为清代最高级别的官学生。由皇家供养在学馆深造三年后，他被授予编修，跻身翰林院。按照一般情形，士子由秀才而举人，由举人而进士，由进士而翰林，大多已两鬓斑白，少说也有四五十岁。曹振镛却在二十九岁就点了翰林，可谓士林中的佼佼者。一点翰林，人如涂金。翰林虽只是七品芝麻官，官阶卑微，却是天子文学侍从，为清代所重，官员升迁以此为终南捷径。当时，有“卜相非翰林不与”之说。卜相，就是选拔宰辅、大学士之意，也就是说，想要当宰相、大学士位极人臣，必须具备翰林资格。在翰林院读书养望，混得好的，入值上书房，当皇子师傅，或者入南书房，做天子近臣，往往很快就能荣华富贵；混得差一些的，来日外放也能捞个知府什么的，为官一方，跻身中级官员之列。翰林中人能否有大出息，大考十分关键。大考俗称“翰林出痘”，一般六年一次，关系升黜大事。乾隆五十六年（1791 年），曹振镛参加大考，成绩平平，名列三等。乾隆帝考虑到他是尚书之子，说是其才可用，将他连升三级，破格由正七品编修擢升为从五品侍讲。他沾了父亲的光，才得以逃过“出痘”之劫，出人头地。后来几年，他又升了两级，至乾隆末年当上从四品的侍读学士。这一期间，曹振镛所走的路，几乎都是踩着他父亲的足迹走过来的。其父曹文埴，乾隆二十五年（1760 年）考中进士，之后选庶吉士，授编修，后四次升官，当上翰林院侍读学士。曹振镛步其父亲后尘走来，虽未成为仕途暴发户，但也顺溜非常。他进士未入一甲，大考未得一等，短短十几年从布衣士子平地而起，一下做到从四品朝官。

进入嘉庆朝，曹振镛更是大走官运。嘉庆三年（1798 年），他大考得了二等，官升一级，晋为正四品的少詹事，成为詹事府的副长官。詹事府在古代系辅导东宫太子机关，清代自雍正帝建立秘密建储制度后已不预立皇太子，这一机关遂成翰林院官员升迁辗转之地。就在这一年，父亲逝世，他丁忧归籍，解职丧居尽孝道。守制归来，连蹦两级，晋升为政通使，成为中央管理公文事务的机关政通使司的长官，官至正三品。之后，官道上一路顺风，历任内阁学士、工部和吏部侍郎，嘉庆十一年（1806 年）擢升工部尚书，爬上从一品高位。这一年，他五十一岁。他参加编纂的高宗实录告成之后，获太子少保衔，荣获高官重臣都很想得到的荣誉头衔。随后调任户部尚书，兼翰林院掌院学士。嘉庆十八年（1813 年），调任吏部尚书，晋协办大学士。不久，荣晋体仁阁大学士，管理工部，晋太子太保，官至正一品。清代文官以获得殿阁大学士为荣耀。乾隆十三年（1748 年），确定大学士员额为满汉各二员，冠以保和殿、文华殿、武英殿、体仁阁、文渊阁、东阁之名。殿阁大学士为文官最高品秩，当时荣称大学士为“相国”、“宰执”、“揆席”。体仁阁大学士为文臣四魁之一，这是千万官员所梦寐以求的。终嘉庆一朝，曹振镛官位虽隆，获得文官最高品秩，但并未进入权力核心层军机处。自雍正朝设立军机处以来，大学士只有进入军机处才拥有实权。

历史车轮碾进道光朝，曹振镛才大红大紫起来，成为皇帝最为倚重的宠臣。但是，阅读他的传记资料，其为新皇帝倚重的背后，仍缺乏不同寻常的建树和事迹。

他得以进入军机处，是因为作了一个微不足道的贡献。嘉庆二十五年（1820 年）七月，嘉庆帝逝世，次月二十七日，三十八岁的皇太子旻宁登临太和殿即皇帝位，以翌年为道光元年。就在这前后，发生了一件有趣的事情：七月二十五日，嘉庆帝临终时，托津、戴均元、卢荫溥、文孚四位军机大臣拟缮遗诏，其中说高宗乾隆帝出生地为热河承德避暑山庄。这份遗诏拟成后，道光帝作了审阅，“未经看出错误之处”。遗诏顺利出笼，颁告天下，满汉文武百官都没挑出什么毛病，一切顺顺溜溜。偏偏七品芝麻官、翰林院编修刘凤诰挑出了遗诏中的一个毛病：乾隆帝出生地应是北京雍和宫，而不是热河承德避暑山庄。刘凤诰便将这一发现禀告曹振镛。曹振镛听了，很快将这一情况奏报道光帝。乾隆帝是道光帝祖父、嘉庆帝生父，把祖父的出生地都搞错了，这还了得！道光帝龙颜大怒，迅速传旨诘问。军机大臣托津、戴均元、卢荫溥、文孚回奏，乾隆帝生于避暑山庄的说法，绝对是有根据的，出处就是嘉庆帝御制诗初集第十四卷和第六卷的诗注。按说，嘉庆帝是乾隆帝的儿子，乾隆帝出生地出自其御注诗注，作为皇帝御制诗集，付梓刊印前御用文人反反复复校勘自不必说，皇帝本人必定也是高度重视、慎之又慎、反复把关，应当具有权威性。然而，认真考证，乾隆帝出生地的确是雍和宫，而非避暑山庄，遗诏有关说法确实错了。道光帝大光其火，九月初七日降旨，令托津、戴均元退出军机处，旋即各降四级，只留大学士虚衔；卢荫溥、文孚各降五级，仍留军机处行走，但没过多久他们也被逐出军机处。在令托津、戴均元退出军机处之时，道光帝命太子太保、体仁阁大学士曹振镛在军机处行走。同时进入军机处的，还有吏部尚书英和、礼部尚书黄钺。三个月后，进入道光元年，曹振镛平步青云，荣任军机处领班，一人之下、万人之上，成为名副其实的首辅。

冷静看来，乾隆帝出生地被误事件被道光帝整个放大了。虽说遗诏中将祖父出生地搞错，确实不大严肃，有损皇家脸面，但也不至于闹得如此惊天动地，不至于撤换军机处全套人马。即便要认真追究，论错，首先错在嘉庆帝，他在如此权威的诗集中竟将父亲的出生地搞错了；其次道光帝本人也难辞其咎，他审阅遗诏没有把好关。曹振镛的功劳也被严重夸张了，他除了因此进入军机处、成为领班军机大臣外，还暴得连他自己都大出意外的奖赏，这一事件后仅半年，也即道光元年（1821 年）三月，他被晋为太子太傅、转授武英殿大学士，在官场金字塔攀登中品衔和地位又上了一个台阶。武英殿大学士仅次于保和殿大学士和文华殿大学士，而且自乾隆朝以来，没有任何一位大臣授过保和殿大学士。因此，曹振镛能攀升至武英殿大学士，堪称荣耀至极。道光帝借乾隆帝出生地之误大做文章，恩宠提拔曹振镛，严厉惩处四军机，使不少史家怀疑其背后还有另外深层原因。或许，托津等四军机前些年不知不觉得罪了皇子身份的旻宁；或许，皇子时期的旻宁早就激赏曹振镛。严惩四军机，重用曹振镛，出生地事件也许只是一个炮引子。

曹振镛不仅得宠令人吃惊，固宠亦令人吃惊。

随后的那些岁月里，也未见他有什么超乎寻常的作为，却见他在官场上一个劲地往上蹿，闪着七彩光环的巨大荣耀，接连不断落在他头上。道光三年（1823 年）万寿节，道光帝在万寿山玉澜堂赐宴十五老臣，曹振镛在这班老臣中年龄最小，但也分享了与宴绘像之荣。第二年，他荣任上书房总师傅，成为皇子包括未来皇帝的师傅头领。道光六年（1826 年），他入值南书房，担起“拟御纂笔札”之任，成为须臾不离的股肱大臣。削平张格尔叛乱、再定回疆之际，他荣晋太子太师。第二年，张格尔被擒消息传来，道光帝封赏群臣，将七十一岁的曹振镛晋为太傅，赐予紫缰，获得在紫光阁陈列画像的殊荣，进入显赫功臣之列。清代沿袭历代制度，以太师、太傅、太保为“三公”，曹振镛位列“三公”，可谓宠荣备至。曹振镛觉得自己担不起这份荣耀，上疏坚决辞谢。道光帝对此大为欣赏，颁诏说，凡是军机大臣每人另绘一幅画像，“以遂让功之心，而彰辅弼之效”。道光帝还亲笔题词，对首辅曹振镛这些年为人、做事、学问给予高度评价：“亲政之始，先进正人。密勿之地，心腹之臣。学问渊博，献替精醇。克勤克慎，首掌丝纶。”道光十一年（1831年）万寿庆典，赐予曹振镛双眼花翎。大清开国以来，获戴三眼花翎的大臣只有三四位，而且都是满洲大员，因此汉族官员能获戴双眼花翎，已经是祖坟冒青烟了。道光十五年，八十周岁的曹振镛死去，留下生前自缮的一份遗疏，附折上陈述了十余件事。道光帝为之震悼，颁诏对曹爱卿盖棺定论：“大学士曹振镛，人品端方。自授军机大臣以来，靖恭正直，历久不渝。凡所陈奏，务得大体。前大学士刘统勋、朱珪，于乾隆、嘉庆中蒙皇祖、皇考鉴其品节，赐谥‘文正’。曹振镛实心任事，外貌讷然，而献替不避嫌怨，朕深倚赖而人不知。揆诸谥法，足以当‘正’字而无愧。其予谥‘文正’。”

道光帝虽以高八度的调子评价曹振镛，但认真搜求，无论立德、立业，曹公均无赫赫过人之处。平平庸庸，不求有功但求无过，是此公一贯作风。嘉庆十八年（1813年），天理教首领林清发动“禁门之变”，嘉庆帝正在热河，随行诸臣闻变失措，劝谏皇上不要立即返京，先调兵前往镇压再说，当时只有太保、领班军机大臣、上书房总师傅董诰力谏皇上回銮，以亲自控制朝局，情真意切以致涕泪纵横。当时留京办事的曹振镛，在镇压天理教徒起义后，把功夫下在当好维持会长上，设法保持城内平静。当时有人写了一副对联嘲讽曹、董二公："庸庸碌碌曹丞相，哭哭啼啼董太师。"据说，两人见了这副对联，不禁相视而笑。

由于确实没有多少事值得传记，《清史稿》中曹振镛列传的篇幅很短，仅七百余字。傅恒是乾隆朝领班军机大臣，在这个位置干了十六年，只比曹公多干一年，死时还不到四十八岁，比曹公少活三十多年，但他的传记篇幅足比曹公长五倍。

平平庸庸却能平步青云，无所建树却能长保荣宠，其中必是大有奥秘。那么，这一奥秘是什么呢？

《瞑庵杂识》中说："曹文正公晚年恩遇日隆，声名俱泰。门生某请其故，曹曰：'无他，但多磕头、少说话耳。'"

"多磕头、少说话"仅六字，高度凝练。事理透彻必简明，从这个意义上说，曹相国将玄而又玄的做官秘经仅用此六字说尽，也可算一绝。此公无论立德、立业、立言，均没有什么可以名垂青史的，但这一做官六字诀绝对流芳百世。不然，这一密室耳语、只传授得意门生的做官真经，怎会一出口便广泛流传、经久不衰呢？

多磕头，是肢体语言，表示顺从，表示谦恭，含义多多，但人见人爱；少说话，不是不说话，更不是乱说话，而是见什么人说什么话，言简意赅，一下说到点子上。古来便有"伴君如伴虎"之说，曹公"多磕头、少说话"，能让至高至尊的道光帝满意，能让他老人家十几年如一日地满意，这份功夫绝对高深。

"多磕头、少说话"六字诀，是曹公为官数十年切身体悟的智慧结晶。之所以奉行这一六字诀，要害是曹公切实读懂了道光皇帝。

道光帝是个守成皇帝。他所处的时代，对大清王朝而言，由盛转衰；对中国社会而言，漫漫两千多年封建政体走向尽头、面临分崩离析；对中华民族而言，面对着东方文明与西方文明的大碰撞大激荡。但掌握中国这条古老大龙船舵把的道光帝，面对轰然而至的历史巨变，面对“两千年来未有之大变局”，缺乏变革创新的魄力和能力，抱残守缺，麻木不仁，一味因循祖宗成法，使中国失去变法图强的良机，眼看着古老龙船烂帮进水、日渐沉沦。

于是，曹振镛把皇上的“守成主义”当作自己的旗帜。

道光帝崇尚节俭，曹振镛厉行节约。

综观中国历史两千余年、二十多个朝代，道光是最“抠门”的一个皇帝。在当皇帝前，道光帝就深受儒家传统德俭思想的熏陶，认为大清王朝创业艰难，守业更难，只有崇俭去奢，节俭爱人，才能保持王朝万世不衰。在他所著《养正书屋诗文全集》中，倡行节俭的文章占有显著篇幅，《崇俭去奢论》《节用而爱人论》《临财而无苟得论》《节以制度论》等等。当皇帝后，他将节俭思想上升为治国方略的重要内容，进行系统阐释，道光元年的御制《声色货利论》，道光十一年（1831 年）的御制《慎德堂记》，是他宣扬节俭思想的代表作。道光帝模范践行自己的主张。一方面，他力戒宫廷浮华。裁减仪仗，道光元年正月初一，他首次登临太和殿，就下令乐设而不作，不读贺表，当年还停止他从圆明园返宫时王公大臣恭迎接驾、大排仪仗的繁文缛节。规定皇室成员婚礼从简，他最宠爱的皇六子奕訢举行结婚典礼，按制在接新娘进宫、行跪拜礼后，要在宫内大摆宴席，但他特地传旨，停止奏乐，取消宴席；五公主出嫁，他要求内务府官员从俭办理，置办嫁妆及所有仪注开销不得超过两千两银子，不然由内务府大臣赔垫，内务府大臣抠抠唆唆地操办，结果还是贴赔了数百两银子。省简膳食，他自己每日只点四盘菜肴，一次皇后过生日，破除大摆筵席旧例，吩咐只用猪肉打卤面赏赐内廷，为清历朝所罕见。裁减陵寝工程，谕令务使朴实，裁减陵内月台、碑亭等工程。另一方面，他削减地方进贡。定期向皇帝纳贡，这是历代封建王朝的定例。嘉庆二十五年（1820 年）八月，道光帝刚即皇帝位，就下了一道严厉的谕旨，谕令停止一切供献，连食品也不准进呈，表达了他立戒奢靡的决心。结果，他在位三十年，各省贡赋裁汰大半。

道光帝的“抠门”故事，凡此种种，不胜枚举。但最经典的，是他穿破裤的故事。道光帝的套裤长期穿用，膝盖上磨出一个窟窿。道光帝没有扔掉，令人补好继续穿用。曹振镛身为宰辅，立即带头效仿，第二日便穿上打补丁的裤子上朝，其他大臣也随之效法，一时满朝文武都风行穿破裤上朝。其实，并非人人都真穿破裤子，不少大臣只是在好裤子上打了一个补丁而已。一日，道光帝召集军机大臣议事，领班军机曹振镛离皇帝最近，道光帝见曹爱卿的套裤上也有一个补丁，便问：“尔的套裤也打补丁吗?”曹振镛答：“换件新的要费不少银子，故打了个补丁。”道光帝听了龙颜大悦，接着又问：“尔打块补丁花了多少银子?”曹振镛怎么也没想到皇上会关心这种细枝末节，愣了好一会儿瞎编道：“臣花了三钱银子。”道光帝听了吃惊道：“宫外的价钱真是便宜。宫内打这个补丁，足足花了五两银子哩!”

曹振镛跟皇帝跟得很紧。道光帝好求全责备，曹振镛喜挑剔微疵。对乾隆帝出生地之误事件的处理，就可看出道光帝此人爱挑小毛病。曹振镛进士出身，历乾隆、嘉庆、道光三朝，三次充当学政，四次主持乡试，“凡纂修会典、两朝实录、河工方略、明鉴皇朝文颖、全唐文，皆为总裁”，会做文章、会看文章是必定的，但此公与道光帝保持一致，判定他人文章竟专来剔挑微疵，见小不见大。“衡文惟遵功令，不取淹博才华之士。”八股文章做得循规蹈矩、滴水不漏，皇上肯定喜欢，若是出了纰漏引起龙颜震怒则是不得了，因此，文章里有没有治理天下的真知灼见，反倒无关紧要了。道光帝朱批用楷书，于是楷书几成衡量文章、奏折优劣的最高标准。陈康祺《郎潜纪闻》载：“当时殿廷考试，专尚楷法，不问策论之优劣，甚至有抄袭前一科鼎甲策仍列鼎甲者。”不但试卷苟求楷法，奏折也苟求楷法，“遂至一画之长短，一点之肥瘦，无不寻瑕索诟，评第妍媸”。如此一来，不仅造成学风不正，“末学滥进，豪杰灰心”，而且进言质量严重下滑。

道光帝讲得多做得少，曹振镛干脆为皇上创造一个“抽查法”。道光帝虽也有励精图治愿望，但拿不出革除积弊的勇气和措施，往往就事论事，不从根子上解决问题，谕令很多，检查很少，雷声大雨滴小，结果往往执行受阻、诏令落空，“积习相沿，牢不可破”，弄得他本人也心灰意冷。道光帝除了每日披览奏本外，还要批阅蝇头细书的中外题本。奏折、题本堆积如山，日搬日增，怎么也搬不空，令道光帝苦不堪言。认真看吧，怎么看也看不过来；不认真看吧，又恐被臣下欺蒙之弊。一日，道光帝向宠臣曹振镛诉苦，问有何好办法，曹振镛献计道：“皇上几暇，但抽阅数本，见有点画谬误者，用朱笔抹出。发出后，臣下传观，知乙览所及，细微不遗，自不敢怠忽从事矣。”道光帝听了暗暗称绝，按曹爱卿计策行事，果然自己省时省劲，臣属战战兢兢，把很多精力花在细枝末节上。

史学家苏同炳先生说："曹振镛琐鄙无能，养成了道光一朝政治风气之柔靡泄沓，所以他实际上是道光帝的罪人。在他所养成的风气下，官吏以不负责任之圆滑弥缝为做官之能事，不但有用的人才因之而消磨殆尽，国事亦因之而不堪闻问。"

上行下效。有道光帝，就会有曹振镛；有曹振镛，就会有曹振镛式的中小官吏。

曹振镛的做官之道，对当时官场风气影响很大。有一首《一剪梅》描述了这一柔糜颓靡、圆滑世故的官场习气：

仕途钻刺要精工，京信常通，炭敬常丰。
莫谈时事逞英雄，一味圆通，一味谦恭。

大臣经济在从容，莫显奇功，莫说精忠。
万般人事要朦胧，驳也无庸，议也无庸。

八方无事岁年丰，国运方隆，官运方通。
大家赞襄要和衷，好也弥缝，歹也弥缝。

无灾无难到三公，妻受荣封，子荫郎中。
流芳身后更无穷，不谥文忠，也谥文恭。

这首《一剪梅》，是曹振镛做官六字诀的绝妙诠释。"多磕头、少说话"上升为官道理论，成为官场没有期限的通行证，是曹振镛的贡献。

"多磕头、少说话"，论其中道道，说起来容易做起来难。因而曹公走红背后，功夫极其深厚。

要说曹公平庸，他会笑你浅薄。

9. 咸丰朝红人/杜受田

大智大爱

在复杂、微妙、漫长的皇权角逐中，年龄小、入仕晚、官衔低的杜受田取得最后决定性胜利。杜受田的成功在于，经过反复揣摩，知道让学生如何表现，道光帝必会打满分。卓秉恬的教训在于，只顾按自己设计的方案塑造学生，一厢情愿，却不理会道光帝欣赏什么。胜者为王败者寇，历史就这样把嘲讽留给了卓秉恬，将微笑送给了杜受田。

咸丰朝满汉文武，最受宠信的汉大臣是杜受田。

咸丰二年（1852 年）七月间，六十四岁的杜受田死在抗洪赈灾现场。噩耗传入紫禁城，咸丰帝痛哭流泪，十分悲痛。他立即晋赠杜受田为太傅，使其位列“三公”，成为嘉道两朝以来唯一追赠太师者；晋赠他为大学士，给予文官最高品级的职衔；赐谥“文正”，使其获得咸丰朝大臣中唯一最高谥号；亲临赐奠，抚棺痛哭，如丧考妣，以示痛悼优隆。如此死后哀荣，实属罕见，史称“终饰之典，一时无比”。

杜受田获得咸丰帝宠信的原因，主要有两个方面：其一，大彻大智，帮助奕詝夺得皇太子之位。其二，鞠躬尽瘁，赞襄咸丰帝对付内忧外患。

道光十五年（1835年），四十七岁的杜受田踏进上书房，担任皇四子奕詝师傅。按传统算法，奕詝这年六岁，这是虚龄；论周岁，奕詝仅四周岁。

道光帝为皇四子挑选师傅非常严格。因为，皇四子对他乃至爱新觉罗氏江山社稷都具有非同寻常的意义。皇四子奕詝生于道光十一年六月初九日（1831年7月17日）。这位皇子在圆明园湛静斋（后改称基福堂）的呱呱坠地，对心里灰暗的道光帝是一个巨大的慰藉。这一年，道光帝已五十虚龄，他的十六位后妃先后生了三个皇子，但他们在皇四子出生前都已死去。皇二子奕纲、皇三子奕继系博尔济锦氏所生，他们是后来出生的恭亲王奕訢的长兄，但很短命，于道光七年（1827年）、九年（1829年）相继夭折；长子奕纬，系乌拉那拉氏所生，道光帝对他十分喜爱，十一周岁那年还没有任何建树就将他敕封为贝勒，在清室皇族十二个爵位中仅次于亲王、郡王。他长到二十四周岁时，正是英姿飒爽，却突然死去，而且没有为道光帝留下皇孙。这就是说，从道光七年至道光十一年，每隔两年，就死一个皇子，以至道光帝膝下诸子死得干干净净。“少怕殇妻，老怕殇子”，这一时期是道光帝一生中心情最为沮丧的时期之一。当时军国大事也令他心烦意乱，回疆张格尔正闹叛乱，英吉利贩运鸦片为害越来越大，到道光十年（1830年）输入大清国的鸦片达二万箱，民众吸食鸦片之人越来越多，每年因此流失白银达数百万两之巨，家里又接连发生天崩地裂之事，无异于雪上加霜。道光帝与很多帝王一样，也很相信风水命运。在皇二子、皇三子夭折中间那一年，也就是道光八年（1828 年），正在建造的遵化清东陵宝华峪道光帝地宫竟然出水，大水哗哗流入圹内。墓地出水，被视为大不吉，道光帝勃然大怒，将负有责任的大学士英和、戴均元投牢下狱、籍没家产。国运家运连遭不幸，莫不是与地宫出水有关？不幸和打击难道还要继续下去？对年届五十岁的大清皇帝来说，难道还有比国势日衰、膝下无子更悲哀的事吗？“不孝有三，无后为大”，没有儿子、龙脉断绝，谁来继承大清江山社稷，如何对得住龙驭升天的列祖列宗？皇四子的一声啼哭，使已步入老年的道光帝眼睛为之一亮，精神为之一振，顿时喜上眉梢。而且，皇四子出生是一个大大的吉兆，似乎宣告他道光帝的厄运就此画上句号，好运气就要连绵降临。就在皇四子降世后六天，皇五子奕誴也来到人世；次年十一月二十一日，皇六子奕訢也一声啼哭降临人间。后来，道光帝在六十岁前后高龄，还喜得奕譞、奕詥、奕譓三个皇子。皇四子奕詝对于道光帝而言，具有老树逢春的意义。

皇四子奕詝在诸皇子中最受父皇重视。他虽是皇四子，但事实上等同于皇长子。他的生母是乾清门二等侍卫、一等男爵颐龄之女钮祜禄氏，进宫时被册封为全嫔，是皇帝的第五等妻子，地位次于皇后、皇贵妃、贵妃、妃，高于常在、答应。母以子贵，自钮祜禄氏生了皇四子后，在宫中的地位火箭般上升，两年升了三级，道光十三年（1833 年）就升为全皇贵妃，奉旨统摄六宫，虽无皇后名分，实际上已获得皇后的地位。第二年，也就是杜受田入宫当师傅前一年，钮祜禄氏的地位攀至绝顶，成为道光帝的第三任皇后。满洲民族入主中原后，渐为汉风汉俗浸染，在确立皇位继承人问题上，中原王朝传统的嫡长制深深影响着他们的思想意识，康熙帝、乾隆帝早年都想立一位元后之子作为皇太子，但均未遂愿。道光帝系嘉庆帝嫡福晋（嫡妻）喜塔腊氏所生，“有清一代，皇帝嫡出者只此一帝”，为此，道光帝私下常沾沾自喜。道光帝第一位皇后、第二位皇后在道光十三年前已先后死去，她们都没有生育皇子，因此，第三任皇后钮祜禄氏所生皇子、事实上的长子奕詝，对道光帝来说，也就相当于元后嫡子。因为上述这一独特原因，皇四子奕詝在道光帝衡量遴选皇位继承人的天平上具有非常的意义。

按清代宫中典制，虚龄六岁的皇子就该进入上书房读书了。皇四子奕詝与皇五子奕誴同龄，同时进入上书房，皇六子奕訢要待下一年才有这个资格。清历代皇帝对皇子教育培养都非常重视。上书房教学情况，从《东华录》记载可窥一斑：“我国之制，诸皇子六岁以上即就上书房读书，皇孙、皇曾孙亦然。既选京堂翰林以分课其读，复派大学士、尚书数人以总视其成。更简满洲、蒙古大臣、侍卫等肄之国语骑射。长幼相聚，昕昕程功。”上书房的教课方式是，“皇子与诸王世子同学于上书房，选词臣教之，与民间延师无异。”学习内容，既有诗文，也有骑射训练。学生每日读书时间排得很满，从早晨六点左右到晚上六点左右，其间可到下屋休息一二次，每次不超过一刻钟，若要离开课堂须经师傅准许。读书暇余只能讲书，或者讨论掌故，不得闲扯与此无关内容，更不准随意到下屋闲聊。学生们的教课进度无明确规定，视个人接受能力而定。道光时上书房位于乾清宫左侧，与皇帝经常办事的南书房并列，皇帝能听到皇子们琅琅的读书声。处理军国大事之余，皇帝不定期地对师傅教学和皇子学习情况进行抽查，不合规矩和要求的，皇帝要进行严厉训斥，甚至予以惩处。皇四子就是在这样严肃的氛围中读书学习的。

上书房师傅，负有教育培养大清王朝未来接班人的重任，非常人可以胜任，选拔十分严格。皇帝亲自过问，均挑选品行端正、学识渊博的内阁学士、翰林院翰林担任，同时还要委派殿阁大学士、协办大学士为总师傅，负责稽查督饬。道光帝挑剔的目光睃巡来睃巡去，千挑万挑，最终将目光落在杜受田身上。

杜受田，字芝农，山东滨州人。父亲杜堮，嘉庆六年进士，翰林出身，官至礼部侍郎，加太子少保衔，是个正二品京官。杜受田是个品学兼优的臣子却大器晚成，三十五岁那年，也就是道光三年（1823 年），才考中进士。但他成绩很出色，会试考取第一名，成绩冠于所有参试举人之首；在皇帝主持的殿试中，考取二甲第一名，成绩仅次于名列一甲的状元、榜眼、探花之后，在全国所有参加殿试贡士中居第四名。殿试传胪后三日，他参加在保和殿举行的朝考，因成绩优异，入选庶吉士，深造三年后入翰林院，授为正七品编修。之后参加大考名列前茅，连升两级，晋升为春坊中允，官正六品，不久提升为詹事府洗马，官从五品。随后督山西学政，成为管理该省科举教育事务的长官，地位次于巡抚，排在布政使、按察使之前。杜受田此人不仅学识超群，而且为人恭谨，“少清贫，随宦京外，躬佐理家政，而劬学弗为衰。官京师，退食犹日亲诸务。……家庭雍穆，于亲旧间情意尤款笃。”道光帝经过深入考查，将“品端学粹，正色立于朝”的杜受田，钦定为皇四子奕詝之师。

杜受田从步入紫禁城上书房的那一刻起，就意识到肩负的责任有多重。他悉心从教，与皇四子奕詝朝夕相处，前后长达十七年，一日也不曾离开。他传授给奕詝的学问，以儒家典籍和诗文为主体，“悉本唐、虞、三代圣圣相传之旨，实能发明蕴奥，体用兼赅”。奕詝在师傅杜受田的谆谆教诲中接受做人的深刻道理，领悟治国安邦的高深本领。用奕詝自己的话来说，是“日承启迪，获益良多”。后来他当上皇帝，忆及当年读书受教的情形，欣然命笔作了一首题为《忆昔有感》的五言诗，对恩师杜受田充满感激之情：“忆昔丙申年，六龄初入学。芝农日诲予，良传咨启沃。”从他处理政务时留下的朱批、上谕看，他在清代历朝皇帝中的文字功夫居于中上乘，这显然与杜受田朝夕纳诲十七年付出的心血汗水直接有关。

道光帝对皇四子奕詝品德修养和学业水平的提高都很满意，因此对师傅杜受田也很满意。给予皇子师傅的最好褒奖是升官。自入值上书房后，经过四次提拔，杜受田当上内阁学士。内阁学士之职共十名员额，满人六名，汉人四名，官秩从二品。汉学士的职责，是掌管题本批红，也就是根据皇帝旨意用朱笔批答题本，同时负有为皇帝参赞政务、陈奏政见之责。但道光帝只是给他这个官职和待遇，命他不必到内阁去干这些具体活，要他一门心思当好师傅，为皇四子传道、授业、解惑。道光十八年（1838年），将杜受田擢升为工部侍郎，不久调任户部侍郎，官至正二品。道光二十四年（1844年），时年五十六周岁的杜受田，吉星高照，官运连连，一道道任命接踵而至，先是提他为都察院从一品的左都御史，接着任命他为工部尚书，随后命他担任上书总师傅。

奕詝虚岁十岁那年，也就是道光二十年（1840年），发生了对他前途命运有很大影响的一桩大事。这年正月十一日，他的生母皇后钮祜禄氏逝世。钮祜禄氏死时刚三十出头，道光帝万分悲痛，亲赐其谥号为孝全皇后。对于奕詝，孝全皇后的英年早逝，使他失去了政治上得天独厚的一座靠山。本来，在角逐皇太子的过程中，因为母后的因素，他占据着非常有利的地位。母后一死，形势立即发生了对他很不利的影响。皇六子奕䜣生母静贵妃的地位随即上升，晋为静皇贵妃，统摄六宫。道光帝将年幼丧母的奕詝交给她抚养。孝全皇后死后，静皇贵妃成为道光帝最宠爱的女人，她实际上已经取得皇后地位。形势对奕詝很不利，对奕䜣则非常有利。

在年龄较长的三位皇子中，道光帝喜欢皇四子奕詝和皇六子奕䜣，不喜欢皇五子奕誴。奕誴是个直肠子。说话随便，不拘礼节，不分场合，为道光帝所厌恶。一次，他在父皇面前谈论事情，说着说着满嘴就是粗了吧唧的市井俚语，"帝以茶盂掷之，伤其颧"。受父皇厌弃，他角逐皇太子没戏，颇不得志，遂嗜酒聊天，置身局外。皇四子、皇六子两兄弟同由静皇贵妃抚养，同在上书房读书，小时候童真无邪，关系最为密切。道光帝对他俩同样器重，当他们共同研制成二十八势枪法、十八势刀法时，道光帝大为赞赏，将枪法赐名"棣华协力"，将刀法赐名"宝锷宣威"。同时，赐给奕詝一柄"锐捷宝刀"，赐给奕䜣一柄"白虹宝刀"。这表明他俩在道光帝心目中具有同等地位。道光帝对他俩力图不偏不倚、一碗水端平。

然而，理智告诉道光帝，宫廷生活很残酷，作为皇帝，他在爱子之间永远一碗水端平是绝不可能的。有朝一日，他必须作出抉择，只能选择一人当皇太子，因为龙椅只有一把。

随着年龄的长大，奕詝和奕䜣也都渐渐明白，皇太子之位只有一个，他俩中间只有一人获此宝座。大清朝自雍正帝实行秘密建储制度以来，确定哪位皇子为皇太子，由皇帝独裁，这是一个非常敏感的话题，皇子、朝臣都讳莫如深。但皇太子之位如此魅力无穷，谁又不想拥有这一宝座呢？两兄弟心照不宣，都在暗中使劲。

杜受田洞察宫廷风云，明白皇四子奕詝在皇太子角逐中所处的形势和地位。自从孝全皇后死后，皇太子角逐的政治天平实际上已向奕訢倾斜，而且奕詝的天资和能力都不及奕訢，总体上处于劣势。因此，能否让奕詝在皇太子竞争中扭转乾坤，变劣势为优势，很大程度上取决于皇子背后师傅的斗智斗勇了。但站在杜受田面前的对手——奕訢之师卓秉恬，不是等闲之辈，而是官场巨人、儒林高手。

卓秉恬堪称资深大臣，在朝野均有很大势力和影响。他是四川华阳人，才华超群。虽只比杜受田早出生六年，但少年得志，入仕要比杜受田早得多。嘉庆七年（1802年），他二十周岁，即考中进士，随后被选为庶吉士，在学馆深造三年后，“年甫弱冠，授检讨”。弱冠泛指二十岁左右的男子。当时男子二十岁行弱冠礼，以示已成人。检讨是翰林院职官之一，官秩从七品。这就是说，论入仕时的年纪，他比杜受田小五岁；论考取进士、进入翰林的年份，他仅比杜受田父亲晚一年，要比杜受田早二十一年，可谓翰林前辈。嘉庆十八年（1813年），他改任御史。后历任鸿胪寺少卿、顺天府丞、奉天府丞、内阁学士等职，其间曾典陕西乡试、江南乡试。道光十五年，也就是杜受田交付山西学政之任赴京任上书房师傅那年，卓秉恬已升为礼部侍郎，督浙江学政，不久擢升为从一品的左都御史，兼管顺天府尹事，管理所属京县和附京州县的政务，官品比杜受田高得多，实权也大得多。在随后八年多时间里，他历任兵部、户部、吏部尚书和协办大学士，取得非常丰富的经历阅历。道光二十四年（1844 年），六十二周岁的卓秉恬当上体仁阁大学士，不久晋为武英殿大学士，爬上文官顶级台阶，官居正一品。

在杜受田看来，无论站在朝堂上，还是站在上书房里，官居大学士的卓秉恬都要比他高一头。

残酷的皇太子之争不期而至。道光二十六年（1846 年）春天，无论对道光帝、皇四子奕詝、皇六子奕訢来说，还是对杜受田、卓秉恬来说，都是难以忘怀的季节。

对道光帝而言，时已近六十四周岁，年逾花甲还没册立皇太子，国本大事迟迟未决，连他自己也焦虑不安起来。对皇子奕詝、奕訢而言，关系前途命运的角逐悄然来临，几年之后，他们就会更加深刻地领悟这个春天对他们的重大意义。对师傅杜受田、卓秉恬而言，多少年修炼的道行功夫，此时将一决高下。

这年春天，道光摔掉在一系列屈辱条约上画押的御笔，带着愧对祖宗的心理，赴位于河北易州的西陵祭祖，而后顺路到南苑皇家猎场围猎。

行围打猎，是康熙帝在平定“三藩之乱”后，为克服皇室子弟、八旗官兵沉溺安乐、平庸无能，提高他们军事素质与作战能力所确立的制度。康熙帝和乾隆帝经常带领文武大臣和八旗官兵，浩浩荡荡到塞外行围；嘉庆帝出于祖制难违的考虑，抛开内忧外患带给他的烦恼，也间或出塞行围；道光帝执政之初，就传谕“秋狩礼废”，废除了出塞秋狩的制度，但并没有废除一切行围，在他看来像这样祭祖后的顺路打猎，不大劳民伤财，还是可以接受的。

行围打猎，遵制行事，包括道光帝本人都没有将它看得很特别。谁也不知道，这次围猎会作出如此重要的决定。

一些影响历史的重大事件，往往在不知不觉中降临。

声势浩大的行围行动开始了。在雄壮粗犷、激动人心的吆喝声中，早已跃跃欲试的皇六子奕訢，一马当先，纵马驰骋，一展平素练就的高超骑射本领。奕詝虽然也参加行围打猎，但始终未发一枪。行围结束时，清点战利品，数奕訢猎获最多。奕訢自然是喜不自禁。众人觅视皇四子奕詝，见他垂手而立，毫无收获，却一脸平和。道光帝很奇怪，问他为何一无所获，奕詝答道："眼下正值鸟兽怀春孕育季节，不忍杀生以干天和。"道光帝听了龙颜大悦，说："这真是为帝之言啊！"久拖未决的皇太子就这样确定下来。奕詝被确定为皇太子，是杜受田辅导教诲的结果。

上述这些描述，基本上是《清史稿·杜受田传》的意思。它只交待事件的经过和结果，没有交待背景和细节。稗官野史则将这一事件写得绘声绘色。

《清翰野史大观·清人逸闻》记载："宣宗晚年最钟爱恭忠亲王（奕訢），欲以大业付之。金合缄名时几书恭王名者数矣，以文宗（奕詝）贤且居长，故逡巡未决。滨州（杜受田）时在上书房行走，适授文宗读，微窥上意所在，欲拥戴文宗以建非常之勋。一日，上命诸皇子校猎南苑。故事皇子方读书者奉命外出，临行时必诣师傅处请假，所以尊师也。是日文宗至上书房，左右适无人，惟滨州一人独坐斋中。文宗入，行礼毕。问将何往，以奉命校猎对。滨州乃耳语阿哥曰：'阿哥至围场中，但坐观他人骑射，万勿发一枪一矢，并当约束从人不得捕一生物。复命时上若问及，但对以时方春和，鸟兽孳育，不忍伤生命以干天和，且不欲以弓马一日之长与诸弟竞争也。阿哥第以此对，必能上契圣意。此一生荣楛关头，当切记无忽也。'是日恭王所得禽兽最多，方顾盼自喜。见文宗默坐，从者悉垂手侍立。怪之问其故。文宗曰：无他，但今日适不快，弗敢驰逐耳。日暮归复命，文宗独无献。上询之，具如滨州所教以对。上大喜曰：'是真有人君之度矣！'立储之议遂决。"

这是一场独特的考试。判试卷者是道光帝。考得好的得满分，考得不好的得零分，考得好或不好都不会有别的分数等次。结果，皇四子奕詝得了满分、皇六子奕訢得了零分。

角逐皇太子的背后，实际上是两位师傅的较量。如果考试结果当场公布的话，两位师傅都能得到收获，杜受田获得的是经验，卓秉恬获得的是教训。可是，这场特殊的考试不当即公开结果，于是成功者注定要再次获得成功，失败者要再次重蹈失败。

两位师傅所过的第二招，《清朝野史大观·清宫逸闻》作了如下记载："（道光帝）一日召二皇子入对，将借以决定储位。二皇子各请命于其师。卓（秉恬）教恭王，以上如有所垂询，当知无不言，言无不尽；杜（受田）则谓咸丰帝曰：'阿哥如条陈时政，知识万不敌六爷，唯有一策，皇上若自言老病，将不久于此位，阿哥惟伏地流涕，以表孺慕之诚而已。'如其言，帝大悦。谓皇四子仁孝，储位遂定。"

野史求生动，免不了添油加醋。但有些野史很可贵，里边保留着常被官史过滤掉的某些真实。皇四子奕詝、皇六子奕訢角逐皇太子的上述两则故事，极可能就属于这一类。

特殊考试答案揭晓的日子终于到了。道光三十年（1850年）正月初四日，年届六十七周岁、身染重病的道光帝命皇四子奕詝代阅奏章，召见大臣。此后第十天的早晨，奄奄一息的道光帝召见朝廷十重臣，令他们公启镭合。这只金黄的盒子在万般沉寂中开启，大臣们惊讶地发现，里边竟有两道谕旨：

“皇六子奕訢封为亲王。”

“皇四子奕詝立为皇太子。”

自雍正帝建立秘密建储制度以来，确定皇位继承人的御书中同时写入两人，这是破天荒第一次。大臣们领悟帝意，深知这一超常行为表明道光帝对两位皇子都很喜爱，龙椅只有一把，为不让奕訢太过委屈，就发明了这一立储方式。

有智不在年高。在漫长、复杂、微妙的皇权角逐中，年龄小、入仕晚、官衔低的杜受田取得最后决定性胜利。这一日，杜受田的内心世界一定阳光灿烂，卓秉恬的内心世界一定风雨交加。

杜受田的成功在于，经过反复揣摩，知道让学生如何表现，道光帝必会打满分。

卓秉恬的教训在于，只顾按自己设计的方案塑造学生，一厢情愿，却不理会道光帝欣赏什么。

智者若水，以柔克刚，杜受田所使之招纯属柔媚。卓秉恬所使之招十分阳刚，却铮然败北。

胜者为王败者寇。历史就这样把嘲讽留给了卓秉恬，将微笑送给了杜受田。

道光三十年（1850年）正月二十六日，奕詝在紫禁城太和殿登上皇帝宝座，君临天下，独断朝纲。皇六子奕訢只能跪拜叩头，俯首称臣。

这一日，咸丰帝发布上谕，把恩师杜受田扎扎实实赞誉了一番，并给他及其父亲加官晋衔：“朕自六岁入学读书，仰蒙皇考特谕杜受田为朕讲习讨论，十余年来，启迪多方。恪勤罔解，受益良多。允宜特沛殊恩，以崇硕学。杜受田著赏加太子太傅衔。伊父前任礼部侍郎杜堮，年逾八旬，精福固强，诒谋远大，济美中朝。前经皇考赏给‘教忠笃庆’匾额，并赏头品顶带，太子太保衔，朕今复亲书匾额颁给，以示笃念耆臣，推恩赐类至意。”随后，命杜受田兼署吏部尚书，不久调任刑部尚书，将他擢升为协办大学士。

加官晋衔，推恩及父。卓秉恬就没有杜受田这份风光和荣耀了。

道光帝撂下的大清王朝是一个烂摊子。内有太平天国造反之忧，外有列强侵略之患。咸丰帝即位之初，尚有励精图治之志。面对风雨飘摇、内外交困的江山社稷，他决定革新局面，重振国威。在百废待举的重要时期，恩师杜受田成为他最为信赖的智囊。“文宗初政，杜受田以师傅最被信任，赞画独多。”“受田虽未入枢廷，国家大政及进退大臣，上必咨而后行。”杜受田虽未荣升殿阁大学士，也没有进入军机处，但他是赞襄帷幄的得力军师，他的谋划建议对皇帝直接产生重要影响。“每召见时，于用人行政、国计民生，造膝敷陈，深资匡弼。”

治国理政，首在用人。咸丰帝采纳杜受田建议，起用前云贵总督林则徐、前漕运总督周天爵，力排众议保全因与同列不和而遭毁谤的提督向荣，重用一批忠臣宿将；同时，罢黜惩处一批腐败无能、名声很臭的官员。道光帝很信任的军机处领班大臣穆彰阿，玩弄权术、妨贤病国，被革除职务、永不叙用；文渊阁大学士耆英，畏葸无能、抑民媚外，曾签订一系列丧权辱国条约，举朝内外恨之如仇，咸丰帝将他连降八级，“降为五品顶带，以六部员外郎候补”。如此等等，谕令一出，人心大振。

咸丰二年（1852年）五月，黄河丰北决口很长时间没有堵上，大水泛滥，山东、江北严重受灾。为避免引起更大的动乱，为给皇上分忧，为了黎民百姓的安危，杜受田拖着患了多年肝病的身躯，奔赴灾区查看灾情，抗洪赈灾。出发前他上疏建议："灾广民众，赈恤不可缓，尤在得人。"经他推荐，重用了山东藩司刘源灏、江宁布政使祁宿藻等一批持正有为的地方官员。同时采取了对付灾难的应急措施。

杜受田不管自己年迈有病，顶着酷暑和风雨，在灾区泥泞中奔波跋涉。六月，抵山东；七月，到江南清河。肝病痛得厉害，他咬牙硬撑，一心扑在赈灾事务上，"前后奏折中从未自陈病状"。杜受田的三道奏折，将灾情陈奏得很详细很清楚，把赈灾措施拟制得很周密很稳妥，受到咸丰帝充分肯定。呕心沥血，鞠躬尽瘁。杜受田终于扛不住了，走到江浦时猝然倒下，与世长辞。他在遗疏中仍对皇上殷殷告诫："念贼氛未靖，河患未平，尤以敬天法祖，勤政爱民，崇节俭，慎好恶，平赏罚为言。"

咸丰帝惊闻恩师病逝消息，涕泪纵横，非常痛苦。他哀叹说："讵料永无晤对之期，十七年情怀付与逝水。呜呼，卿之不幸，实朕之不幸也！"

恩师走得太快了。咸丰帝悲痛之中突然想起来，应当赐给恩师的东西还未赐予。他立即颁发上谕，晋赠恩师为太师、大学士。

实际上，咸丰帝早就有意将太傅、大学士职衔授给恩师。但皇上手中的东西，无论一条破裤，还是殿阁职衔，都是政治象征物，何时赏给寓有浓重的政治色彩，因此只有到了他认为时机成熟时，才会郑重赐予。咸丰帝当权后没有很快将太师、大学士两个显赫头衔赐给杜受田，很可能是有意避嫌，以免卓秉恬等朝臣说他偏爱恩师。

卓秉恬比杜受田早出生六年，晚逝世三年。他死于咸丰五年（1855 年），享年七十三周岁。咸丰帝赠这位政敌之师为太子太保，谥“文端”。

杜受田生前官衔低于卓秉恬，但死后哀荣远盖过他，无论荣誉头衔还是谥号，都高出好几个等次。

10. 同治朝红人/曾国藩

扶倾定危

曾国藩当官奥秘用两句话概括，就是：文能应试，武能杀人。文人屠夫，天壤之别。但这两者在曾国藩身上自然合而为一。自古以来，喜欢读书会读书的人成千上万，但不见得考试面前应付裕如；当兵打仗纵横疆场者成千上万，但他们不知道如何铸就一部所向披靡的杀人机器；投笔从戎的文人也成千上万，但携笔从戎、如此高明地将理论知识转化为杀人之道的惟曾国藩一人。后来成为大“圣人”的曾国藩，仕途多次遭遇陷阱，点翰林后一度迷失人生航向：爱扯谈妄语；喜揭人短处；嗜烟如命；放纵性欲，好色狎亵，放荡不羁，见他人美妾如云眼热心跳、艳羡不已，甚至强看、调戏友人小妾，戏谑席间两姬……连他本人都暗骂自己“放荡至此，与禽兽何异”……但他终于战胜自我，痛省涅槃。

曾国藩当官有术，若要探寻其中奥秘，必仁者见仁，智者见智。此公置身官场数十年，经历王朝最为动荡的岁月，立德、立业、立言各方面均恢弘、博大、深厚，为官之道浸润其间，想要概括一二，必然出现“横看成岭侧成峰”的局面。这是很自然的事。

曾国藩能从腥风血雨的大清晚期政治舞台迅速崛起，成为同治中兴名臣第一人，究其为官之道，直白而言，可用两句话概括：文能应试，武能杀人。

文人屠夫，天壤之别。但这两者在曾国藩身上那么自然地合而为一。自古以来，喜欢读书会读书的人成千上万，但不见得考试面前应付裕如；当兵打仗纵横疆场者成千上万，但他们不知道如何铸就一部所向披靡的杀人机器；投笔从戎的文人亦成千上万，以至那么多金戈铁马铿锵有声的诗文占据了中国文学的大量篇幅，但携笔从戎、如此高明地将理论知识转化为杀人武器者，惟曾国藩一人。

舞文弄墨，能写出一手漂亮道德文章，舞枪弄棒，能缔造一支克敌制胜杀人如麻的军队，这里边道道，关键在一“能”字。

还得佩服我们老祖宗的能耐，他造了一个词，叫“士兵”。曾国藩就是“士兵”，他既是地地道道的士，又是名副其实的兵，士兵合一，水乳交融。读懂曾国藩，就能明白“士兵”的确切含义，就能领悟老祖宗造词之妙。

曾国藩出生于一个叫白杨坪的山村小旮旯。这是一个地道的小山村。这个山村旮旯即便后来曾国藩名扬四海，人们也不知它在版图中的确切位置，只知道它在湖南的某个角落。这个小山村实在太偏远了，它离湘乡县城（今双峰县）还有一百三十里之遥。

科举很可能有九十九个坏处，但有一个好处是明摆着的：给无依无靠的平头百姓子弟留了一条出人头地的隙缝。

湖南湘乡山民以读书入仕为荣，对读书做官的渴望甚至超过刨地觅食的渴望。曾国藩父祖辈，又是这支读书求功名队伍中的铁杆分子。嘉庆十六年（1811 年）十月十一日，曾国藩出生之时，曾祖已将这份渴望寄托于孙媳肚里的曾长孙了。

冬日的这个夜晚，年逾六旬、白须飘飘的曾祖竟希，忽见一条巨蟒从天而降，风驰电掣地在自家宅堂左右盘旋，随后突然蹿入内庭，环绕飞腾。老人大吃一惊，翻身起来，才知是南柯一梦。老人正琢磨此梦凶吉，有人敲门报喜，说是孙媳生下一个男婴。老人大喜，忙将儿孙叫来，将方才所梦如此这般说了一番，并断言，此乃吉祥之兆，这个孩子将来必光耀曾氏门庭，要儿孙好生看护。

这个取乳名为宽一的孩子，六岁那年就跟随父亲曾麟书启蒙读书。曾氏深知，儿孙要想出人头地，只有读书一条路，舍此别无他途。曾家从太高祖曾元吉起，有四十亩薄田、几处宅院，依靠这份不厚的家业，各代都致力于培养读书人，但他们都未能博取科场功名，没有摆脱布衣身份，只能累世务农。曾祖竟希老人在科场上奋斗不成，将希望寄托在儿子曾玉屏身上；曾玉屏自己奋斗不成，又将希望寄托于儿子曾麟书身上。读书做官，这个代代相传的希望，到曾麟书身上已到了非常热切的程度。但曾麟书一次次应试，一次次黯然而归，连个秀才都没挣回来。曾麟书将羞辱吞进肚里，一边百折不挠教书备考，一边及早将儿子曾国藩引进科场之路，将祖辈薪火相传的希望火种，播在儿子心田。

曾氏家族读书做官的热望，不仅没有因一次次科场失意而降温，反而有增无减、持续升温。曾麟书大概怕自己学问浅薄误了儿子，将年方十岁的曾国藩，送到岳父江沛霖所设学馆读书。外祖父青舍瓦屋旁有一口水井，有一回曾国藩跟外祖母去打水，与表弟在井口挤来挤去打闹嬉戏，不小心一头栽进井里，好在外祖父应声赶到，不慌不乱将他捞起，救回一条小命。笃信佛教的江沛霖，深信这是曾、江两家祖上积德行善所致，而且断言，这个淘气的小外孙将来必能金榜题名。因为，外孙掉进井里差点“浸死”，在湖南湘乡方言中，“浸死”与“进士”谐音。

巨蟒投胎的精怪传说，“浸死”就是“进士”的牵强附会，对少年曾国藩都是无形的压力和动力。他在长辈们灼热目光的关注下，青灯黄卷，寒暑不辍，在重重山峦中攻读圣贤之书，遥想着进京赶考、荣登进士榜的那一天。

曾国藩读书应试本领超群，果然不负所望。

曾国藩十三岁到省城长沙参加童子试。起初，读书应试摸不到门道，经过七次考试，二十二岁那年，也就是道光十三年（1833 年）才考中秀才。经历这一痛苦过程后，他茅塞顿开，脑袋一下开窍。中秀才后第二年，参加在省城贡院举行的乡试，一举考中举人，在湖南省所有中试举人中排名第三十六。道光十五年（1835 年），他到京城贡院参加三年一科的会试，向新的科考目标——进士发起冲击。但京城科场给他来了个下马威，放榜那天他沮丧地发现，自己榜上无名。清制，三年一科的会试为正科，若遇朝廷庆典，特开科举考试，称做恩科。曾国藩赶上好运气，第二年还有一次恩科考试，便留在京城，准备参加下一场考试。但是，他没有抓住这份好运气，再次名落孙山。这一年曾国藩虽没有杏榜题名，但在学问上大有长进，他喜欢上了韩愈的文章，刻意师法其雄奇豪迈之气。

后来他转而爱好桐城派文章，笔下所著不仅词藻华丽、对仗工整，而且充溢一股雄奇之气，犹如江河奔腾，这手好文章的基础，就是在这一年打下的。作为一个外省小财主的儿子，在京城读书应试一年，所带盘缠早已空空如也。这年落第回家路过金陵，他在书肆看到一套《廿三史》，渴望拥有，但没有钱，只好向一位在江苏做官的同乡借了一点，又卖掉几件衣服，才得到这套书。回家后，他春夏秋冬足不出户，又发愤攻读两年，盼来了又一个乡试之年。道光十八年（1838年），他带着向同族和亲戚借来的三十二缗钱，再次踏上北去之路，参加在京城举行的会试。这一次，他会试考取第三十八名贡士，殿试考取三甲第四十二名。时年二十七周岁的曾国藩，终于如愿以偿，金榜题名，赐同进士出身。

曾国藩博取的科考功名，对曾氏家族来说，具有创世纪的意义。他金榜题名的骄人成绩，一举改写了曾氏家族六百年来未出一名进士的历史。自太曾祖起，曾家祖辈就做着“朝为田舍郎，暮登天子堂”的美梦，历经九代人的绵绵梦想，终于在曾国藩手里变成现实。喜讯传到家乡，白杨坪一下沸腾了。

曾国藩读书应试的非凡本领，注定要让白杨坪乃至整个湘乡，一次再一次地为之沸腾。

殿试传胪后三日，在紫禁城保和殿举行由新科进士参加的朝考。朝考完毕即按考试成绩授官职。成绩名列前茅、年富力强被授为庶吉士的，通常占百分之二十；成绩列次等的授主事、知县，约占百分之八十；成绩最差的三四人授中书之职。庶吉士由皇帝钦点，选数名或二三十名不等，选中者在庶常馆再深造三年。散馆考试后，决定庶吉士前途，成绩拔尖的，进入文学侍从机关翰林院，授为编修、检讨，侍从皇帝左右充当顾问；成绩差一等的，授为部属司员或科道。

曾国藩在朝考中脱颖而出，取得一等第二名的优异成绩，被钦点为庶吉士，入翰林院庶常馆深造。道光二十年(1840年)四月，庶常馆散馆，共四十六人参加考试，他考取二等第十九名，被幸运地留在翰林院，担任检讨之职。读书人连闯这两道关口，可谓实现“鲤鱼跳龙门”的理想，仕途一片光明。清代最重翰林出身，迈入翰林院就踏上了升官发财的终南捷径。翰林出身是官场重要资格，相当于宰相的大学士之职，非翰林出身之人不能担任。在翰林院干上几年，成绩最不好的，外放“钻狗洞”，也能当个知府什么的，进入王朝中级官员之列。

曾国藩冲破多少重考试难关，杀出多少个科场重围，才争取到这个前程！如果不是肚里有墨水，笔头子来得硬，一个山民的儿子，绝对挤不进翰林院。

清代科举之途拥挤狭窄，而且关山重重。入学考试者先要参加入学考试童试。童试三年两考，从县试、府试、院试逐级而升。县试由县官主持考试，通常要考五场。县试四个月后续考府试，由知府或知州、同知主考。之后，参加由一省学政主持的院考，一般首日考完，次日出案，第三日复试。正场考四书文二篇，五言六韵试帖诗一首；复试考四书文一篇、经文一篇，五言六韵诗一首。院试正式录取者，称为生员，亦称秀才。秀才录取名额，视各县文风高下及钱粮丁口多少而定，按康熙初规定，多的县二十名，中等县十二名，最少的仅七八名。因此，要考上秀才很不容易。

秀才还要参加每年由省里学政主持的岁试和科试。乾隆中期之后，岁试内容为四书文一篇、经文一篇，五言八韵试帖诗一首，并默写《圣谕广训》一则。根据岁考成绩，对秀才实行六等黜陟法，奖优罚劣。科试内容乾隆中期后定为四书一篇，策一道，五言八韵试帖诗一首，默经一段，默《圣谕广训》一二百字。科试成绩列为一、二等的，以及科试成绩三等中的大省前十名、中小省前五名秀才，才有赴省会参加乡试的资格。

乡试三年一科，如庆典加科称恩科，一般秋天举行，因此又称秋闱。乡试要考三场，秀才们到位于省城东南的贡院参加考试。首场考四书文三篇，五言八韵诗一首；二场考经文五篇；三场考策问五道。乡试名额有限，通常大省不超过三十名，中省不超过二十名，小省不超过十名。如遇恩科，各省录取名额增加数名至二三十名不等。乡试录取者称为举人。一个上千万、数百万人口的省份，能考中举人者，已是千里挑一、万里挑一。

秀才要想荣登贡士、进士榜，就得赶赴京城参加三年一科的会试。会试在春季举行，由礼部主持，因而又称春闱或礼闱。共考三场，每场三日。会试录取名额无确切定数，多的四百余名，少的九十多名。会试录取者称为贡士，前十名名次，由考官拟出皇帝钦定。之后，四月二十一日，贡士们参加在紫禁城保和殿举行的殿试。这是国家最高规格的考试，由皇帝亲自主持，只考制策一场，当日交卷。随后，公布一、二、三甲进士名次。士子过关斩将，冲过重重考试关，能够金榜题名成为进士，当是凤毛麟角。道光十八年，全国人口为四亿零九百零三万八千七百九十九人，当年考中进士者若按四百名计算，相当于一百零二万人中产生一名进士。而要成为庶吉士和翰林官，更是难上加难。

作为一名士子，曾国藩是值得骄傲和自豪的。荣登进士榜，钦点庶吉士，跻身翰林院，科举考试的非凡顺利，激励曾国藩锐意进取，立志成就一番大事业。曾国藩原名子城，字居武。在考中进士前，他已改号涤生，其含意是，“涤其旧染之污”，“从前种种譬如昨日死，从后种种譬如今日生”。他考中进士后，他的恩师、担任会试正总裁的大学士穆彰阿，嫌其名太俗，令其改名“国藩”。他欣然接受这个名字：做一个藩屏王朝和皇帝的忠臣，这正是他的志向。他从此确立起自己读书做人的目标，这就是“效法前贤，澄清天下”。

翰林官要不定期参加“大考”。大考翰詹，就是朝廷组织翰林院的翰林、詹事府的詹事们进行考试。大考对翰林们来说非同小可，俗称“翰林出痘”。“出痘”就是出天花，在那个时代纯属听天由命之症，许多人过不了“出痘”这一关，一命呜呼。人们将翰林、詹事们参加大考喻作“出痘”，十分准确形象。这一关过得好，往往官运亨通，青云直上，即便将来当不上总督、巡抚、大学士，也能弄个尚书、侍郎什么的干干，成为一二品大员；这一关过得孬，前程可就悬了，大凡会沦为“黑翰林”、“穷翰林”，原地踏步，升官无门，一辈子穷困潦倒，郁郁乎不得其志。

曾国藩有突击应试的高超本领。

道光二十三年（1843年），大考翰詹突然降临，大出曾国藩意外。大考通常六年一次，这次考试距上次仅四年，突然提前两年，曾国藩猝然不防。三月初六日他获悉，本月初十日要举行大考。如此重要的考试，准备时间竟然只有四天。曾国藩在日记中感叹，“闻之甚觉惊皇（惶）”。初十日，他到正大光明殿参加考试。当日应试者一百二十四人。试题为“如石投水赋”。刚出考场，他拿出赋稿与同人看，就发觉有一大错，但后悔已经来不及了。他痛责自己："粗心至此，何以忝厕词垣哉！"当场有怀挟资料作弊的，被当场逮住交刑部治罪。曾国藩觉得自己考得很糟糕，中午回家后与夫人欧阳氏相对无言，心中患得患失，憧憧靡己。尽管强行控制自己的情绪，但还是觉得纷扰不安，当晚辗转反侧，一夜无眠。第二日起来，"心中焦急，四处打探，行坐不安"，他自己也觉得所作所为非常丑陋。十四日，成绩终于揭晓，喜出望外，他竟考得二等第一名的好成绩，被擢升为翰林院侍讲。翰林院检讨是从七品官，翰林院侍讲为从五品官，曾国藩因这次出乎意料的好成绩，连升四级。为此，他一改常态，沾沾自喜。当月二十三日，他在致祖父信中说："湖南以大考升官者，从前惟陈文肃公（名大受，湖南祁阳人，乾隆朝历任兵部尚书、吏部尚书、协办大学士、军机大臣、署直隶总督、两广总督之职，谥'文肃'）一等第一，以编修升侍读，近来胡云阁（胡林翼之父）先生二等第四，以学士升少詹，并孙三人而已。孙名次不如陈文肃之高，而升官与之同，此皇上破格之恩也。"湖南是个大省，因大考而升官的湖南籍京官，算上曾国藩仅三人而已，而这三人中，论考试名次，曾国藩仅次于陈大受，高于胡林翼之父胡云阁，他确有理得意一番。

道光二十五年（1845年）九月，道光帝御门特擢，曾国藩连升两级，晋升为翰林院侍讲学士，官至从四品。这年底，补日讲起居注官，充文渊阁直阁事。道光二十七年（1847年），他大考成绩列二等，当年六月再度"蒙皇上破格天恩"，连升四级，破格升任内阁学士兼礼部侍郎衔，当上正二品高官。近三十七虚岁的曾国藩，在致祖父信中得意之情溢于言表："由从四品骤升二品，超越四级，迁擢不次。”他还说：“湖南三十七岁至二品者，本朝尚无一人。”曾国藩升官速度之快，一举打破湖南籍官员二百年记录。道光二十九年（1849 年）正月，清廷实授曾国藩礼部侍郎。当上礼部副长官的曾国藩，年富力强，年仅三十七周岁。

曾国藩读书应试、步步高升，其能耐远远超过众多先祖同辈。

曾氏一门六百年来，在曾国藩出息前，科场上最替祖宗长脸的是曾国藩之父曾麟书。曾麟书先后应试十七次，道光十二年（1832 年）才考中秀才，时已四十三岁。曾麟书中秀才时间，只比儿子曾国藩早一年。曾麟书开设家塾二十四年，边课徒教子，自己边温习备考，“积苦力学”，坚忍不拔，年过不惑终于攻克科场第一个堡垒。这一迟迟到手的功名，其意义远远超过事情本身。这一成绩，改写了曾氏入湘五六百年间一直没有科场功名的历史，并用鲜活的事实，向白杨坪及其附近山村证明一个道理，山村农家子弟只要不懈读书，照样可以走上功名之路。曾国藩连续六次向秀才功名发起冲击均告失败，仍然没有气馁，这与身边有一个活榜样大有关系。

满腹才学不一定科场得意。魏源是当时的大学者，清代著名思想家、史学家、文学家，著有《圣武记》《海国图志》，编有《皇朝经世文编》，才高八斗，满腹经纶，名闻遐迩。他生于乾隆五十九年（1794 年），二十八岁才考中秀才，之后一次次向进士发起冲击，一次次狼狈而归，到了五十一岁那年，夕阳晚照，才考中进士。他比曾国藩大十七岁，却比曾国藩晚两届考中进士。

左宗棠也是大志大才之人，但在科场上非常落魄。他生于嘉庆十七年（1812 年），比曾国藩小一岁。虽有一肚子经世致用之学，科场上却倒不出来。他考了多次，始终没有考中秀才，为取得参加举人考试资格，十九岁那年花银子捐了一个监生。道光十二年（1832 年）参加乡试，又一次被淘汰，但幸运地被主考官“搜遗”而出，录取为湖南第十八名举人。随后于道光十三年（1833 年）、十五年（1835 年）、十八年（1838 年）赴京参加会试，连续三次都名落孙山，考官不是嫌他八股文做得太差劲，就是嫌他小楷写得太糟糕。左宗棠虽应试乏术、科场不济，但了解他的士子都知道他有雄才大略。胡林翼在给湖南巡抚张亮基的信中这样推荐他：“其胸罗古今地图、兵法、本朝国章，切实讲求，精通事务。”左宗棠一生，科场灰暗，道光二十六年（1846 年）曾国藩当上正二品朝官时，左宗棠还在湖南安化两江总督陶澍家当家庭教师。

刘蓉天分很高，他与曾国藩意气相投，也攻程朱理学，同时讲求经世致用。曾国藩认为他“识力过人”，对他很是敬佩。但他在科场上也很窝囊，与挚友曾国藩相比，简直黯然无光。他生于嘉庆二十一年（1816 年），比曾国藩小五岁，也是湘乡人，与曾国藩同一年考中举人，两人在赴京参加会试途中相识，结为密友。刘蓉才华横溢，被曾国藩称为才华盖世的“卧龙”。但在曾国藩点翰林乃至当上二品大员后，刘蓉仍是一介布衣，后来一直没有考中进士。咸丰三年（1853 年）曾国藩奉命兴办团练，刘蓉挡不住挚友软硬兼施的邀请，出山到曾军幕中当高参，后转入湖南巡抚骆秉章幕中当高参，因参与镇压农民起义及击败入川太平军石达开部有功，才出人头地，当上四川布政使，同治二年（1863 年）升任陕西巡抚。如果不是生逢乱世，刘蓉一肚子才华可能就被埋没了。

罗泽南才华出众、闻名湘乡，但科场窘迫。他生于嘉庆十三年（1808 年），比曾国藩大三岁。他锲而不舍参加科举考试，一次次名落孙山，只好做教书匠混饭吃。但此公确有学问，后来云贵总督贺长龄聘请他做家庭教师，将儿子交给他教育培养。他的学问、名声因此更令人敬仰，被誉为“湘乡第一教书先生”。罗泽南一生连秀才都没考中，后来投到曾国藩军中成为一员战将，在武昌城下与太平军激战时重伤毙命，时年五十岁。他一生大半时间从事读书教书，在科场上始终没有获得他所渴望的功名，倒是统兵打仗使他功成名就，成为湘军著名将领。

曾国藩从翰林院从七品芝麻官，飞快晋升为正二品内阁学士兼礼部侍郎，七年零两个月时间连升六品十一级，主要是用笔头子考出来的。“曾国藩在翰林七年……历次考试成绩都很好，因此屡蒙超擢”。

当然，曾国藩升官如此之快，除了他不懈钻研学问外，还与他工于心计、善走上层路线有关。他到京师后，东跑西颠扯了不少关系，尽管他在日记中屡骂自己不安心做学问，但这些关系对他日后升官发迹颇起作用。尤其是穆彰阿、唐鉴、倭仁三人，对他官场隆升起了重要作用。穆彰阿是满洲镶蓝旗人，曾任内务府大臣、步军统领、兵部尚书、文华殿大学士等职，担任军机大臣二十余年，其中十四年为领班军机大臣，是晚年道光帝的心腹宠臣。曾国藩寒士出身，与位列宰辅的穆彰阿素不相识，但因他考中进士的戊戌科，穆彰阿为钦命正总裁，拉扯起来，穆彰阿便是他的座师，他就成了穆相的门生。曾国藩很重视这层关系，从其日记可以看出，两人交往较频。穆彰阿位高权重，曾国藩有心攀他做靠山；曾国藩有才有识，穆相乐于提携、引为私党，两人互为欣赏又各有所图。但从后来穆彰阿倒台曾国藩未受牵连的情况看，曾国藩与穆彰阿保持着一定距离。曾国藩不是光靠依附某个人升官发迹的，也不是那种不学无术的小混混，他拉关系但不惟关系，工学问不惟学问，是一个典型的“官场学者”。

曾国藩做官还有好几套本事：履行职责很投入，离家十年不省亲；做得一手桐城派好文章，大字小楷都写得有模有样。他思想的形成与学问上的造诣，受唐鉴、倭仁两人影响最大。唐鉴是湖南老乡，嘉庆十四年（1809年）进士，当过翰院官，道光二十年（1840年）任太常寺卿，成为清廷管理祭祀事务机关的长官，官正三品，由于历史原因，这个职位权虚而位隆。曾国藩被他吸引，不是因为他的地位，而是因为此公是晚清大名鼎鼎的理学家。曾国藩师从于他，刻苦研读程朱理学，得以叩开理学殿堂之门。唐鉴告诉曾国藩，通向学问的路有三条：义理、考据和辞章，三者之中最紧要的首推义理。唐鉴还点拨说：“经济之学，即在义理之内，不必他求。至于用功着力，应该从读史下手。因为历代治迹，典章昭然俱在；取法前贤以治当世，已经足够矣！”听他这席话，曾国藩觉得自己从前读书确实不得要领，这一下豁然开朗，突然间找到了学问门径。他抑制不住激动，在当天日记中写道：“听之，昭然若发蒙也。”另一位对他产生重要影响的倭仁，系蒙古正红旗人，道光九年（1829年）进士，道光二十二年（1842年）升任詹事府詹事，官正三品，后来此公步步高升，官至文华殿大学士。倭仁笃奉程朱理学，认为义理功夫最切要之处，是将自己每天思想行为中不合理义的全部记录下来，以期自省纠正。倭仁日记为格言警句式的语录体，裸载自己修养心得，对道光、咸丰、同治三朝士林都有很大影响。倭仁以身说法，亲教曾国藩写日课，毫不客气地要求曾国藩“扫除一切，须另换一个人”。曾国藩对他敬畏有加，读了他的批语浑身出汗，将它奉为“药石之言”。曾国藩后来在日记中写道：“凡做好人、做好官、做名将，但要好师、好友、好榜样。”唐鉴与倭仁，当是他心目中的好师、好友、好榜样。

受唐鉴和倭仁影响，曾国藩发誓“新换为人，毋为禽兽”。为此，立下读书做学问自律规矩——“课程十二条”：

一、敬。整齐严肃，无时不惧。无事时心在腔子里；应事时专一不杂。清明之躬，如日之升。

二、静坐。每日不拘何时，静坐半时，体验来复之仁心。正位凝命，如鼎之镇。

三、早起。黎明即起，醒后勿沾恋。

四、读书不二。一书未点完，断不看他书。东翻西阅，徒徇外为人。每日以十叶（页）为率。

五、读史。丙申购《廿三史》。大人曰：“尔借钱买书，吾不惮极力为尔弥缝。尔能圈点一遍，则不负我矣。”嗣后每日点十叶（页），间断不孝。

六、谨言。刻刻留心，第一工夫。

七、养气。气藏丹田。无不可对人言之事。

八、保身。十月廿二奉大人手谕曰：“节劳、节欲、节饮食”，时时当作养病。

九、日知所亡。每日记茶余偶谈二则，有求深意是徇人。

十、月无亡所能。每月作诗文数首，以验积理之多寡，养气之盛否。不可一味耽著，最易溺心丧志。

十一、作字。早饭后作字半时，凡笔墨应酬，当作自己课程。凡事不可待明日，愈积愈难清。

十二、夜不出门。旷功疲神，切戒切戒。

在京做官的岁月里，曾国藩学问渐长、修养渐进，性灵一步步攀升，俯察自己肉欲之体，也就更容易发现问题。从考中进士当上小京官起，在京城欲望的天空下，他经历着灵与肉的痛苦搏杀。

他发现自己很好色。夫人欧阳氏是个药罐子，时常闹病。青春年少的曾国藩对性生活颇不满意。家花不香野花香，曾国藩的贼胆花心，情不自禁猫爪一样伸将出来。他在日记中老老实实记载了自己的好色表现。

曾国藩父亲在京住过一段时间，耳闻目睹儿子言行，回家后立即给儿子来了一封信，告诫他在保护身体方面要遵循三条原则。曾国藩在道光二十二年十月二十二日日记中写道："大人教以保身三要：曰节欲、节劳、节饮食。……若不敬身，其禽兽矣。"曾父三条告诫，都有很强的针对性。他含蓄地要求儿子改掉纵欲过度的毛病。

这年十一月十五日，他在日记中自省说："若心中不著私物，又何必欺人哉？其所以自欺者，亦以心中别著私物也。所知在好德，而所私在好色，不能去好色之私，则不能不欺其好德之知。"这意味着，那几天里，他痛觉自己好色的猫爪子又伸出来了，赶紧在日记里将自己训斥一通。

第二日日记中，他又告诫自己："以后余有三戒：一戒吃烟，二戒妄语，三戒房闼不敬。"大概，病恹恹的欧阳夫人，近日没有满足曾国藩的房事要求，曾国藩对她很不满意，甚至发了脾气，事后反省，作此告诫。

这年十二月十一日，他记载：“友人纳姬，欲强见之，狎亵，大不敬。”友人娶了一漂亮小妾，曾国藩心中艳羡，强迫友人将深藏金屋的娇妾引出来，一解眼馋。到此仍打不住，竟放纵色欲，调戏人家。

道光二十三年正月二十二日，他记载：“眼蒙，甚晏起。内人亦卧病不能起。……是日，目屡邪视，真不是人，耻心丧尽，更问其他？夜，心情不畅，又厌闻呻吟声。”该月二十七日，他“请吴竹如来诊内人病”，随后去拜客，“至海秋家赴喜筵，更初方归。同见海秋两姬人，谐谑为虐，绝无闲检，放荡至此，与禽兽何异！”夫人身体有病，床笫之乐行不成，听得声声呻吟，曾国藩心烦意乱。这几日他正闹眼病，但见了人家漂亮女人还是忍不住两眼发直。见友人小妾不止一个，竟有一双，羡慕得直咽口水，忍不住又调戏人家，浪言浪语，纵情戏谑，闹得人家非常难堪。

这年三月初二日，他在日记中写道：“日中，闺房之内不敬。去岁誓戒此恶，今又犯之，可耻，可恨！”青天白日，曾国藩又起色心，大概欧阳夫人不乐意，曾国藩恼羞成怒，没有给夫人好脸色看。

……

如此等等，好色的猫爪时不时探将出来，被他自己劈头盖脸痛斥之后收缩回去，没多久又故态复萌，做出禽兽不如的事情来。

他意识到吃烟的坏处，遂立誓戒烟。道光二十一年（1841 年）九月初一日，他在日记中写道：“是日早起，吃烟，口苦舌干，甚觉烟之有损无益，而刻不能离，恶湿居下，深以为恨。誓从今永禁吃烟，将水烟袋捶碎。因念世之吸食烟瘾者，岂不自知其然？不能立地放下屠刀，则终不能自拔耳。”他烟瘾很大，要戒掉谈何容易。一年过去了，吸了戒，戒了吸，还是一个瘾君子。道光二十二年十月二十一日，他在日记中再次立誓：“客去后，念每日昏锢，由于多吃烟，因立毁折烟袋，誓永不再吃烟。如再食言，明神殛之！”殛，是“杀死”之意。意思是说，若再不戒烟，就让神明夺去他的性命。尽管立下恶誓，戒烟之事，却是说起来容易做起来难。第二日，他写下戒烟的痛苦感觉：“乃以初戒吃烟，如失乳旁（彷）徨。”将戒烟痛苦喻为婴儿断奶，形象准确至极。此后第七日，他再次写下戒烟的痛苦感受并鞭策自己：“自戒烟以来，心神彷徨，几若无主，遏欲之难，类如此矣！不挟破釜沉舟之势，讵有济哉！”次月十六日，他再度立誓，将戒吃烟放在三戒之首。如此这般，一年多时间里，几度立誓，自我痛咒，历经痛苦而漫长的过程，他终于战胜自我，永别烟枪。

他还发现自己有喜欢扯谈、说话刻薄、爱揭人短的毛病。他在日记中反省说：“与同人言多尖颖，故态全未改也。”友人岱云也对他提出忠告，“言予于朋友，每相恃过深，不知量而后入，随处不留分寸，卒至小者龃龉，大者凶隙，不可不慎。又言我处事不患不精明，患太刻薄，须步步留心。”他在日记中时常切责自己与人说话太多、闲扯误事，心气浮嚣，妄语扯谈。“心愈浮，则言愈繁，而神愈倦”，心浮气躁，为修身养性、专心治学之大敌。因此，他又立下恶誓：“以后戒多言如戒吃烟。如再妄语，明神殛之！”

在痛苦修炼中，在灵与肉的搏杀中，曾国藩向着笼罩着光环的前贤榜样走去，一步步靠近这些光环，试图拥有这些光环。

若不是时局发生大变乱大动荡，曾国藩会顺着惯性走下去，钻研学问，修德养望，同时步步高升，升尚书，或督抚，爬上殿阁大学士高位，在仕途上顺顺溜溜、平平稳稳，荣耀一生。

但是，声势浩大的“长毛作乱”，改变了曾国藩的人生轨迹。

大转折之后的曾国藩，要用书生的肩膀，顶住王朝嘎嘎倾坠、岌岌可危的栋梁。此前的曾国藩手不释卷，是斯斯文文、养尊处优的朝中大员；此后的曾国藩舞枪弄炮，遍尝世事艰辛、历尽沙场凶险，成为统兵杀人的兵头。

然而，没有读书应试当高官奠定的基础，没有那番苦攻深悟、身体力行程朱理学的修炼，没有在京十几年对官场高层的深刻了解，没有这些年里织成的人才网和关系网，就不会有兹后扶倾定危的曾国藩。

咸丰二年（1852 年）六月十二日，四十一周岁的曾国藩被钦命为江西乡试正考官。七月二十五日，他抵达安徽太和县境内小池驿时，惊闻母亲江氏于六月十二日逝世噩耗，几欲昏厥，稍稍定神，立即给咸丰帝写了一道奏折，请求江西正考官另行换人。随后改服奔丧，于八月二十三日返回老家湘乡白杨坪。

洪秀全率领的太平军，道光三十年十二月初十日（1851 年 1 月 11 日），在广西桂平县金田村正式发动起义，宣告讨伐清廷。咸丰二年，这支两万多人的队伍，围桂林、破全州、占道州、夺郴州，出广西，入湖南，一路北上，锐不可当。七月二十八日，太平军围攻长沙。当时的长沙城，宽五里，长十里，周长二千六百三十九丈。太平军兵力太少，一时难以合围长沙城。清军趁机调集六万军队保卫长沙。太平军先后四次炸塌长沙城墙，但都未能夺取该城，由于久攻不克，军中油盐断绝，太平军于十月十九日撤离长沙城。这年底，太平军攻入湖北，用地雷炸塌武昌城墙，攻占起义以来的第一座省城。

清廷对太平军的迅猛发展和清军的软弱涣散非常震惊，急忙采取应对措施，令各省兴办团练，训练本地乡勇民兵，协助官兵维持当地治安。湖南方向，咸丰帝想到了奔丧在籍侍郎曾国藩。咸丰二年十一月底，咸丰帝颁谕湖南巡抚张亮基："前任丁忧侍郎曾国藩，籍隶湘乡，闻其在籍，其于湖南地方人情自必熟悉。着该抚传旨，令其帮同办理本省团练乡民、搜查土匪诸事务，伊必尽心，不负委任。"

这道上谕从紫禁城发出，在路上走了十三天，落到一身素服的曾国藩手中。对此，曾国藩很有顾虑。母亲尸骨未寒，这个时候"墨经从戎"，怕招天下人耻笑。当时，官员死了父母须丁忧，明文规定，不论什么官员，死了父母都要解职回乡居丧，在家守制尽孝三年（实际为头尾相接的二十七个月）。如果该官员工作确实无合适人选可以替代，经皇帝特批，也可在任守制，称做"夺情"。但曾国藩知道，丧期仍然当官做事，极可能招致言官弹劾、舆论抨击。康熙朝宠臣李光地死了母亲，被康熙帝"夺情"，没有回家守制尽孝，就遭到御史的猛烈弹劾。曾国藩笃信理学，十分重名节，视"孝"为人臣大节，又了解有关历史掌故，知道"夺情"终会为士林诟病的可怕结局，因此起草了一份上疏，竭力请求皇帝让他在家守制。但这份上疏写成后没有发出去。十二月十五日，他接到巡抚张亮基来信，获悉武昌已于该月初四日落入太平军手中，对自己守制服丧产生动摇。武昌陷落，很可能导致长沙不保。巢空倾覆，焉有全卵？哪一天湖南若落入太平军之手，曾国藩又怎能为母尽孝守制？这一日，挚友郭嵩焘赶来吊唁曾国藩母亲，官轿走了一百三十里地，到白杨坪已是深夜。但郭嵩焘毫无倦意，与曾国藩秉烛长谈，而后又与曾父反复交谈，引经据典，规劝曾国藩改变主意，抓住时机，施展抱负，尽忠皇帝，保卫家乡。

在好友再三劝说下，经过激烈思虑，曾国藩横下一条心，决定披孝从戎。他在写给友人的信中说："大局糜烂至此，不欲复执守制不出之初心，能尽一分力必须拼命效此一分，成败利钝，付之不问。"于是，他结束四个多月的家居生活，于咸丰二年底赶到省城长沙。

按照咸丰帝初衷和清廷本意，是要曾国藩兴办团练，而不是编练一支不属于朝廷直接控制的地方武装。

当时清代国家正规武装力量，有八旗兵和绿营兵两种。绿营兵是清初因八旗兵力少，以及出于以汉制汉需要，仿明朝边防镇戍制度，募汉兵成立的地方军。由于其用绿旗为标志、以营为基本建制单位，所以称绿营或绿旗。八旗兵的战斗力，在康熙朝平定"三藩之乱"时已明显衰败。到乾隆朝，乾隆帝断定，八旗"还不如绿营奋勇"，八旗主力地位已渐为绿营取代。绿营兵平时担负大量杂役，战时为八旗兵打头阵当炮灰，待遇、装备低人一等，士气低落，人心涣散，至嘉庆初年镇压五省白莲教起义后，也走向衰落。现在，病入膏肓的八旗兵和绿营兵，在太平军凌厉攻势之下，或一触即溃，或闻风而逃。国家武力后盾败坏至此，咸丰帝及其智囊无余之下，任命各省丁忧或在籍官员兴办团练。于是，全国各地一下冒出四五十个团练大臣。

曾国藩知道，团练不是新鲜玩意儿。此制始于唐朝，后历代沿袭，到了清代，已由原来的国家军事组织演变为地方自卫武装。他十分明白，办团练难成气候。团练是不远离本乡本土的民间武装，由乡绅捐款供养，听任乡绅使唤，没有什么战斗力。如果加以改编，“练乡兵为勇营，以兵制部勒之”，就与团练大不一样了，很有生气，颇具战斗力，长沙保卫战中江忠源所率五百“楚勇”的表现就是明证。

曾国藩明白，要另创一支新军绝非易事。他也考虑过将绿营兵改造成一支劲旅的方案，但此路走不通，此路不能走，因为绿营兵已经到了不可救药的地步：“就现有之绿营兵练之而化为有用，诚为善策。然习气太深，安能更铸其面目，并荡涤其肠胃？恐怕即使是岳飞复生，半年虽可以教成其技艺；孔子再世，却三年不能变革其恶习。故鄙见以为，现在之绿营兵绝不可能练成劲卒，新募之勇却可以练之以替代绿营兵的作用。”他的好友江忠源，曾深刻剖析绿营兵一触即溃的根源：“其病根在于绿营兵不用命，将不知兵，兵与将不相习，将与将又各不相下，所以才溃乱成现在这个样子，以至于不可收拾。”曾国藩同意江忠源的看法，他对绿营的弊端看到更细更深一些：“今日大弊，在于兵勇不和，败不相救。而其不和之故，由于征调之时，彼处数百，此处数十，东抽西拨，卒与卒不相习，将与将不相知。地势乖隔，劳逸不均，彼营出队，而此营袖手旁观，或哆口而笑。欲以贼平，安得而可？今欲扫除更张，非万众一心不可。”他内心清楚，清军将领不直接统兵，遇有战事临时选调担任指挥，兵与兵不相知，将与将不相识，将与兵之间难以建立私属关系，说穿了，这种指挥体制不是为打胜仗设立的，而是为了防范统兵者拥兵自重、造反割据。这就是说，绿营兵根子上就坏了，即使倾尽心血为之培土、修枝、浇水、施肥，一概徒劳。

他深知，不能搬用绿营兵的办法编练军队。绿营兵如同腐败泛蛆的染缸，练勇一旦采用它的模式进行编练，就会立即像它那样彻底腐败。

摆在面前的敌人非常强大。他们作战神勇，视死如归，令人生畏。钦差大臣赛尚阿在给皇帝的奏折中，描述过有关情形并分析过其中原因：贼匪一经加入拜上帝会，谋反从逆，全都愍不畏死。臣等对所有军前临阵生擒及地方拿获贼匪奸细，加以刑拷，他们竟丝毫不知畏惧，也绝不哀求免死保命。这是因为，他们信奉其天父天兄邪谬之说，所以至死不移。目睹这些人顽愚受惑的情况，真使人莫可其哀矜，更感到无比的忧虑。

太平军强大的原因在于，他们不是为肚子和金银财宝而战的蟊贼，而是用信念凝聚起来的，甘愿为理想而战。

要击败这样一个强大而独特的对手，必须更弦改辙，“赤地立军”，编练一支更加强大的军队。

官场经验告诉曾国藩，要想突破体制另搞一套，皇帝是不会轻易点头的，朝野则会设置重重障碍。他便移花接木，借兴办团练之名，行组建新军之实，在长沙拉开了创建湘军的帷幕。

曾国藩在给咸丰帝的奏折中，玩弄障眼法，一边打着遵旨兴办团练的幌子，一边大谈编练新军的必要性。这道充满官场智慧的奏折这样表述：“因于省城立一大团，认真操练，就各县曾经训练之乡民，择其壮健而朴实者招募来省，练一人而收一人之益，练一月有一月之效。自军兴以来二年有余，时日不为不久，糜饷不为不多，调集大兵不为不众，而往往见贼逃溃，未闻有与之鏖战一场者；往往从后尾追，未闻有与之拦头一战者；其所用兵器，皆以大炮、鸟枪远远轰击，未闻有短兵相接以枪靶与之交锋者，其故何哉？皆由所用之兵未经训练，无胆无艺，故所向退怯也。今欲改弦更张，总宜练兵为务。”

曾国藩是玩弄模糊数学的高手。“立一大团”，这是一个看似明白的模糊概念。“立”为何意？“一大团”是何军事单位？这一切，只有曾国藩心知肚明。咸丰帝看了这道奏折有他的理解，以为曾国藩只是奉旨办团练，不过是想把团练规模搞得大一点，把训练搞得扎实一点而已，这正合他老人家的圣意。他极可能没往深处想一想就大笔一挥准了。曾国藩要的就是这效果。

经历千辛万苦、克服千万难题，一支从体制编制到官兵来源都明显不同于绿营兵的新型军队——湘军，终于创建而成。这支新军有四个明显特点：

特点之一，建军方针别出心裁，概括起来六个字：“选士人，领山农”。曾国藩认为绿营统兵者没有文化、贪利怕死，士兵来源很杂，多为城市浮滑之人，不可调教，这一毛病“深入膏肓，牢不可破”。统兵者应当像他本人那样有“血性”、有理想抱负，士兵应是便于教育管理之人。因此，他选用的将领绝大多数都是书生、绅士，信奉儒教，士兵都是朴拙诚实、吃苦耐劳的山农，容易教育管理，便于重新塑造。他确定的选用军官标准是：“第一要才堪治民，第二要不怕死，第三要不急名利，第四要耐受辛苦。治民之才不外公、明、勤三字，不公不明则诸勇必不悦服，不勤则营务细巨皆废弛不治，故第一要务在此。不怕死则临阵当先，士卒乃可效命，故次之。为名利而出者保举稍迟则怨，稍不如意再怨，与同辈争薪水，与士兵争毫厘，故又次之。身体羸弱过劳则病，精神乏短者久用则散，故又次之。”他还对招募士兵的条件作出严格规定：“须择技艺娴熟、年轻力壮、朴实而有农夫气质者为上。

其油头粉面，有市井气者，有衙门气者，概不收用。”他后来在上咸丰帝奏折中，对为何选择山农为士兵作了解释：“大抵山僻之民多犷悍，水乡之民多浮滑，城市多游惰之习，乡村多朴拙之夫。故善用兵者，尝好用山乡之卒，而不好城市近水之人。”曾国藩严格把好兵源入口关，要求招募新兵“不杂一卒，不滥收一弁”。

特点之二，将必亲选，兵必自募。曾国藩确定，“勇营之制，营官由统领挑选，哨弁由营官挑选，什长由哨弁挑选，勇丁由什长挑选”。他认为，这么做，好比一棵树，统领像树根，依靠树根而生树枝、树叶，整个组织一气贯通。这样，密切了军队内部关系，“勇丁感营官挑选之恩，皆若受其私惠，平日既有恩谊相孚，临阵自能患难相顾”。因此，“凡勇皆服原募之人”，后来湘军上下抱成一团，“将卒亲睦，各护其长。其将死，其军散；其将存，其军完”。官兵之间的亲密关系，改变了绿营“军兴调发，而将帅莫知营制”，“将与将不相习，兵与兵不相知；胜则相妒，败不相救”的痼疾，有利于提高战斗力。

特点之三，军额自定、粮饷自筹。湘军要编练“一大团”，是曾国藩的初步设想。“一大团”到底招募多少官兵，咸丰帝没有限制，朝廷也不定死，由曾国藩说了算。曾国藩认为，要能成军打仗、有所作为，起码得有一万人左右。这是他确立的一个目标，规模能不能再大一些，取决于他的决心，也取决于所筹粮饷、所获装备的数量。湘军的编制是由曾国藩拍板定案的：以营为基本制度，每营五百人，分前、后、左、右、中五哨，每哨又分为五棚。营官上面，有分管数营的分统；分统上头，又有自主一路的统领；统领上级，是分管一方的统帅；统帅之上，是统率全军的大帅；大帅就由缔造者曾国藩担任。而绿营的建制是由清廷确定的，不能随便改变。当时除东三省不设绿营外，其他地区以一省或数省为军区，军区的最高长官是文职出身的总督或巡抚。一省之内分若干镇，每镇由总兵统率。镇下设营。全国绿营员额六十万左右。清朝正规军八旗兵、绿营兵，后勤供给无论平时还是战时，在中央由户部、兵部统一负责，在地方由各省布政司统一负责。湘军是在办团练的幌子下招募成军的，而办团练是朝廷在乱世之时的无奈之举，涉及粮饷问题，户部、兵部也好，布政司也好，当然不会统一供给，只能凭团练大臣各显神通去募捐。曾国藩曾说："此时天下大乱，吾辈行军，必须亲自筹饷，不可仰食他人。"湘军的月饷标准由曾国藩自定。当时绿营兵月饷与行粮加起来，折合白银四两多一点。曾国藩找一些勇丁调查之后，了解到他们一年收入大约有十多两银子。按照当兵之人收入应多于种田农夫三四倍的原则，他确定湘军正勇的月饷为四两二钱白银。这个标准，名义上正好低于绿营兵战时月饷和行粮之和，不会给人以练勇之饷高于正规军的口实。曾国藩很巧妙，看上去他定的发饷标准稍低于绿营兵，实际上高于绿营兵，因为当时国库空虚，加之层层克扣，绿营兵发饷往往不足应发总数的二三成。曾氏湘军为了维持局面，筹饷办法花样百出，共开辟捐输、运饷盐、兴厘金、拨丁漕、请协济、提关税、收杂捐七条途径。湘军从编练成军到后来发展壮大为十二万人，十二年间所耗军费白银三千万两，均自筹解决，没有让朝廷增添负担。但是，有一利必生一弊。军额自定、粮饷自筹，加上将必亲选、兵必自募，导致湘军上下严重的人身依附关系，兵为将有，不效忠朝廷而效忠上级，为后来军阀割据埋下祸根。

特点之四，对士兵的控制管理更加严密。湘军"招募兵勇，须取具保结，造具府、县、里居、父母、兄弟、妻子、名姓、箕斗清册、各结附册，以便清查”。其好处在于，士兵都是知根知底之人，他们对家室妻子有依恋之情，进入军营能够服从上级管理调遣，回家探亲时由知县、团总、户长进行督察，如果出现私逃，只要营官、将领禀告士兵所在省份，按照户籍查找，很快就能将他捉拿回来。绿营兵就不一样了，管理很不严密，有很多冒名吃饷之人，枪炮一响，脚底抹油，这些逃兵往往很难捉拿回来。湘军由于不是正规军，兵籍掌握在官将手中，听命于管辖他们的总督、巡抚，打起仗来需要用兵之时，即使调用一兵、一卒、一糈，朝廷都要仰仗于总督、巡抚。发展到晚清，出现总督、巡抚专政的局势。

曾国藩深知，严格的纪律、良好的军民关系对一支军队极为的重要。他说：“用兵之道，以保民为第一义。”“兵法千言万语，一言以蔽之曰：爱民。”因此，他非常重视劝导官兵严守军纪、爱护百姓。他借用当时最流行的莲花落歌词，用白话诗体裁，创作了一首朗朗上口、深入浅出、便于诵记的《爱民歌》：

三军个个仔细听，行军先要爱百姓。
贼匪害了百姓们，全靠官兵来救人。
百姓被贼吃了苦，全靠官兵来做主。
第一扎营不贪懒，莫走人家取门板。
莫拆民房搬砖头，莫踹禾苗坏田产。
莫打民间鸭和鸡，莫借民间锅和碗。
莫派民夫来挖壕，莫到民家去打馆。
筑墙莫拦街前路，砍柴莫破坟上树。
挑水莫挑有鱼塘，凡事都要让一步。

第二行路要端详，夜夜总要支帐房。
莫进城市占铺店，莫向乡间借村庄。
人有小事莫喧哗，人不躲路莫挤他。
无钱莫扯道边菜，无钱莫吃便宜茶。
更有一句紧要书，切莫掳人当长夫。
一人被掳挑担去，一家哭嚎不安居。
娘哭子来眼也肿，妻哭夫来泪也枯。
从中地保又讹钱，分派各团与各部。
有夫派夫无派钱，牵了骡马又牵猪。
鸡飞狗走都吓倒，塘里吓死几条鱼。
第三号令要严明，兵勇不许乱出营。
走出营来就学坏，总是百姓来受害。
或走大家讹钱文，或走小家调妇人。
邀些地痞做伙计，买些烧酒同喝醉。
逢着百姓就要打，遇着店家就发气。
可怜百姓打出血，吃了大亏不敢说。
生怕老将不自在，还要出钱去赔罪。
要得百姓稍安静，先要兵勇听号令。
陆军不许乱出营，水军不许岸上行。
在家皆是做良民，出来当兵也是人。
官兵贼匪本不同，官兵是人贼是禽。
官兵不抢贼匪抢，官兵不淫贼匪淫。
若是官兵也淫抢，便同贼匪一条心。
官兵与贼不分明，到处传出丑声名。
百姓听得就心酸，上司听得皱眉尖。
上司不肯发粮饷，百姓不肯卖米盐。
爱民之军处处喜，扰民之军处处嫌。
我的军士跟我早，多年在外名声好。

如今百姓更穷困，愿我军士听教训。
军士与民如一家，千计不可欺负他。
日日熟唱爱民歌，天和地和人又和。

不久，曾国藩根据带兵打仗实践中获得的经验教训，用能歌易诵的歌曲形式，对水、陆两师治军、作战方针原则及必须遵守的纪律，分别作出明确规定。他创作的《水师得胜歌》歌词如下：

三军听我苦口说，教你水战真秘诀。
第一船上要洁净，全仗神灵保性命。
早晚烧香扫灰尘，敬奉江神与炮神。

第二湾船要稀松，时时防火又防风。
打仗也要去得稀，切莫拥挤吃大亏。

第三军器要整齐，船板莫沾半点泥。
牛皮圈子挂浆桩，打湿水絮封药箱。
群子包包要缠紧，大子个个要合膛。
抬枪磨得干干净，大炮洗得溜溜光。

第四军中要肃静，大喊大叫须严禁。
半夜惊营莫急躁，探听贼情莫乱报。
切莫乱打锣和鼓，亦莫乱放枪和炮。

第五打仗不要慌，老手心中有主张。
新手放炮总不准，看来也得打得蠢。
远远放炮不进当，看来本事也平常。

若是好汉打得近，越近贼船越有劲。

第六水师要演操，兼习长矛和短刀。
荡桨要快舵要稳，打炮总要习个准。
斜斜排个一字阵，不慌不忙听号令。
出队走得一线穿，收队排得一络连。
慢的切莫丢在后，快的切莫走在前。

第七不可抢贼脏，怕他来杀回马枪。
又怕暗中藏火药，未曾得财先受伤。

第八水师莫上岸，只许一人当买办。
其余个个要守船，不可半步走河沿。
平时上岸打百板，临阵上岸就要斩。

八条句句值千金，你们牢牢记在心。
我待将官如兄弟，我待兵勇如子侄。
你们随我也久长，人人晓得我心肠。
愿尔将官莫懈怠，愿尔兵勇莫学坏。
未曾算去先算回，未曾算胜先算败。
各人努力务谨慎，自然万事都平顺。
仔细听我得胜歌，升官发财笑呵呵。

他创作的《陆军得胜歌》歌词如下：

三军听我苦口说，教你陆战真秘诀。
第一扎营要端详，营盘选个好山冈。
不要低洼潮湿地，不要一坦大平洋。

后有退路前有进，一半见面一半藏。
看定地方插标记，插起竹竿牵绳墙。
绳子围出三道圈，内圈略窄外圈宽。
六尺墙脚八尺壕，壕要筑紧墙要牢。
正墙高要七尺满，子墙只有一半高。
烂泥碎石不坚固，雨后倒塌一缸槽。
一营只开两道门，门外驱逐闲杂人。
周围挖些好茅厕，免得热天臭气熏。
三里以外把个卡，日日守卡夜夜巡。

（接着对列阵打仗提出要求）
第二打仗要细思，出队要分三大支。
中间一支且扎住，左右两支先出去。
另把一支打接应，再要一支埋伏定。
队伍排在山坡上，营官四处好瞭望。
看他哪边是来路，看他哪边是去向。
看他哪路有伏兵，看他哪路有强将。
哪处来的真贼头，哪边做的假模样。
件件看清件件说，说得人人都胆壮。
他呐喊来我不喊，他放枪来我不放。
他若扑来我不动，待他疲了再接仗。
起手要阴后要阳，出队要弱收队强。
初交手时如老鼠，越打越强如老虎。
打散贼匪四山逃，追贼专从两边抄。
逢屋逢山搜埋伏，队伍切莫乱分毫。

（而后对行军提出要求）
第三行路要分班，各营队伍莫乱参。

四六队伍走前后，锅帐担子走中间。
不许争先太拥挤，不许落后太孤单。
选个探马向前探，要选明白真好汉。
每日先走二十里，一步一步仔细看。
遇着树林探村庄，遇着河水探桥梁。
遇着岔路探埋伏，左边右边都要防。
遇着贼匪来迎敌，飞马回报不要忙。
看定地势并虚实，迟报一刻也无妨。
前有探马走前站，后有将官押尾帮。
过了尾帮落后边，插他耳箭打一千。

（接下来在法纪方面提出要求）
第四规矩要肃静，有礼有法有号令。
哨官管兵莫太宽，营官也要严哨官。
出营归营要告假，朔日望日要请安。
若有公事穿衣服，大家出来站个班。
营门摆设杖和枷，闲人进来便锁拿。
不许吸烟并赌博，不许高声大喧哗。
奸淫掳掠定要斩，巡更传令都要查。
起更各哨就安排，传齐夫勇点名来。
营官三夜点一次，哨官每夜点一回。
任凭客到文书到，营门一闭总不开。
衣服打扮要料峭，莫穿红绿惹人笑。
哨官不许穿长衣，兵勇不许穿软料。
脚上草鞋紧紧穿，身上腰带紧紧缠。
头上包巾紧紧扎，英雄样子都齐全。
……

曾国藩创作的《爱民歌》以及《水师得胜歌》《陆军得胜歌》，对教育约束士兵起到重要作用，成为后世带兵者仿写的范本。后世带兵者创作并在官兵中普遍教唱的类似歌曲，是曾国藩《爱民歌》以及《水师得胜歌》《陆军得胜歌》的翻版，或是这一版本的升级版。

曾国藩踏在前人的肩膀上，借鉴明朝著名抗倭将领戚继光的练兵之法编练湘军。他精通历史，知道戚继光在编练军队方面很有一套。当年还在朝中做二品大员时，他就应求言诏，上疏咸丰帝："明臣戚继光练金华兵三千人，遂以荡平倭寇。臣书生愚见，以为今日论兵，正宜此法。"当时推崇戚继光练兵之法还是纸上谈兵，替皇帝出主意，现在却要指导实践，真刀实枪地用到自己的事业中了。他把戚继光所著《练兵纪实》和《纪效新书》找来，深入钻研，可以拿来的拿来，可以借鉴的借鉴，采补精髓，推陈出新，形成湘军训练之法。

按照曾国藩的设计打造，湘军成为不同于当时任何八旗、绿营的一支军队。

可以说，曾国藩在现有体制之外创建了一支军队。这支诞生于体制之外的军队，被八旗绿营、地方官僚甚至清廷都视为另类。这支军队从它孕育的那天起，就像私生子一样不被正统所接纳。它从诞生起，注定要面对两个敌人，面临两线作战，既要与太平军浴血搏杀，又要与旧体制不断苦战。

旧势力容不下另类军队。为此，曾国藩差点在未与太平军交战之前丧命。当时长沙有两支军队，一支是湖南提督鲍起豹所辖的绿营兵，一支是曾国藩编练的练勇湘军。由于鲍起豹非常无能，他所辖绿营兵由曾国藩属下湘军教练塔齐布统一训练。曾国藩对部队训练十分严格，不管刮风下雨，不管酷暑严寒，都要组织操练。从咸丰三年（1853 年）初夏起，曾国藩命湘勇与绿营兵一起操练，还时常举行会操。绿营兵过惯了闲适散漫的生活，觉得自己作为正规军，月饷反不如勇丁，还要与这帮来自乡村的农夫在烈日下共同操练，简直是奇耻大辱。他们对曾国藩大为不满，找到长沙协副将德清诉苦告状。德清受到这帮人推戴，挑头反对曾国藩，处处与他为难作对。湖南地方官员，对曾国藩在编练军队中的侵权越权行为，早就心生不满，此时不仅不出面调解，反而添油加醋从中挑拨，站在一旁等看好戏。绿营兵因此有恃无恐，闹得更凶。德清不除，正常操练就没法搞下去。曾国藩轻易不弹劾人，这回下了决心，于咸丰三年六月十二日上疏皇帝，弹劾德清不到场督促练兵，时常在署偷闲，把心思花在勒索百姓上，并一针见血地指出，士兵不经训练、技艺生疏，是清军溃败的根源。曾国藩觉得将德清革职还不够，同日又上折片，弹劾德清在长沙城遭太平军围攻时，“自行摘去顶戴，藏匿民房；所带兵丁脱去号褂，抛弃满街，至今传为笑柄”等五行。同时，上奏折密保部属塔齐布等人。六月二十九日，咸丰帝颁上谕，令将德清革职。同时，赏给塔齐布副将衔。德清等绿营兵对曾国藩更是恨之入骨。勇丁对见了敌人就脚底抹油的绿营兵很瞧不起，见他们平日里骄横跋扈，一肚子的气。于是，绿营兵与湘军士兵形同水火，常常发生武装冲突。一次，一群绿营兵与塔齐布所辖湘军士兵打群架，绿营兵鸣号列队，欲大肆报复湘军。曾国藩为抑制绿营兵打仗胆小如鼠、私斗气壮如牛的风气，郑重发公文给提督鲍起豹，明确要求逮捕肇事士兵。鲍起豹本来就憋了一肚子火，正好借机发泄。他故意将肇事士兵五花大绑捆起来，张张扬扬地将他们押解曾公馆，同时派人散布曾国藩要严惩这几个绿营兵的消息。绿营兵一传二、二传三，越聚越多，群情激愤，先去找塔齐布泄愤，将其居室砸得稀烂，塔齐布急中生智藏入草中才保住一命。随后，这群疯狂的绿营兵冲向曾国藩团练大臣公馆，挥舞刀枪，找曾国藩算账。他们见了曾国藩就咆哮着要杀死他，要不是卫兵眼明手快，挡住刺来的乱枪，主帅曾国藩就可能立毙乱枪之下。曾国藩没料到这群绿营兵会如此丧心病狂，又气又恼，匆忙向巡抚骆秉章求救。曾公馆设在巡抚衙门射圃内，与巡抚衙门一墙之隔，绿营兵冲击团练大臣公馆之事早有人禀告骆秉章，但他故意装聋作哑，对曾国藩的求救置若罔闻，冷眼旁观自以为是的曾国藩在热锅上煎熬。直到曾国藩跑去敲门，他才惊惊咋咋地跑出来解围。可他不但不惩治肇事绿营兵，反给他们松绑，向其赔不是，对受辱的曾国藩却不说一句宽慰的话。绿营兵围攻大臣公馆，要是发生在纪律严明的雍正、乾隆朝，肇事者必人头不保。但这一事件发生后，骆秉章对闹事作乱的绿营兵和幕后主谋鲍起豹一概不予追究，蓄意包庇，不了了之。曾国藩脸面丢尽，威风扫地。还未出师就差点死于官军之手，这令曾国藩深感悲哀，很受刺激。“出师未捷身先死”，对一个满怀豪情壮志的男子汉来说，还有比这更可悲的吗?！多年之后，在湘军威名远播之时，曾国藩对这一事件仍记忆犹新、大发感慨：“起兵亦有激而成。初得旨为团练大臣，借居抚署，欲诛梗令数卒，全军鼓噪入署，几为所杀。因是发愤募勇万人，浸以成军。其时亦好胜而已，不意遂至今日。”

曾国藩意识到，长沙官场容不下他这个团练大臣，容不下这支体制外孕育成长的新军，只好将湘军编练总部及练兵场移驻衡阳，他的团练大臣衙门非常寒碜，设在桑园街赵姓人家的祠堂里。但衡阳不是世外桃源，体制外创建新军的种种烦恼，依然如同幽灵一般挥之不去。后来，他在上咸丰帝的一道奏折中，将编练湘军之难概括为三条，用他的话来说，就是“办事艰难之三端”：一是没有提拔部下权。他名义上为兵部堂官，实际上只是个丁忧在籍的团练大臣，提拔部下的实权反不如提督、总兵。二是没有任免文武官员的权力。按照国家定制，各省文武官员黜陟权力由总督、巡抚掌握。曾国藩是个统兵大臣，身为客官，对当地文武官员没有任免权，要地方协办军务，文武官员和地方百姓都不听他的。三是名实不符，没有处事权。他的木质官印，因他身份数变而变易，地方衙门便怀疑这木头疙瘩是伪造的。加之“四年所请部照，因久稽而重请；六年所请实官执照，至今尚无交到确耗。此外文员之凭、武官之札，皆由督抚转交，臣营常迟久而不到。军中之事，贵取信如金石，迅速如风霆，而臣势有不能”，他觉得统兵打仗格外艰难。但曾国藩知道，造物主对大功大名向来非常吝惜，“必千磨百折，艰难拂乱而后予之”。因循旧体制、老章法练编军队固然要便利得多，但必然办不出什么名堂，如果把自己搭载在破旧落后的战车上，到头来很可能把这条老命都赔上。立志报效清王朝，抱定干一番惊天动地业绩的曾国藩明白，只有变革创新，打造出崭新而精锐的战车，才能实现宏图大志。曾国藩是一个深知“大本大源”之人，他对这一点看得极为深透。因此，他默默承受向他袭来的艰难挫折，“平生受挫受辱之时多矣，无一次不打脱牙和血吞”。凭着“打脱牙和血吞”的倔强个性和无畏气概，曾国藩终于踏平坎坷，成功铸就太平军克星湘军。

“打通极困极难之境，方是好汉。”就编练军队而言，因循必待毙，求变而后生。曾国藩四大弟子之一薛福成，分析曾氏成功原因时说，当时咸丰帝任命的团练大臣有数十位之多，但有的徒有虚名，有的很快战死，有的闻敌逃窜，只有曾国藩应势而变，“以团练始，不以团练终，幸其改图之速，所以能成殄寇之奇功，扩勇营之规制也。”他还说，曾国藩虽从办团练起家，“然惟早变其实，并变其名，所以能有成功。”

头脑灵清，心中透亮，还得有十万个雷霆撼不动的定力。曾国藩断论，清军八旗和绿营兵一触即溃、屡战屡败的重要原因，在于没有接受过严格精到的训练。因此，他编练军队，“但求其精，不求其多；但求有济，不求速效。”只要湘军装备尚未齐全、操练尚未精到，他就顶住种种巨大压力和诱惑，咬定青山不出师。就连他的恩师、湖广总督吴文镕危在旦夕、急需救援，他也不率未练之师轻率出击，最后痛缅吴文镕兵败黄州、挥剑自杀。曾国藩认为自己是理智的：“剑戟不利，不可以断割；毛羽不丰，不可以高飞。若仓皇一出，比于辽东自诩之豕，又同灞上儿戏之师，则徒见笑大方耳。”他在致刘蓉信中说：“大局所在，只论利害，不顾私谊，即使君父谕旨，也不能完全遵照。”他是这样说的，也是这样做的。他认定的理，即便是皇上连发十二道金牌，也不乱方寸。咸丰三年八月底、十月初、十月底和四年正月，咸丰帝共颁四次上谕，一会儿令他率师开赴武昌，一会儿又令他救援南昌，但曾国藩拿定主意，湘军还未练就，决不出师。他冒着掉脑袋的危险，四拒圣旨，神定气敛铸炼湘军，试图遂心如愿敲打完最后一锤。

但岌岌可危的局势，逼迫曾国藩未能遂心如愿敲打完最后一锤。吴文镕所率绿营兵在黄州附近被太平军歼灭后，湘军成为两湖战场上清军唯一主力。这时，太平军兵锋很健，三克汉阳、汉口，进围武昌，锋镝直指湖南北门锁钥岳州，湘军再不出战，两湖地区就会纳入太平天国版图，大清帝国南北难以连成一气，将导致惨遭腰斩的结局。咸丰四年（1854 年）春，曾国藩在洋炮未到齐、水师尚不精的情况下，颁檄出师。

在此前夕，他回湘乡看望了父亲，到母亲坟头烧了几炷青香，祈求母亲大人在阴间保佑他出师告捷。曾国藩笃信骨相之学，信奉风水之说。他祖母死后，葬于湘乡七斗冲。有人说，这是一块风水宝地，墓前临涓水河，背倚紫石山，是块上吉之地。祖母下葬后第二年，曾国藩就由四品官骤升至从二品官，飞黄腾达，他的六弟入国子监，九弟也进了学，曾家一下发达起来。对于坟场风水，曾国藩深信不疑。母亲江太夫人去世后，经高人指点，他在距家十里之遥的两屏山觅得一块好墓地。这块墓地的好处颇有道道：湘乡属丘陵地貌，境内多是绵延起伏的山丘，登临高处远眺，两屏山犹如两翼垂天、扶摇直上的鲲鹏。曾国藩母亲所葬谷地，正好位于大鹏鸟的嘴上。也就是说，其情形犹如大鹏鸟口衔曾母之墓直奔九霄云天。曾国藩深信母亲地下有灵，一定会保佑他克敌制胜、大富大贵的。

身染大鹏口的袅袅青香，曾国藩挥率湘军，奔赴战场。

湘军奠定曾国藩一生功名之基。曾国藩的命运，与湘军紧紧连在一起。曾国藩说自己从编练湘军开始，就走上了“以杀人为职业”的道路，按此说法，湘军就是他手中的杀人利器。

湘军从咸丰四年二月出师“东征”时的一万七千人，几起几落，逐渐发展壮大，发展到后来的十二万人，取代绿营的战略地位，将强大的太平军送上毁灭之路。

湘军兴，曾国藩官运亦兴；湘军挫，曾国藩官运亦挫。

咸丰四年四月，湘军首战先挫后胜：兵败靖港，曾国藩投水自杀被人捞起，咸丰帝革去其侍郎之职，青灯黄卷二三十年博取的官职，被一撸到底；三日后获得湘潭之捷，咸丰帝赏他三品顶戴。

同年八月，湘军克复武汉，咸丰帝闻奏立即赏给曾国藩二品顶戴，命他署理湖北巡抚。

同年十二月，太平军夜袭泊于九江江面的湘军水师，曾国藩座船被俘、文件尽失。见水师惨败，曾国藩再次投水自杀，再度被人捞起，但他见大势已去，想以策马赴敌方式又一次自杀，被人劝止。

咸丰九年（1859 年）闰三月，清军江南大营在太平军猛攻下溃散，金陵以东再无朝廷可用之兵，湘军遂成中流砥柱，曾国藩临危受命，咸丰帝赏加其兵部尚书衔，命其署理两江总督，不久正式委任两江总督，并授为钦差大臣，督办江南军务。

咸丰帝死后半个月，即咸丰十一年八月初一日（1861 年 9 月 5 日），湘军攻陷安庆，太平军一万六千余人大部被杀，突破太平天国上游屏障，湘军顺江东下，挥师进攻太平天国都城天京（金陵）。清廷赏加曾国藩太子少保衔，命他督办江、皖、赣、浙四省军务，巡抚、提督、总兵以下文武官员全部归他节制，曾国藩权力急剧扩大。三个月后，清廷给予他更高荣誉，擢升他为协办大学士。

同治元年（1862 年）五月初，曾国藩部属曾国荃率部进驻金陵雨花台，掀开湘军围攻太平天国首都天京的序幕。经过两年多惊心动魄的激战，同治三年六月十六日

（1864 年 7 月 19 日），湘军曾国荃部以五万之众，攻陷太平军万余人死守的“天京”城，实行血腥屠城，太平天国宣告失败。随后，太平军余部坚持与清军作战两年多。太平军从发动金田起义以来，奋战十四年之久，起义烈焰席卷十八个省，北伐太平军震撼京津，极大地动摇了清王朝的统治。曾国藩创建的湘军，在王朝岌岌可危之际，砥柱中流，将太平天国屠戮于血泊之中，力挽社稷之倾颓，使清廷免遭灭顶之灾。曾国藩扶倾定危，位列同治中兴名臣之首。

曾国藩的官运，由进入巅峰状态的湘军，托举到蒸蒸日上的境界。他成为同治朝政坛上最耀眼的明星。

湘军攻陷天京后八天，清廷赏加曾国藩太子太保衔，赐封一等毅勇侯，世袭罔替，赏戴双眼花翎，宠荣备至，风光无比。

扶倾定危的皇皇巨功，加上功成不居、远嫌避疑的作风，使他长保荣宠，即便遭遇跌挫亦能隆隆直上。

曾国藩剿灭捻军师老无功，虽于同治五年十一月（1866 年 12 月）回任两江总督，剿捻差使由其昔日部属、江苏巡抚李鸿章接替，但仕途并未受到影响，返回两江总督府两个月后，由协办大学士荣晋体仁阁大学士，荣获清代文官最高品秩。清王朝要倚重这位能臣之处尚多，他们想用他练兵之才，为皇家训练一支湘军那样强大的部队，拱卫京师重地。同治七年（1868 年）四月，清廷再次赏给他巨大荣耀，将他荣晋为武英殿大学士；当年七月二十日（9 月 6 日），同治帝降旨，将他调任直隶总督。直隶为天子脚下畿辅重地，地位在全国所有省份中最为重要。因此，直隶总督向来居清代各省总督之首，位同宰辅。直隶总督全称为“总督直隶等处地方，提督军务、粮饷、管理河道兼巡抚事”，简而言之，就是一人独揽畿辅重地大权。曾国藩于十一月初四日从江宁乘船北上，十二月十三日抵京师，寓居贤良寺。随后，陛见慈禧太后和同治帝，拜访军机大臣及内阁、翰林院各位官员。从咸丰二年六月离京起，弹指一挥间，十六年过去了。十六年后的京城，风雨沧桑，物是人非，很多熟悉的面孔不见了。他的恩师、道光帝宠臣穆彰阿，咸丰帝即位后即被革职，已经作古十多年；昔日令他战战兢兢、诚惶诚恐的咸丰帝，也已殡天多年。他偷闲走访了穆彰阿故宅，见到他的两个儿子，目睹其家境败落，车马稀少，回想当年其府邸荣华盛况，感慨万千。同治八年（1869 年）正月十六日，曾国藩进入紫禁城，赴乾清宫廷臣之宴。满汉大学士、尚书分列两排就座。当年亦师亦友、现居文华殿大学士高位的倭仁，排在满大臣之首，坐在西面；曾国藩排在汉大臣之首，坐在东面。东西对坐的倭仁、曾国藩，紧挨着同治帝的御座。曾国藩位列汉大臣班首，与天子同宴共饮，享受生前最高荣誉。二月初二日，曾国藩走马上任，正式接直隶总督关防，成为最为显赫的汉大臣。同治九年（1870 年）十月十一日，曾国藩六十岁生辰，同治帝赐给他“勋高柱石”御书匾额，评价之高，一时无比。

之后曾国藩处理天津教案触怒国人，痛遭唾骂，清廷只好让他回任两江总督。这是他第三次担任这一职位。两江总督管辖最富庶的江南，控制着王朝的钱袋子，其地位在全国各省份中仅次于直隶总督。同治九年秋，曾国藩将直隶总督官印交给高足李鸿章，启程南行，奔赴金陵。

金陵，是他当年会试不第之后卖衣购得《廿三史》的富丽古都。

金陵，是他挥率湘军浴血鏖战建立辉煌功勋之地。

金陵，是王朝赏给这位衰老勋臣颐养天年的最好去处。

这座城市，与他今生今世结下了不解之缘。

同治十一年二月初四日（1872 年 3 月 12 日）午后，曾国藩由长子曾纪泽陪同，在总督府西花园散步，突然连叫脚麻。曾纪泽忙将他扶回书房。曾国藩端坐三刻钟，溘然去世。这位嗜书棋如命之人，死前一日，从早到晚三度阅读《理学宗传》，还与人下了两局围棋。携笔从戎，仍书不释卷、棋不离手，即使激战中也要看上几页、杀上一局，折射出这位湖南佬的独特秉性和风韵。

读书不倦，杀人无悔，在杀人中读书，在读书中杀人，在读书杀人中功成名就，在杀人读书中青云直上，这就是乱世名臣曾国藩在人生大海上留下的浩荡航迹。

11. 同治朝红人/李鸿章

掌控兵权

李鸿章为何能够春风得意、一路扶摇？他自己未作定论，芸芸世人则是仁者见仁、智者见智。大凡认为，主要是他领袖洋务的结果，因为他是晚清历史大舞台上最为光彩照人的“洋务大师”！李鸿章一生恢弘蓬勃，犹如从头到脚枝繁叶茂的塔松，从外部只能看到它葳蕤的枝叶，只有“猫”到树下深入其中，才能看清它的主干。

“少年科第，壮年戎马，中年封疆，晚年洋务，一路扶摇。”这是李鸿章对自己仕途生涯的勾勒。寥寥五句二十字，前四句勾画出人生四个时期的奋斗经历，可谓简明精到；后一句自我回顾评价，得意之情溢于言表。

李鸿章是晚清政治舞台上的一个红角。不光李鸿章自个儿这么看，大清最高统治者也这么看；不光当时世人这么看，后来历史学家也这么看。

李鸿章为何能够春风得意、一路扶摇？他自己未作定论，芸芸世人则是仁者见仁、智者见智。大凡认为，主要是他领袖洋务的结果，因为他是晚清历史大舞台上最为光彩照人的“洋务大师”！李鸿章一生恢弘蓬勃，犹如从头到脚枝繁叶茂的塔松，从外部只能看到它葳蕤的枝叶，只有“猫”到树下深入其中，才能看清它的主干。

这一主干是什么呢？就是“掌控兵权”。

“掌控兵权”，是李鸿章一路走红的核心奥秘。

李鸿章素有大志。“丈夫只手把吴钩，意气高于百尺楼。一万年来谁著史，三千里外欲封侯。”十九世纪四十年代初的一个霜秋，这位年届二十、身材颀长、行装寒碜、气宇轩昂的弱冠书生，正是吟着这首诗，怀着一腔热血，从故乡安徽合肥奔赴京师赶考的。意欲高官厚禄，意欲名垂青史，少年浩然宣言，毫不遮掩。

少年李鸿章首次参加会试受挫，但他发愤自强，在两年后的那次会试中一炮打响。道光二十七年丁未年（1847年），他榜列二甲第十三名进士，朝考点为翰林，三年后授为翰林院编修。清制，只有翰林出身的大臣，才有希望入阁拜相（当大学士）。李鸿章踌躇满志，满心希望顺着传统的升官正途走下去，通过攀附权贵、接近皇上以求青云直上。但是，南国传来的隆隆霹雳、耀眼蓝光，打破了少年美梦：以落第青年洪秀全为首的太平军点燃的起义火焰，从广西桂平紫荆山麓金田村星火燎原，很快燃遍大江以南；太平军奠都南京，建立起与大清王朝相对峙的农民政权。

咸丰三年（1853年）春天，被席卷而来的起义烈焰炙烤着的不仅仅是李鸿章，还有很多人，其中炙烤最甚的是咸丰皇帝：天现二日、国有二主，奇耻大辱啊！那个自称天王的洪秀全，绝不满足于割据江南，目光早已锁定紫禁城，爱新觉罗氏祖宗传下来的大清龙椅眼看岌岌可危了。而王朝武力后盾八骑兵和绿营兵，就像是一群群扎糊的纸人，火浪火舌所到之处，一触皆溃，灰飞烟灭。看来，指望这帮子饭桶保江山是痴心妄想了。咸丰帝别无高策，只好接受智慧团的计策，另起炉灶，任命一大批在籍官僚为督办团练大臣，利用其政治、经济和宗族势力，结寨团练，防剿太平军。

面对天崩地塌的大变局，李鸿章愁肠百结、忧心如焚："皮之不存，毛将焉附"，清王朝一旦崩溃，平步青云、驷马封侯的目标如何实现?

咸丰三年（1853年）春天，是李鸿章仕途的一个重要转折点。一日，李鸿章正逛书肆，遭遇一位同乡，告诉他一个消息：太平军石达开部攻克安徽省城安庆，巡抚蒋文庆被杀。桑梓大祸令书生李鸿章感慨万千，他怂恿工部左侍郎兼署刑部左侍郎吕贤基，就此事件向咸丰帝上疏。李鸿章是吕侍郎的笔杆子，遇有上疏言事总是为之代笔，因天长日久此类事情已成家常便饭，这日吕侍郎有听没听地点了点头，便再一次同意李鸿章起草一份上疏。李鸿章通宵赶出一份长篇上疏，翌晨交吕侍郎上奏。李鸿章补了一小觉，午后起来轻车前往吕宅听消息，刚进门便听得吕家哭声震天，如同死了爹娘一般。才入堂，就见吕侍郎跳将出来，冲着李鸿章劈头盖脸嚷嚷道："君祸我，上命我往，我亦祸君，奏调偕行。"原来，这日咸丰帝听完吕贤基上疏，哭着诏谕他前往安徽老家办理团练防剿事宜。吕侍郎没料到上疏竟上出这等大祸来，然皇命难违，只好硬着头皮"嗻"了一声。这娄子是李鸿章捅出来的，吕贤基干脆拉上这个安徽老乡垫背，奏请皇上让李鸿章出任随营帮办。阴差阳错，改变了李鸿章的仕途轨迹。在随后的一个星夜，李鸿章携笔从戎，辞别为官近十年的京城，跟随吕侍郎踏上了奔赴故乡安徽的征程。

李鸿章自称素有“伟武以经文”的志向。很可能，这一指引他兹后仕途航向的罗盘，就是这个急急南驰的星夜装进他脑海去的。高官厚禄、名垂青史的大志，通过什么途径得以实现？这个星夜，经历仕途幻灭的李鸿章重新热血奔涌、意气风发。在烽烟四起的乱世，携笔从戎、掌控兵权，岂不是载荷有志男儿抵达理想彼岸的桥和船吗！

然而，严酷的现实如同飓风狂飙，将青年李鸿章的人生风帆撕得稀烂。督办团练，驰突战场，出生入死，五年从戎生涯转眼间过去了，李鸿章心灰意冷，只好以“昨梦封侯今已非”作结。回首往事，除咸丰五年（1855年）春督兵小胜一仗、因军功获知府衔，咸丰七年（1857年）春上司玩弄讳败为胜伎俩、给他蒙得候补道员一职外，再无可圈可点之处，展现在眼前的几乎满是灰暗散败景象，安徽境内太平军不仅没被剿灭，反而与捻军遥相呼应、风起云涌，带他赴皖的吕贤基兵败投水而死，刚扯上关系的新任安徽巡抚江忠源亦兵败投水而死，合肥祖宅被太平军陈玉成部焚毁一空。李鸿章痛感练兵打仗绝非像想象的那么容易，寻根究底，自己一介书生，先天不足，缺乏军事知识、没有实战经验，更要命的还在于缺乏高人指点，顶头上司、历任皖抚和统兵将帅多是平庸之辈，因而茫无指归，只知“猛进”“浪战”，不得要领。练兵必须筹饷，但穷人没有钱，富人不出钱，翰林编修出身的李鸿章“劝借军饷”难免撕下斯文脸皮，入行随俗动点粗，因此被人讥之为“翰林变绿林”。困难重重，四处碰壁，“辗转兵间无所就”，只好借酒浇愁。“书剑飘零旧酒徒”，李鸿章自嘲自讽，愁绪满怀：可不是吗，书已飘零，剑亦飘零，剩下的只是一具酒徒皮囊了！

李鸿章走投无路之际，想起一个人来。他，就是曾国藩。此人咸丰三年（1853 年）起以在籍侍郎身份帮办湖南团练。他深知清王朝军队溃败的根本原因，不在兵少，而在于“兵伍不精”。他按照自己的想法，改弦更张，尽废官军，由儒生统领，招募大批湖南山农，编练成一支全新的汉族地主武装——湘军。这支颇具战斗力的军队，成为清王朝对付太平军的一支劲旅。曾国藩统率湘军，很快占领湖南湖北，并以两湖为根据地，兵锋直指赣浙闽皖。曾国藩及其湘军，成为清王朝满心指望的一颗救星。李鸿章拿定主意，撇下在皖五年多来的失败和懊恼，于咸丰八年（1859 年）冬，启程投奔驻建昌的曾国藩湘军大营。

曾国藩是李鸿章导师。十六年前进京赶考，抵京不久，李鸿章就跑到曾府拜访。拉关系总不会找不到说法，少年李鸿章找了个“年家子”的由头——曾国藩与李鸿章父亲李文安于戊戌年同时考中进士点为翰林。道光二十五年（1845 年）恩科会试，曾国藩出任同考官，李鸿章虽名落孙山，但其诗文很受曾国藩欣赏。后来，曾国藩对李鸿章胞兄李翰章说：道光二十五六年间，他就看出李鸿章此人“才可大用”。落第后李鸿章师从曾国藩，日夕攻读经史，两年后丁未科会试果然不负师望、金榜题名。师生两人互为欣赏，在曾国藩眼里，这个弟子堪成“伟器”；在李鸿章眼里，恩师十分“神圣”。现在，久别的师生又在建昌湘军大营重逢。弟子风尘仆仆，恩师喜出望外。不过，与十几年前相比境况大变，曾国藩已是湘军主帅，李鸿章成了曾氏幕宾，曾氏不再以舞文弄墨教授经史为首务，当如今他是李鸿章的军事长官兼教官，师生两人琢磨的主要不是道德文章，而是如何杀人。

李鸿章能够师从曾国藩学习驭兵之道，是值得庆幸的。这个长着一副三角眼、两条倒挂眉的儒生，半路出家舞枪弄炮，却极具军事天赋，他是当时清王朝最厉害的军事家。李鸿章在其幕府起初当书记，后来批阅公文、草拟书牍和奏折，耳提面命，直接接受湘军主帅的应用式训练。曾国藩对李鸿章的才能前程高看一眼，他说："少荃（李鸿章之号）天资于公牍最相近，所拟奏咨函批，皆有大过人处，将来建树非凡，或竟青出于蓝，亦未可知。"李鸿章则这样评价自己的军事长官兼教官："从前历佐诸帅，茫无指归，至此如识南针，获益匪浅。"对于将来会有非凡建树的高足，曾国藩教诲训导毫不松懈、格外用心；对于迷途导航的"指南针"般恩师，心高气盛的李鸿章心悦诚服。对此，有两件事可以窥见一斑。

湘军主帅有一个定规，每日早起查营，黎明请幕僚同进早餐，而后围坐谈论、探讨问题。李鸿章生性散漫不羁，爱睡个懒觉，在如此严格的军旅机器中接受轧压，暗自叫苦不迭。有天，他自称头痛，赖床不起。李鸿章贪睡懒散那点毛病，曾国藩早看在眼里，他知道这个弟子肚里爬的是什么虫子，便接二连三派人催李鸿章起床吃饭。他称，"必侍幕僚到齐乃食"，缺一人不开饭。李鸿章见难以蒙混过关，慌忙披衣下床，"踉跄而往"。开饭时曾国藩一言未发，放下筷子后他就不客气了，拉下脸教训道："少荃，既入我府，我有言相告，此处所尚，唯一诚字而已。"说罢，拂然而去，李鸿章为之悚然。这给李鸿章留下极其深刻的印象，使他懂得何为纪律，纪律对于一支军队何等重要，而要养成严明的纪律，必须从一日生活吃喝拉撒睡每个细小环节抓起。事隔很久，他回忆道："在营中时，我老师总要等我辈同时吃饭；饭罢后，即围坐谈论……都是于学问经济有益实用的话。吃一顿饭，胜过上一回课。”曾府的参谋生涯，为李鸿章日后统兵为帅奠定了扎实的基础，他说这一段历练，使他“受益不尽”。

还有一事，就是李鸿章出走事件。曾国藩驻守祁门时，太平军环攻不已，湘军处境艰险。李鸿章再三陈说，断言祁门已成绝地，力主移师他驻。曾国藩其实知道死守祁门在战略全局上没有多大意义，做此姿态主要是给咸丰皇帝看，因为皇上要他督军径赴苏常。但这层意思不便挑明，曾国藩便冲喋喋不休的李鸿章等人道：“诸君如胆怯，可各散去。”李鸿章听了如此辱骂，自然一肚子火气。谁知此事未了，又横生一事，师生两人因李元度问题发生争吵。李元度是追随曾国藩缔造湘军的得力干将，尤其曾氏在靖港、九江、樟树大败之后，得到李元度鼎力相助，曾国藩称赞他“情谊之厚始终不渝”，并私情作祟，推荐他出任徽宁池太广道，率兵驻守徽州。但李元度此人擅长文学不知统兵，太平军来攻时，违反军令胡乱指挥，致使徽州易手，李元度本人侥幸逃脱。曾国藩悔恨交加，打算上疏弹劾，将他处以军纪。谁知，这竟招致文武参佐集体反对，挑头之人乃是李鸿章。他“率一幕府人往争”，指责老师忘恩负义，并声称：“果必奏劾，门生不敢拟稿。”曾国藩毫不退让，说：“我自属稿。”李鸿章随即调高调子，以撂挑子不干相迫，道：“若此，则门生亦将告辞，不能留待矣。”曾国藩对弟子如此不明大义，大动肝火，答道：“听君自便！”随后，曾国藩毅然将李元度弹劾革职。曾、李两人就此闹崩，李鸿章愤然而去，离开祁门大营。这是咸丰十年（1860 年）秋冬之交的事。七八个月后冷静下来，隔阂师生间的迷雾散去，两人都将对方看得更为清楚：李鸿章深刻认识到，这个年头，要青云直上，必须有过硬靠山，而环顾天下，可依作靠山的，舍曾公别无他人；曾国藩也认识到，李鸿章劝他移师祁门的建议颇识时务，后来听从其议移师东流，而且为创成大业，需要这个才华横溢的弟子参赞相助。经胡林翼、左宗棠等人牵线搭桥，曾国藩于咸丰十一年（1861 年）夏致信弟子“速来相助”，主动给他一个台阶。李鸿章捐弃前嫌，随即重投曾幕。别后相逢，两人都更珍重师生情分。曾国藩对这一有性子、有大才的弟子，“特加青睐，于政治军务悉心训诰，曲尽其熏陶之能事”。

在曾府当参谋，是李鸿章一生最重要的军事历练时期。追随曾国藩读无字之兵书，在战争中学习战争，使李鸿章雏鹰翅膀逐渐变硬。心高气傲，渴望独统一军打天下的李鸿章，不甘久居他人篱下，盼望着有朝一日能够飞出鹰巢、翱翔蓝天。

机会在不经意间突然降临。

咸丰十一年（1861 年）七月，咸丰帝在热河病逝，抛下一个内外交困的烂摊子。随后发生宫廷政变夺得政权的慈禧、奕䜣，为支撑大清王朝这个四处透风的老旧破屋，更加依赖汉族地主势力，委以曾国藩更大权力，命他统辖江苏、浙江、安徽、江西四省军务，并掌有节制巡抚、提镇以下官员的大权。与此同时，太平军在夺取湖北、保卫安庆战役失利后，进行战略调整，采取西线防御、东线进攻的策略，调过头来猛攻浙江、威逼上海，试图将富庶的苏浙两地经营成太平天国的战略后方。兵锋所指，上海官绅惶惶不可终日，一边向英法等列强“借师助剿”，一边火速派代表赴安庆向曾国藩乞请救命之师。上海人做事精明，在面对曾氏初次碰壁后，探知李鸿章是曾氏亲信幕僚，便登门拜访、晓以利害，在他身上做文章。上海富甲东南，“为苏杭及外国财货所骤，每月可得厘捐六十万金，实为天下膏腴”，而且一旦占据上海，还可对以天京（南京）为核心的太平军形成夹击之势，可谓一箭双雕。李鸿章动心了，积极替上海官绅代表帮腔劝说，曾国藩这才幡然动心。分兵援沪，谁为主帅？对此，曾国藩颇费思量。开始，他想把这桩好事留给胞弟曾国荃，派李鸿章等人辅佐他。哪知，被曾国荃断然拒绝。李鸿章积极争取，“欣然以肃清自任”。曾国藩有些犹豫，笑道：“少荃去，我高枕无忧矣。惟此间少一臂助，奈何?”李鸿章已历练成熟，深知机不可失，鹰眼锁定猎物，遂“坚请赴申”。但他怕曾国荃日后省悟过来嫉恨他，欲擒故纵，写信给曾国荃“固请”其担任赴沪军主帅，曾国荃依旧予以拒绝。这时，曾国藩将李鸿章统兵赴沪好处看得更为透彻，此举除能占有饷源、夹击太平军外，还可招募淮勇组建一支新军，解决湘军战线延长兵力不足的矛盾，实现上年秋萌发的设想。曾国藩遂铁了心，任命李鸿章组建赴沪之师。李鸿章说干就干，先是网罗老家庐州一带旧有悍勇团练，把他们改编为淮军。仅两个多月，五营淮勇就集合在李鸿章麾下：刘铭传的铭字营，张树声的树字营，潘鼎新的鼎字营，吴长庆的庆字营，张遇春的春字营。一个营五百人，五营二千五百人，而且大多是战守难恃的新勇，要赴沪开创新天地，力量单薄了点。李鸿章恳请恩师调拨数营湘勇，作为建军骨干。曾国藩有意将淮军建成湘军那样能征善战的军队，对弟子鼎力相助，慷慨拨给八营湘勇，其中包括他自己的两营警卫亲兵。同治元年（1862年）淮勇初步成军，共十三营，六千五百人。二月，李鸿章陪恩师曾国藩检阅各营，宣告淮军正式建成。接着进军方式成了突出问题：如何率六千五百淮勇越过太平军控制的广大地区移师上海？经过精心谋划，李鸿章决定“暗渡陈仓”。三月初七日至五月，上海大亨们雇佣的七艘外国洋轮，将淮军分批运往上海。洋轮挂有洋旗，整个航程淮勇全部闷在舱底，无论如何不得露头，骡马军械随船起运。最玄的是过南京附近江面，两岸到处是太平军屯兵，江中还有太平军兵船来来往往，但不知为何，太平军始终没有触犯这些洋旗飘扬、形迹可疑的外国轮船。三月初十日，李鸿章进黄浦江抵沪。渴望蓝天的苍鹰，终于扑腾着翅膀，投进属于自己的天空。

李鸿章独统军队栖落沪滨之日，就是他官运大起之时。三月二十七日，这是一个重要的日子。统兵抵沪十七天的李鸿章，奉命署理江苏巡抚，一跃成为从二品封疆大吏。这一年，李鸿章三十九周岁。回首仕途，其路漫漫。当年在京当翰林院编修，那只是个七品芝麻官。后来浪战于安徽，虽获得知府衔和候补道员官职，但均非实授，徒有虚名。因而可以说，从道光二十三年（1843 年）进京赶考，到同治元年（1862 年）统兵赴沪，在坎坷仕途艰辛跋涉近二十年，实际上仍是个微不足道的芝麻官。枪杆子里面出权力，簇拥他抵沪的数千淮军，手握重兵的曾国藩的举荐，使他隆隆直上、飞黄腾达。

上海易攻难守，但近代兵家都想占为己有，原因无需千条万条，只一条足矣：上海是个大钱袋。军队与军费的关系，李鸿章看得很明白，他直板板地说：“天下熙熙攘攘，皆为利耳，我无利于人，谁肯助我？”咸丰年间，绿营与八旗军名义上每月饷银一至二两，实际上绿营兵每年仅发二至五个月军饷，八旗兵好一些，也未超过六七成，加之军官以各种手段克扣粮饷、贪吃空额，“每月每兵仅得饷三钱有零”，这使得士兵无不勒索钱财、捞取外快或自谋营生。李鸿章深知，吃三钱多皇粮的军队，是不能战胜太平军的。因此，他决意接过恩师曾国藩经常晃动的利禄旗帜，将曾氏湘军军额自定、饷源自筹、粮饷自行经理的高明招数全部搬进淮军。李鸿章不会当守着钱袋饿肚皮的傻子。他凭借掌握的军政大权，罗致敛财高手，采用关厘分途、以厘济饷之策，横征暴敛，搜括钱财。当时江楚各省每年厘金不过百数十万，而李鸿章辖管的苏淞二百余里竟岁收厘捐达三百万。自同治元年（1862 年）四月淮军抵沪至同治三年（1864 年）六月底，湘军攻占太平军都城天京，大约两年两个月时间，苏沪军需款项入库总额为：库平银九百四十八万零二百零七两，其中厘金收入占第一位，为六百四十三万九千余两。这些数字出自李鸿章“恭呈御览”清单，很可能还是打了许多埋伏的。李鸿章甩开膀子搜括钱财，闹得鸡飞狗跳、商怨沸腾，连他自己也承认，“各省厘捐之重，无如上海”。但他没有因此住手，因为无论湘军还是淮军都太需要银子了！

恩师曾国藩正亟待报效。抵沪半年，李鸿章就先后两次协济湘军九万两。但恩师对他的期望值更高，提出“每月酌提四万两，万不可减”。打仗就是打钱啊！面对恩师的狮子大开口，李鸿章一边将大批钱财输送给正在西线作战的湘军，一边大发牢骚、叫苦不迭。曾氏恩师送弟子赴沪前曾谆谆叮咛，“专以练兵学战为性命根本”。恩师这话说的是啊，它落在李鸿章的心坎上立即生根萌芽。可是，要练兵练器、扩充军备，没有银子能行吗？银子尽给恩师征去了，弟子岂不喝西北风了吗？中国古谚说得好：“师傅领进门，修行靠个人。”到沪后抓住机会迅速招兵买马、扩军备战，建立一支强大的李氏淮军，这一条李鸿章“奉为枕中秘”，并将它放在“性命根本”的战略高度，积极筹划，付诸实践。师傅要花银子，但如今弟子也需要花银子，而且正急需花更多的银子。湘籍大帅胡林翼赠给左宗棠的秘诀说得好，“聚人曰财”嘛！从同治元年初夏起，寻求急剧扩张的淮军，没有遵循湘军“选士人，领山农”的建军原则，而是吸收地主团练、太平军投降者、旧有防军为军队主体；扩充方式花样众多，既采取改编原有防军、借将带兵、收编两淮团练和太平军投降者的办法，又采取请外国军官练军带兵、截留常胜军余众等办法，能用的方式一概用上。但李鸿章扩军并非饥不择食全无章法，有的则是原汁原味师承恩师的做法，比如组建骨干网络非常注意人情关系，用同乡、同事、师生、亲族织成血肉纽带。十五名淮军核心骨干，皖籍多达十二名，其余湘籍两名、川籍一名；有师生关系的十人，其中还有三个家庭七个兄弟。既用恩师之法，又不拘泥于恩师之法，这就是李鸿章！短短二三年间，淮军一下增加三十多个营，比初建淮军多出两倍以上，其中包括一营水师。李鸿章麾下的水陆淮军变戏法地成长，到同治三年九月，已达七万之众。

李鸿章采取“以沪平吴”之策，积极指挥淮军剿灭太平军。同治元年夏，李氏淮军在上海徐家汇、九里桥、新桥、虹桥一带，击败太平军骁将李秀成所率太平军，名声大振。翌年冬，李秀成所率太平军与曾国荃所率湘军进行天京决战之际，李鸿章督率淮军及“常胜军”攻陷苏州，大肆诱杀太平军降众。李鸿章杀性之健，方法之巧妙，比恩师有过之而无不及：在苏州娄门外军营，李鸿章以赐官授衔为名摆下酒席，宴请苏州太平军降将部永宽等八人，“甫就席，有军官自外入，投谍李公，李公就谍出。酒行，旋有武弁八人，各手一冠，皆红顶花翎，膝席前，请大人升冠。降酋不知是计也，竟扬扬得意，起立，自解其额上黄巾，手冠者俟其侧，从官尽起，目注之。转瞬间，八降酋之头血淋漓，皆在武弁之手。”杀掉八个领头者之后，早已部署好的淮军程学启部立即闯入苏州城，“无门不破，无处不搜，无人不魂飞天外”，被杀太平军和误杀平民尸横遍地，仅城内双塔寺院中就有三万多具血尸。屠城后二十余天过去了，一些外国人目击，这个院中“地上浸透人的鲜血”，苏州城“抛满尸体的河道仍旧水带红色”。李鸿章取得苏州之役胜利，对太平天国来说是雪上加霜。总理太平天国政事的干王洪仁玕叹息道：“安庆之失，天京已危，及苏州一陷，得救之望绝少矣！”乘势而进，紧接着李氏淮军伙同“常胜军”攻下常州。李鸿章组建的淮军喝着太平军鲜血迅速成长，踏着太平军将士的头颅高奏凯歌，在剿灭太平天国农民政权中立下汗马功劳，其重要作用仅次于曾氏湘军。李鸿章在太平天国都城天京陷落后，再次受到清廷重赏，被晋封为一等伯爵（伯号肃毅），并赏戴双眼花翎。

攻陷天京后，总督两江、督苏浙皖赣四省军务的曾国藩，所辖湘军多达三十万之众，其中直接指挥的嫡系部队十二万人。曾氏兵权过重、势力过大，招致清廷疑忌。清廷遂采取抑制曾国藩，扶植左宗棠、李鸿章的策略，曾氏十二万嫡系部队四万拨归左宗棠、三万拨归江西巡抚沈葆桢，而拥有水陆大军七万余众的淮军，仅做个姿态裁撤数千人而已。取得天京之役胜利还不到四个月，清廷就命曾国藩前往安徽、湖北交界处“督兵剿贼”，改由李鸿章署理两江总督。

“有军则有权。”在封建中国这是一个颠扑不破的真理。李鸿章署理两江总督后，奉清廷之命为督军“剿捻”的曾国藩调兵、集饷。筹饷尚好说一些，李鸿章巧立名目，甚至想出“粪桶捐”之类的金点子，从同治四年（1865 年）五月至同治五年（1866 年）十二月，为曾氏筹得饷银一千一百零六万九千八百零二两，其间还结余四万三千三百五十两，充分保证了曾氏花钱需要。但一旦要调用淮军部队，李鸿章就不讲师生情分了。他表面上听命清廷，先后调拨六万多淮军归曾氏指挥，背地里紧紧抓住军权不放。当时，曾国藩所辖“剿捻”大军八万多人，其中仅两万多人是裁撤之余的湘军，其余都是借调的淮军。这六万多淮军，全部装备洋枪洋炮，其中有独立的炮兵部队，是一支装备精良的近代陆军，李鸿章视为身家性命，哪肯轻易放弃权柄！曾国藩对李鸿章抓权不放、淮军不听调遣以致贻误战机，非常恼火，致信弟子泼撒火气：“目下淮勇各军既归敝处统辖，则阁下当一切付之不管，凡向尊处私有请求，批令概由敝处核夺，则号令一而驱使较灵。……以后鄙人于淮军，除遣撤营头必须先商左右外，其余或进或止，或分或合，或保或参，或添勇，或休息假归，皆敝处径自主持，如有不妥，请阁下密函见告。”曾氏此函实际上揭穿这样一个事实：此前从部队进退、奖惩、招兵到休息、放假，事无巨细，李鸿章都是暗中遥制的。李鸿章挨了老师一顿训斥，心生怨恨，写信对正在曾氏手下作战的淮军将领潘鼎新说：“湘军将帅，藐视一切淮部。如后生小子亦思与先辈争雄，唯有决数死战稍张门户。”但他并没有因挨训而将暗制淮军的手缩回来，只是形式上有所收敛而已。

捻军是太平军之后的反清主力。经赖文光整编后的捻军，步骑结合、灵活机动，善打运动战。因剿灭太平军而威震四海的曾国藩，却成为捻军手下败将。同治五年（1866 年）起，李鸿章任钦差大臣，奉命接过曾国藩的帅印，踏上征剿捻军的征程。李鸿章接受恩师剿捻的经验教训，妥善解决粮饷供应，实施“以静制动”、“划河圈地”的战略方针，不到两年时间，将曾辗转驰骋于湖北、河南、安徽、山东、陕西、山西、直隶各省，被清王朝视为洪水猛兽的捻军，剿杀于血泊之中。李鸿章在曾国藩幕府当参谋时，曾氏预言，李鸿章其人“或竟青出于蓝，亦未可知”，当时只是本着鼓励弟子的宗旨往高处说，对弟子能否真的超过师座，还心存怀疑，至李鸿章率军“剿捻”大获成功，方知应验这一预言只用了数年时间。同治七年（1868 年）七月初十日，清廷以平捻首功，赏湖广总督李鸿章太子太保衔，晋协办大学士。至此，李鸿章跻身于一品大员行列。

手握重兵，官运要来挡也挡不住。

同治九年五月二十三日（1870 年 6 月 21 日），发生震惊中外的天津教案。此案缘由是，法国天主教传教士在天津海望楼设立的教堂，吸收恶棍入教，迷拐幼孩，强占民地，民愤很大。同治九年夏，育婴堂虐死婴儿三四十人。据说，天津一带时而发生的婴儿拐骗案件，多与法国天主教堂有关，当地群众反洋教情绪很高。五月二十三日（6 月 21 日），天津官员带拐犯前往天主教堂查验，教堂门口群众蜂拥而至。法国领事丰大业要求三口通商大臣崇厚派兵弹压，崇厚没有把夷人的话当回事，只派了几个官兵敷衍，丰大业大怒，持枪赴崇厚衙门质问，秘书长西蒙执刀随行。这时，洋人威杀华官的消息飞快传开，百姓纷纷赶来，群情激愤。丰大业赶到崇厚衙门，出言不逊，并拔枪向崇厚连开两枪。崇厚推开丰大业。丰大业咆哮如雷，飞奔出门，拔刀向中国百姓乱砍，西蒙则挥刀为丰大业开路。归途中两人遇天津知县刘杰，刘知县劝两洋人息怒。

丰大业竟不知好歹，挥枪射向刘杰，结果击中其随从。此时，西蒙又向闻声赶来的中国百姓胡乱开枪。百姓怒不可遏，当场打死丰大业和西蒙，并将两具死尸扔入河中。百姓鸣锣聚众，乘机发泄长期积聚的怨恨，当场烧毁法、英、美教堂和育婴堂，击毙洋教士、洋商、外国职官二十人，其中法国十三人、俄国三人、比利时二人，意大利、爱尔兰各一人。案发后，英、美、法、德、俄、比、西七国联合抗议，各国军舰集结于天津海口和山东烟台，气势汹汹。法国向中国提出最后通牒，其海军蠢蠢欲动。当月二十五日（6月23日），清廷急命直隶总督曾国藩从保定赶赴天津查办。此案是非曲直明镜一般。但曾国藩腰杆子与朝廷态度一样软，为息事宁人，将天津知府张光藻、知县刘杰革职充军，斩杀爱国民众二十人、充军二十五人，赔偿洋人五十万两白银，重建被毁教堂。曾国藩的行径遭到国人唾骂谴责。八月初三日（8月29日），清廷将曾国藩调任两江总督，直隶总督要职由两江总督李鸿章接任，师生两人对换交椅。

直隶总督易位绝非偶然。

直隶省是清王朝北方最重要的省份。直隶，因直接隶属京师而得名，于清初正式定制为直隶省，省治保定。直隶地理位置重要，地处清王朝统治中心区域，居太行山脉与渤海之间，东濒渤海连接奉天，西据太行、恒山而毗山西，南与河南、山东接界，北枕塞外与内蒙相连；直隶省地域广大，当时范围相当于今河北全省，北京、天津两市及河南、山东一小部分。直隶总督直接辖区共十一府、九州、一厅、一百零四县。直隶总督负有拱卫京师、就近顾问之责，内为清廷依寄、外而表率督抚，历来为疆臣之首。这把交椅，清廷总是遴选强有力的宠臣来坐。

在列强环伺、内乱纷繁的年代，安内攘外靠枪杆子说话。此时曾氏湘军早已衰败，曾国藩也就成了明日黄花；李氏淮军装备、操练近代化程度已跃居全国之冠，成为王朝最精锐的拳头部队，李鸿章也就成了清廷眼里的香饽饽、直隶总督的最佳人选。

同治九年八月（1870 年 9 月），李鸿章从曾国藩手中接过直隶总督关防印信，就任直隶总督。这标志着在竞争激烈的仕途中，李鸿章一举超越曾国藩，成为同治朝官场红人。

十月，李鸿章权势进一步增大。清廷裁撤三口通商大臣一职，改为北洋通商大臣，管理直隶、山东、奉天三省通商、洋务，办理有关外交、海防、关税及官办军事工业等事宜，颁给钦差大臣关防。北洋通商大臣例由直隶总督兼任。李鸿章的权柄从此超出直隶范围，伸至山东登莱青道所辖的东海关和奉天奉锦道所辖的牛庄关。五年后，李鸿章奉命筹建北洋海军，在北洋沿海旅顺、威海卫等地建设军港船坞，山东至奉天一带重要军港、商埠，全部纳入直隶总督兼北洋大臣辖管范围。李鸿章因此成为有史以来权势最大的直隶总督。

李鸿章认识到，武器装备依赖洋人是不行的。他移任直隶总督伊始就宣称，“中国不亟图强兵经武，徒纷纷遇事张皇，事后苟且粉饰，必致失国而后已，可为寒心。”而要“强兵经武”，关键是走“中学为体、西学为用”之路，仿制西方军舰大炮，摆脱武器装备受制于人的局面。为建设陆军和北洋海军，李鸿章竭力控制经营以应用机器为基础的军事工业——江南制造总局、金陵机器局和天津机器局，简称沪局、宁局和津局。沪、宁两局始建于李鸿章任江苏巡抚、署理两江总督期间。沪局局址上海城南高昌庙，设翻译馆、汽锤厂、枪厂等，在龙华镇还设有制造洋枪细药和铜帽炮引厂，是一个以生产枪炮为主、修船造舰为辅的综合性新式军用企业。宁局位于南京雨花台，后有机器厂三个，翻砂、熟铁、木作厂各两个，并设火箭、洋药、水雷等局，能够制造开花炮弹、洋枪、抬枪、大炮、水雷、铜帽、炮位火门、车轮盘架、子药箱具等。同时，清廷为打破军事工业由汉人控制的格局，命崇厚筹建天津机器局，专门仿制炸弹、开花炮和各种枪械，李鸿章洞穿清廷意图，表面上奉命派员赴津参与筹办，实质上敷衍塞职，但不料时来运转，数年后坐上直隶总督兼北洋大臣宝座，就毫不客气将津局掌控起来，并大力扩建，增设铸铁、熟铁、锯木、洋枪、枪子、炼钢等厂，主要制造枪炮、子弹、火药、水雷，还进行修船造舰。发展到十九世纪八十年代，李鸿章得意地将津局称之为“洋军火之总汇”。李鸿章建设三家军火工厂很用心，清廷对其支持力度也非常大。据不完全统计，这三家军火工厂从创建到光绪二十年（1894 年），共耗费二千四百五十四万余两白银，占清政府近代军工企业投入经费的一半。

然而，李鸿章创办的中国近代军工企业，采取先购置后仿制的模式，“事事依样画葫芦”，到头来只能落入“随人作计，终人后也”的局面。对此认识逐步加深的李鸿章，试图培养自己的科学人才，建立自己的重工业基地，以改变这种被动局面，但收效甚微。

创办以“求强”为目的的军工企业实践，使李鸿章悟到一个道理：军工企业在西方国家整个政治经济体系中是一个环节，它好比大树上的一根树枝，单独将它折来插在大清的土地上，是难以成长的。要解决军工企业面临的经费来源枯竭、原料燃料供应不足、人才匮乏、技术落后等问题，必须建立一个完整的近代工业体系。他说："欲自强必先裕饷源，欲浚饷源，莫如振兴商务。"因此，"必先富而后能强"，求强必先求富。从这一思想基点出发，李鸿章奏办轮船招商局，奏设开平矿务局，倡办天津电报局和津榆铁路，创办上海机器织布局和漠河金矿等等，兴办了一系列民用企业，其中倡办电报、铁路、机器棉纺织厂等方面，属中国第一人。军企民企，林林总总，开近代洋务风气之先，他因此成为公认的洋务大师。

李鸿章由掌控兵权而居高位，凭居高位而兴办洋务，成为晚清政坛继曾国藩之后最具影响力的风云人物。

李鸿章在晚清大红大紫，连任直隶总督二十六年，加上后期复出担任两年，任期之长，创有清一代纪录。直隶总督一职初设于雍正二年（1724 年），由李维钧出任；最后一任为宣统三年（1911 年），由张镇芳出任。其间一百八十七年，担任过直隶总督有七十三人，一百任次，平均一个任期不到两年。在直隶总督这把交椅上稳坐五年以上的，仅十余人，其中任期最长的莫过于李鸿章，等而次之的当数方观承，共二十年。任期短的不足半年，乾隆四十四年（1779 年）、宣统元年（1909 年）等年份，一年之内频换四五人，板凳尚未坐热就更替换人。直隶总督走马灯似的换人，主要原因无非两条，一是缺乏合适人选，按照清任官惯例又需要及时补缺，因此以换待人；二是直隶不设巡抚，总督一人说了算，无人掣肘，位高权重，频繁更换便于朝廷驾驭。李鸿章一人任直隶总督长达二十八年，足见清廷对其有何等宠信。

李鸿章自荣登直隶总督后，掌军事、外交、经济大权，扩充淮军，建立北洋海军，事做得更大，官当得更顺，扶摇直上，宠荣至极。同治十一年（1872 年），升任武英殿大学士，成为正一品大员，仍留任直隶总督。三年后晋升为文华殿大学士。乾隆十三年（1748 年）后，大学士冠三殿三阁，以保和殿地位最高，文华殿次之。但乾隆朝后无人再授保和殿大学士，因此，李鸿章授文华殿大学士，实际上就是坐上殿阁大学士头把交椅，相当于首席阁揆，可谓荣耀至极。光绪二十年（1894 年）甲午战争前，赏戴三眼花翎，获此殊荣，李鸿章受宠若惊。按照清制，只有中宫所生女儿封为固伦公主者，其额驸才有资格配赏戴三眼花翎，也就是说，只有皇后所生女儿之夫婿才有可能获此冠饰。从此意义上说，李鸿章也就等同于龙婿了。自清开国以来，获戴三眼花翎的大臣只有三四位，都是满洲大员，汉臣获此宠荣，是破天荒第一遭。当时有人评价说，李鸿章“坐镇北洋，遥执朝政，凡内政外交，枢府常倚为主，在汉臣中权势为最巨”。至此，李鸿章跃上一生荣宠顶峰。当时实际掌握王朝大权的慈禧太后将其倚为心膂，对他的态度只能用两个字来表述：敬信。

光绪二十年（1894 年），即农历甲午年，中日甲午一战，李鸿章避战求和，苦心经营近二十年的北洋海陆军一触即溃，战争败北，标志着遵循“中学为用、西学为体”的洋务事业的失败。李鸿章代表清廷赴日本被迫签订丧权辱国的《马关条约》，随之从仕途顶峰跌落。清廷名为留其在京入阁办事，实际削夺其直隶总督兼北洋大臣之职，仅保留文华殿大学士，以保全名臣颜面。

年逾古稀的李鸿章，结束连任二十六年的直隶总督生涯，借住位于北京冰盏胡同 1 号的贤良寺（今王府井东校尉胡同 10 号），过起了闲适生活。贤良寺由雍亲王王府改建而成，邻近紫禁城，建筑宏阔，庭院幽敞，闹中取静。李鸿章在北京没有房产，只好借住于此。李鸿章在这里舐伤养晦：每日黎明即起，早点精少，临摹唐僧怀仁《集王书圣教序》碑帖，翻阅《资治通鉴》《庄子》等典籍；午饭饱食山珍海味，而后还要喝一碗稠粥、一杯清鸡汁，稍息后饮一盅人参、黄芩等中药调配的铁水，之后脱掉长衫、手拿短衣，在廊下散步，从此端走到彼端，来回往返，有一仆人为其计数，当仆人叫“够矣”后，掀帘坐于皮椅上，而后再喝一盅铁酒，边闭目养神，边由仆人为其按摩；随后午睡一二小时，仆人喊“中堂已起”后，与幕僚论古道今；晚餐量少，吃罢稍看书写信，随即就寝。这位老人看似闲云野鹤，实际上却是老骥伏枥，一双昏浊的老眼仍在审视过去、展望未来。在这个庭院里，他对幕宾、曾国藩孙女婿吴永，掏了心窝子：

> 我办了一辈子的事，练兵也，海军也，都是纸糊的老虎，何尝能实在放手办理？不过勉强涂饰，虚有其表，不揭破犹可敷衍一时。如一间破屋，由裱糊匠东补西贴，居然成一净室，虽明知为纸片糊裱，然究竟决不定里面是何等材料，即有小小风雨，打成几个窟窿，随时补葺，亦可支吾对付。乃必欲爽手扯破，又未预备何种修葺材料，何种改造方式，自然真相破露，不可收拾，但裱糊匠又何术能负其责。

他将清王朝视为“破屋”，将自己视为“裱糊匠”，可谓形象深刻。

李鸿章毕竟是淮军和北洋海军的缔造者，又担任朝廷重臣二十余年，门生故吏遍布朝野，他们掌握着军政大权。这位重臣实权没了影响仍在，仍是朝廷赖以支撑的栋梁。当暴风骤雨袭来时，王朝统治者还得抱住这根大柱子，还得缠以红绸子之类，指望他发挥余威，以防“破屋”之倾覆。慈禧太后扼杀康梁维新、幽禁光绪帝后，光绪二十五年（1899年）十二月，诏请李鸿章复出，署理两广总督。光绪二十六年（1900年），农历庚子年，八国联军侵入中国并占领北京，仓皇西逃的慈禧太后，将乞和保命希望寄托于李鸿章，任命他为直隶总督兼北洋大臣，北上与联军议和。获悉自己又要东山再起，恢复往日的荣耀，李鸿章自负之情溢于言表，公然对属下吹嘘说：“舍我其谁也！”庚子之夏，李鸿章穿蓝葛布短衫，着鲁风履，在将军、巡抚以下官吏的簇拥下，从广州天字码头登上“平安”轮北上。抵京后，他又寓居贤良寺，不过这次他是以直隶总督兼北洋大臣的身份回来的。他作为清政府全权代表与西方十一国列强公使签订《辛丑条约》不久，于光绪二十七年九月二十七日（1901年11月7日）肝疾迸发，吐血而死，终年七十八周岁。

李鸿章死时身份为大学士、一等伯、直隶总督兼北洋大臣。死后哀荣超常，追赠太傅，位列“三公”，晋封一等侯爵，入祀贤良祠，赐谥“文忠”。清廷还赐予其在京建立专祠殊荣，为此颁发上谕说：“京师建立专祠，汉大臣向无此旷典。惟该大学士功绩迈常，自宜逾格加恩，以示优异。”

据说，弥留之际，李鸿章“两目炯炯不眠”。在场人抚其目，并说：“未了事，我辈可了，请公放心去。”他这才闭了眼，但仍涕流不止，口中喃喃欲语，伤心不已。但究竟要说什么，谁也听不明白。

不知这位晚清红人为何不肯闭眼，不知他还想给这个世界留下几句什么话。

12. 光绪朝红人/袁世凯

乱中取胜

那小女子很特别，进了房掩上门，也不张嘴要银子，也不大大咧咧脱衣服，而是给他敬上一杯香茗，斯斯文文地坐在床沿上看着他，轻言细语与他拉家常。说话间袁世凯知她姓沈，苏州人；她从他的长相中就猜出他是“北方大哥”。这位沈姓小女子，宛如黄浦江畔的一盏航标灯，使他从滔天浊浪中浮出来，振作精神重新走上寻求高官厚禄之路……面对天崩地裂的突发事变，具有斗士的禀性、过人的胆魄、敏锐的政治判断力，乱而不怯，乱中奋起，驭乱取胜，是袁世凯在清末乱世青云直上、大红大紫的一个奥秘。

历史进入咸丰朝，天朝大国礼崩乐坏，局势纷乱，昔日至尊皇权，此时岌岌可危。有一人物，生于乱世，乱中崛起，乱中取胜，乘乱直上，很快走红于末世王朝，最后问鼎权坛，成为中外瞩目的风云巨头。

此人就是袁世凯。

咸丰九年八月二十日（1859年9月16日），袁世凯在河南东部陈州府项城县东北郊二十公里的袁家寨呱呱坠地。他是父亲袁保中小妾刘氏所生三子中的老大，若与父亲大老婆所生一堆儿子放在一起，排行第四。后来，家人为他取字慰庭（又作慰廷、慰亭）。当时官场习俗，达官贵人常以原籍地名代替其名，因此袁世凯发迹后，人们又称他袁项城。袁世凯叔父袁保庆，与妻子牛氏久婚不育，后生二子均夭折，年逾四十膝下无嗣，遂将七岁的袁世凯过继为子嗣。过继当年，袁世凯随为官赴任的嗣父远离故土，先后到济南、南京生活。

袁世凯出生前后，封建中国暮年重疾，内忧外患，国中有国，乱象横生。清王朝进入最黑暗的时期。

论外患，英法帝国正发动加速中国殖民地化的第二次鸦片战争，两国舰队由南向北沿着天朝大国的弓形海岸线，一路袭扰攻掠，大施坚船利炮淫威，病入膏肓的天朝大国却无力引弓击寇，眼睁睁瞧着金发碧眸的入侵者一举攻陷皇城，在她的心脏地带胡作非为。

论内忧，太平天国运动如火如荼，太平军横扫长江以南广大地区，占据半壁江山，落第秀才洪秀全立国称王，建都南京，与大清王朝分庭抗礼；与太平军相呼应，淮河流域一带在暴政高压下走投无路的大批庄稼汉，聚集于五色旗下，扛起“捻子”大旗。皖北、豫东是捻军活跃地区，这支打五色旗的队伍很快攻占临淮关、雉河集。地处淮河上游的豫东项城，与安徽临泉县接壤，离捻军根据地雉河集仅五十多公里，是捻军经常出没之地。捻军多为轻骑，攻寨掠地，飙飞电掣，呼啸而来，绝尘而去。捻军经常袭扰项城一带寨堡，闹得大户财主惶惶不可终日。大户财主纷纷筑寨自保，一般大县有寨堡二百余所，小县也逾百所，项城境内有寨堡一百七十所之多。

袁世凯一身血污临世之际，袁氏一家正在兴头上。当时，新生婴儿的叔祖袁甲三正好攻克捻军根据地临淮关，为清王朝立下赫赫战功。家人遂将孩子取名“凯儿”，寄意孩子将来能承继祖业，建功立业，凯旋故里。不料，此时捻军一队骑兵呼啸而至，对袁家寨展开猛攻。寨丁们在主子的指挥下，舞着火把，登城抗击。枪炮声，马嘶声，喊杀声，啼哭声，交织在一起。在新生婴儿的啼叫声中，袁家寨成功抵住捻军的攻击。袁家寨的人们相信，这份好运气，正是“凯儿”给他们带来的。

袁世凯生于乱世，长于乱世。河南、安徽、江苏一带，是太平军、捻军与清军激烈争夺的主战场，项城及其周围村庄自然难逃战祸频仍、兵荒马乱之劫。同治三年（1864 年），袁世凯五岁，强悍捻军再次对袁家寨发动进攻，马奔枪鸣，杀声震天。袁氏家族几十口，加上数十户庄丁佃客，凡十五岁以上能使兵器的，均持刀执枪，登城御敌。家人带袁世凯到寨垣上观战，面对刀光剑影、杀声连天的战乱景象，这个乳臭未干的毛孩竟镇定自若，“略无惧色”。少年袁世凯，就是在你死我活的血腥故事、杀人放火的战乱场面中吸吮精神养分，发育成长的。

袁世凯不是循规蹈矩的料。青少年时期，他也想走正途，从科场里边杀出一条路来，由秀才而举人，由举人而进士，读圣书做高官。但是，光绪二年（1876 年）、五年（1879 年）两次参加乡试，均名落孙山，他的梦想随之破灭。他对科举制度恨之入骨，再度落第的那年秋天，他将过去赶考所作诗文书稿、友人书信、笔墨纸砚，统统扔到院子里，付之一炬，切齿说：“大丈夫当效命疆场，安内攘外，岂能龌龊久困笔砚间，自误光阴耶!”这把火还不是他对封建科举仇恨的终结，他在日后掌握大权后，把仇恨填进炮膛，对准一千二百多年的古老门槛，实施毁灭性轰击。

读书没读出名堂来，令袁世凯汗颜和懊恼，但并没有令他绝望。祖父两辈从戎发迹的鲜活故事，犹如一只无形巨手，将他推上另一条追求升官发财之路。

袁氏祖上以“书香门第”自诩，崇拜皇权，拥戴皇帝，依附皇帝追求高官厚禄的欲念铭心刻骨。曾祖袁耀东渴求功名，但运气不佳，一生最耀眼的亮点是得了个“庠生”的名头，勉强跻身秀才行列，但他官迷心窍，孜孜以求，没日没夜用功读书，结果积劳成疾，年仅四十就呜呼哀哉，倒毙在青灯黄卷、渴求功名的道路上。读书最有出息的是袁世凯叔祖父袁甲三，二十九岁考中进士，随即跻身官场，从礼部主事六品官做起，一路春风得意，在袁世凯出生前后几年里，署理钦差大臣，督办安徽军务，当上漕运总督。袁甲三凭功名仕途，光宗耀祖，使袁家一跃成为当地的大望族。袁世凯出生前六七年，捻党张乐行在安徽亳州起事，造反的捻军打破原有封建秩序，打烂士人科举入仕的常规，皖北豫东再也摆不下一张平静的书桌。靠读书做大官的袁甲三对捻军恨之入骨，咸丰三年（1853年），也就是袁世凯出生前六年，奉命从皇城赶赴安徽前线，给安徽团练大臣、工部侍郎兼署刑部左侍郎吕贤基当助手，成为“帮办团练大臣”，不久独率一支军队，多次挫败捻军领袖张乐行所率部队，成为捻军死硬劲敌，后来还与太平天国悍将陈玉成、李秀成交过手，为大清王朝立下赫赫战功。

咸丰三年对不少京官而言，是人生命运大转折之年。

就在这一年，曾国藩奉命在湖南老家办团练，创建后来名声赫赫的湘军。也就在这一年，工、刑二部左侍郎吕贤基奉命回安徽老家督办团练，随他返乡剿捻的还有后来比他名声更响亮的李鸿章。面对共同的敌人，袁甲三与曾国藩、李鸿章等人互相勾连，在血与火的疆场上结下不解之缘。本想效法袁甲三青云直上的袁氏子孙，对断其进身之途的捻军恨得咬牙切齿，认为捻军“上逆天理，下违父教”，在叔祖父袁甲三率领下，袁氏一门纷纷投入消灭捻军的队伍。袁甲三长子袁保恒、侄儿袁保庆，都投到袁甲三麾下带过兵。袁保恒是道光三十年进士，像其父科举入仕，风风光光地当过翰林院编修、检讨等职，随后随父从军；此人颇有带兵打仗天赋，与捻军作战屡屡得手，官运亨通，到咸丰七年（1857 年），也就是袁世凯出生前两年，因战功授侍讲学士衔，官拜从四品，获赐顶戴花翎，次年获“伊勒图巴图鲁”（勇士之意）封号；同治七年（1868 年）到李鸿章军中委用，山东平捻结束时加三品衔，授侍讲学士；后随左宗棠赴陕，同治十一年（1872 年）肃州战役后获头品顶戴，两年后擢升为户部左侍郎、内阁学士，光绪元年入京任吏部侍郎、刑部侍郎等职，成为朝廷大员，也成为袁氏家族中功名仅次于袁甲三的二号人物。袁保庆随叔父袁甲三征战半生，叔父死后奉旨补任知府，后任江南盐法道，官至正四品。袁甲三幼子袁保龄曾入李鸿章幕府当幕僚，为其器重，后来成为朝廷最高决策机构的一名高参。

祖辈从军发迹的经历，以及他们在奋斗过程中与大批文臣武将，特别是与兹后跃升为朝廷顶级重臣的曾国藩、李鸿章等人结下的情谊，对袁世凯的人生选择，对他日后踏入官场、攀枝高升，产生极为重要的影响。

袁世凯急于找到一条青云直上的捷径。求功名求到二十岁，科场竟给他判了个死刑。第一次乡试落榜后，光绪二年（1876 年）岁末，雪过天晴，他迎娶陈州一于姓大户人家的千金做妻子，两年后长子袁克定出生。袁世凯官欲旺盛，娶妻生子、为人夫为人父之后，更是求官心切。第二次乡试落第前夕，按照当时捐纳制度，报捐了一个中书科中书的虚衔。中书科中书是个从七品官，而且并没有实际到任，只是画饼充饥、自欺欺人，袁世凯想起来每每不舒服。然而，自己一无才学，二无靠山，捷径何求？曾任江南盐法道肥差的嗣父袁保庆，同治十二年（1873 年）夏天患霍乱死去，少年袁世凯抚棺返回故土，不得不结束滋润的纨绔生涯。第二年春，因军功擢升内阁学士的叔父袁保恒返乡省亲，在袁氏十数个少年中独独看中了袁世凯，把他带到京城读书，袁世凯又有了新的靠山，但好景不长，他十八岁那年，调任刑部侍郎的袁保恒染上时疾，死于赴河南开封帮办赈务任上。两座靠山先后崩塌，不学无术的袁世凯，只好选择不占什么便宜的为官捷径——花钱捐官。他硬着头皮向亲友告贷，看尽了脸色，听饱了胀话，好歹凑了千余两银子，于光绪六年（1880 年）春，辞别母亲、妻儿，兴冲冲奔到京城捐官。谁知白花花银子流水般出去，那些个自称手眼通天、胸脯拍得嘣嘣响的公子哥们一个个消失了。等到行囊空空、钱袋瘪瘪，袁世凯才明白自己被京城的纨绔子弟们耍弄了。他在京城客栈里忿忿然睡了三日，粒米未进，被客栈老板扫地出门。欲哭无泪，走投无路，袁世凯在京城街头茫然孤踱。这时有辆马车擦身而过，在他前面不远处停住，帘掀处探出一张脸来，四目痴对许久，才异口同声叫了声："真的是你呀！"原来，此人是袁世凯盟兄徐世昌。当年袁保恒去世后，袁世凯在嗣父袁保庆名下，分到叔祖袁甲三生前在陈州府置下的一座小宅院，便在那里组织起“丽泽山房”、“勿欺山房”两个文社，附庸风雅，过起诗酒文人的生活。一日，袁世凯正在书房读书，有位秀才前来拜访，两人一谈便觉投缘，从中午直谈到深夜，仍觉谈兴未尽。于是，两人换帖结拜兄弟。这个秀才姓徐名世昌，字菊人，天津人，正在陈州授馆课童，袁世凯称他“菊人兄”。袁世凯见菊人兄一肚子好才学，却窘迫得没盘缠进京赶考，慷慨解囊，送他几百两银子，使他得以启程。进京后，徐世昌果然大有出息，中举人，中进士，入翰林院做了天子近臣。这晚得知袁世凯穷途落魄内情后，徐世昌很快凑了三百两银子，嘱他回家后再凑些银子，到天高皇帝远的南方找叔祖、叔父的老关系去捐官，说罢雇了辆马车送他返乡。

返回故乡一个月后，袁世凯带着七拼八凑的一千五百两银子，再次背井离乡，按照徐世昌指点，奔赴南京寻求前程。然而，盘桓十几天，跑遍亲朋故旧宅邸，袁世凯还是没捞到一官半职。平素好色的袁世凯，沮丧之时便在秦淮河的烟花巷里寻求解脱。数天后，他清醒了，知梁园虽好终非久留之地，便前往素有冒险家乐园之称的大上海去撞大运。大上海洋气繁华，街头行人如蚁，但袁世凯觉得莫名地孤独。举目四顾，这座大城市竟找不到一张熟悉的面孔。暮色苍茫，袁世凯不由自主走向红灯笼高高挂的地方，那里是妓院，螺蛳一样附在门口的热辣辣的风尘女子，给他带来一时的慰藉。一连十几天，他一家接一家地逛着上海滩的青楼花巷，领略江南女子的万种风情。有天夜里，他又来到一家挂红灯笼的妓院，也没抬头看看招牌就闯了进去，娴熟地向鸨母扔去一大锭银子，在鸨母随之唤出的一长排姑娘中，点了一个俊脸蛋上没媚笑的娇小丫头。那小女子很特别，进了房掩上门，也不张嘴要银子，也不大大咧咧脱衣服，而是给他敬上一杯香茗，斯斯文文地坐在床沿上看着他，轻言细语与他拉家常。说话间袁世凯知她姓沈，苏州人。她从他的长相中就猜出他是“北方大哥”。姑娘问，大哥这样一个读书人怎么也到这种乱糟糟的地方来。袁世凯一下无言以对。沈姑娘察觉了，说像大哥这般眉宇间英气逼人的栋梁之材，即便科场不济，也是有千条路万条路可走的。袁世凯听了为之心动，心想这烟花巷中竟还有这等慧眼不凡的奇女子。沈姑娘又道：小女子虽是青楼一贱人，但也听说如今官场并非只一扇大门，只要肯钻营，旁门、侧门、后门也都是进得去的。我看大哥绝非平庸之辈，岂能与那班瘪三一个样子，在这乱糟糟的地方埋没自己！沈姑娘的一席话触到袁世凯的心痛之处，使他回想起生父、嗣父、叔父对他的殷殷期待和苦心栽培，羞赧不已，心想自己功不成名不就，竟跑到这种地方醉生梦死，岂非形同禽兽。他爱上了这个苏州小女子，打开的话匣再也合不上。一连三天，两人说呀说，仿佛有说不尽的话。第四日凌晨，小女子将自己全部积蓄包进袁世凯衣服里，一字一顿地说：哥哥今日一走，小女子就下洗衣房干活，从此不再接客，待赎出自家身子，一心专等哥哥。只盼哥哥早日成就功名，来接小女子。小女子愿做牛做马，服侍哥哥一辈子。袁世凯听着不禁流了泪，没有海誓山盟，只是把她搂得紧紧的。

这位沈姓小女子，宛如黄浦江畔的一盏航标灯，使他从滔天浊浪中浮出来，振作精神重新走上寻求高官厚禄之路。

袁世凯远奔广东潮州，投到潮州府知事兼办海关周馥门下。周馥官虽不大，但兼着海关肥差，倒是有钱。此人是袁世凯嗣父袁保庆至交，当年曾得袁保庆力荐，投靠朝廷第一红人李鸿章做文牍，得到李鸿章器重，才有了眼下出息。周馥不忘旧恩，不到两个月，就花银子为袁世凯捐了个正五品同知。袁世凯没有白跑，连升四级，从七品官一下升到了正五品官。圆月当空的夜晚，袁世凯又情不自禁地想起上海滩的那位奇女子，想起她那番铮然有声的劝说。周馥知他有抱负，不愿他误在自己手里，说本想把他推荐给李少荃爵师（即李鸿章），但人家现在是直隶总督兼北洋大臣，位高权重，一下不好冒渎，只好先推荐给他的女婿、记名道张佩纶。张佩纶是周馥同年至交。袁世凯带着推荐信北上，初秋时节赶到直隶总督府所在地天津，费了一番周折找到张佩纶。但张佩纶看完信直摇头，前来求官的人快把总督府的门槛都踏烂了，僧多粥少，他实在无能为力。张佩纶看在周馥情分上没打发他走人，要他先在府中打打杂，待机找差。

袁世凯满心不情愿地在总督府打着杂，盼星星盼月亮等待好消息，但张佩纶告诉他，空缺的都是一些芝麻官。袁世凯很焦虑，自己年已二十出头，靠人家的银子捐到五品同知官衔，却一屁不值，只是一个虚名好听而已。这让野心勃勃的袁世凯时常产生强烈的饥渴感。循规蹈矩赶科场没出息，循规蹈矩花银子捐官同样没出息。堂堂七尺男儿岂能如此虚度光阴！到年底，张佩纶看他满脸愁云的样子，也没什么好办法，搜索枯肠，给他指了条路子，要他去投李鸿章部属、淮军统领吴长庆试试。张佩纶本来只是试着说说，没想袁世凯一听来了精神。袁世凯心想，自己叔祖、叔父都是从军发迹的，大概老天爷要叫袁家后代都吃这碗饭的；再说，袁吴两家交谊深长，吴长庆还是嗣父袁保庆的拜把兄弟。于是，光绪七年（1881 年）春节刚过，时年二十二岁的袁世凯，迫不及待地辞别张佩纶，出津门，渡海河，兴冲冲奔赴山东登州，投入淮军重要统领吴长庆幕下。

袁世凯当是属于乱世的。平静的生活将他淹没，沧海横流的汹涌波涛却将他高高托举。

机会终于到来了。光绪八年（1882 年）6 月，朝鲜局势大乱，战云笼罩，如同一只引燃的火药桶，随时可能爆发。事件起因是，清同治三年（1864 年），朝鲜国王李升死去，十二岁的李熙以支系继承王位，因其年幼由父亲大院君李罡应摄政掌权。同治十二年（1873 年）李熙亲政，大院君交出权力，因李熙生性懦弱，最高权力渐渐落入闵妃为核心的亲日外戚集团手中。闵妃背后的闵氏集团，是朝鲜世家巨族，政坛上很有势力。日本国在明治维新后实力大增，急于扩张，积极推行“大陆政策”，把吞并朝鲜作为实现其战略图谋的第一步。光绪二年（1876 年），日本逼迫朝鲜签订不平等的《江华条约》，否认大清国对于朝鲜名义上的宗主权，从此在朝大肆扩张其政治经济势力。大院君不甘心失去大权，闵妃集团便废除其创建的军队，剪除其羽翼，另聘日本教官编练军队。改革军制，毁了很多官兵的饭碗。留在军营的官兵因拿不到军饷怨气冲天。日本势力在朝扩张，引起朝鲜国内很大不满，加之闵妃集团自恃有日本做后盾，骄横跋扈，为所欲为。光绪八年六月九日（1882 年 7 月 23 日），汉城欠饷士兵首先揭竿而起，杀死贪官污吏，攻占武器库，焚毁权贵宅第，袭击日本使馆，处决日本教官，包围王宫，闵妃在乱中乔扮宫女仓皇出逃。原先失势的大院君集团乘机卷土重来重掌大权。日本闻讯后，谋划借机出兵朝鲜，用武力夺取更多权益。清政府接到驻日公使情报和闵妃派出的专使金允植、鱼允中求救后，决定派水师统领丁汝昌率三艘军舰、淮军统领吴长庆率六营官兵急赴朝鲜。因 1882 年为农历壬午年，发生在朝鲜半岛的这场兵变，史称“壬午兵变”。

光绪八年七月初十日（1882 年 8 月 23 日），吴长庆率本部人马，乘运兵船从山东登州启程，向朝鲜进发。年近二十三岁的袁世凯十分豪迈，任凭海风拂面，屹立船头，放眼远眺，大有“仰天大笑出门去，我辈岂是蓬蒿人”之感。听到要往朝鲜平乱的消息，袁世凯兴奋得睡不着觉。他在写给兄长的信中说：“弟限于资格，中原难期大用。抵高丽，能握兵权。”他还说，“既建功业，不愁朝王李熙之不我用。”他断定，“李熙，庸主耳，无能为，夺其政权归我掌握，犹反手也。”很难相信，这些话出自一个二十出头的青年之口。但青年袁世凯就以这等口气说话。他以超人的政治嗅觉，一下认准，异国之乱是自己千载难逢、出人头地的良机；一下明白，自己到朝鲜后应当干什么，应当怎么干。

袁世凯决意抓住这次机遇，在吴长庆面前好好露一手。一年多前，吴长庆接纳袁世凯，本意是要他读书赶考。当时，南通籍状元张謇在吴长庆幕府中任首席幕僚，吴长庆便命袁世凯拜张謇为师，学习诗文。袁世凯见吴长庆也要他读书赶考，暗自叫苦不迭，但他一时不敢逆吴长庆之命。吴袁两家交往，开始于袁世凯叔祖袁甲三时代。吴长庆父亲吴廷襄，当年是安徽庐江地主团练首领，咸丰年间太平军围困庐江，吴廷襄派吴长庆前往宿州向袁甲三火速讨救兵。袁甲三一时拿不定主意，向子侄们讨主意。袁保庆以“绅士力薄，孤城垂危”为由，力主驰援；袁保恒则以“地当强敌，兵不能分”，反对救援。结果，争论数日，庐江被太平军攻占，吴廷襄被杀。从此，吴长庆与袁保恒绝交，而与袁保庆“订兄弟之好”，情同手足。袁世凯是袁保庆嗣子，为报袁保庆当年恩德，吴长庆有意让袁世凯好好读书，登科场谋功名。这种阴差阳错的安排，令袁世凯哭笑不得。袁世凯硬着头皮去啃书，但心猿意马，哪里啃得进去。据师傅张謇回忆，袁世凯文章做得一塌糊涂：“謇曾命题，课以八股，则文字芜秽，不能成篇，謇既无从删改，而世凯亦颇以为苦。”但他发觉，此人虽非读书材料，“偶令其办理寻常事务，井井有条，似颇干练。”课读间张謇问及袁世凯志趣，知他心思不在科场功名，而在于投笔从戎、请缨赴战。张謇遂主动向吴长庆推荐袁世凯。袁世凯本善于钻营，且时常忧国忧时，“作激昂慷慨之谈”，很快博得吴长庆好感，视他为“有造之士”，将他超拔为庆军营务处帮办，月薪三十两银子。袁世凯春风得意，常令差弁打着“帮办营务处袁”的明晃晃衔灯，在庆军夜营里到处转悠。投奔吴长庆，是袁世凯人生重大转折，他从此踏上了军事政治生涯。吴长庆是将袁世凯领进官场的第一人。虽然论官阶，营务处帮办草芥之微，没品级、不入流，但扎扎实实是个官，一个月三十两白银看得见摸得着，袁世凯很重视自己好不容易谋来的头一个官位。

运兵船乘风破浪抵达朝鲜南洋港，眼前是危机四伏的陌生国度，许多官兵战战兢兢。吴长庆命一营为先锋队，迅速抢滩登陆。一营营官竟然抗命，要求在近海先探明动静，稍作休息后再抢滩登陆。下属不听指挥，吴长庆非常窝火。这时，袁世凯跨步上前，高声请求由他充当先锋，率先发起攻击。吴长庆大喜，当即宣布撤掉一营营官，由袁世凯取代。袁世凯随即杀气腾腾宣布军纪，挥率本营人马出击。当他一马当先冲到岸边时，发觉岸上只有几十个朝鲜士兵。他们见大清国舰队驶来，早已在港口毕恭毕敬列队迎候。袁世凯抢滩登陆未遇半点风险，立下头功，轻松捡了个营官，而且其威名在庆军中广为播扬。吴长庆赞赏张謇有识人慧眼，曾对他说："慰庭真不错，不负张先生识拔，我应向张先生道谢!"

让吴长庆惊喜乃至惊诧的还在后头。庆军入朝后军纪松弛，奸淫抢掠时有发生，这有失天朝大国脸面。吴长庆将令箭颁与毛遂自荐的袁世凯，令他全权督查军纪。可就在授权当夜，当地有一族长来找吴长庆告状，说又有一伙士兵抢劫百姓鸡鸭鱼肉，吴长庆一听大怒，找来袁世凯责问为何不严肃军纪。吴长庆话音刚落，袁世凯已令手下人拎来七颗血淋淋人头，一下掼在地上，说已请出吴大帅令箭，将违犯军纪士兵中七个为首的当众正法。族长看到七颗满是血污的人头，早已哆嗦着拜倒在吴长庆脚下，连连赞颂清军军纪严明。吴长庆大大长了面子，拍着袁世凯肩膀连连道：好孩子好孩子，真不愧是将门虎子！军纪从此大为好转，士兵们则对他又怕又恨，暗地里写了一首骂他的打油诗："本是中州伪秀才，中书借得不须猜。今朝大展经纶手，杀得七个人头来。"袁世凯连出两下非常之招，赢得吴长庆极大信任。吴大帅把军中内务全部委托袁世凯管理。

庆军在朝鲜站稳脚跟后，决定设计擒拿大院君李罡应。他们了解到，这次兵变背后的策动者就是大院君，一旦把他抓起来就会群龙无首。大院君藏于宫中，深居简出，防范很严。十三日（26 日），吴长庆等三位将领未带一兵一卒前往宫中拜访大院君，会谈时气氛十分友好，临别时邀请他次日来庆军大营回访。李罡应打消疑虑，第二日果然践约回访。早已受令的袁世凯负责封守在营帐大门口，非常客气地挡住李罡应的卫队，请他们到侧帐中休息，毫无戒备的卫队刚进侧帐，袁世凯布下的清军早已手起刀落，将他们全部诛杀。袁世凯返回中帐内，一个眼神，士兵们呼啦上去，轻而易举将李罡应捆个结结实实。接着，袁世凯速带一彪人马连夜行动，出其不意，将附从李罡应的叛军一一击溃，军营里到处是滚落的头颅，喷洒的鲜血。当日上午，袁世凯请示吴大帅后，第一个闯入宫中，找到曾向清政府求援的金允植，在他带领下找到国王李熙。李熙为早日掌权，当着袁世凯的面写下致吴长庆等人的手书，请求速派兵剿灭乱党，并号召全国民众协助清军平乱。李熙重新掌握王权后，很快将逃亡在外的闵妃接回宫中。袁世凯知道控制朝鲜政权的实际上是这个女人，她一回王宫，他就抢着第一个进去向她道贺。李熙又在自己女人面前，把袁世凯的丰功伟绩和杰出才干好好赞颂了一番。王公贵族们纷纷来拜见闵妃时，惊诧地发现闵妃正与一位大清国青年军官亲切晤谈，便对这位青年军官敬畏有加。闵妃对大清国这位能干又殷勤的青年将领很有好感，心中从此烙上了“袁世凯”三个汉字。

吴长庆高度评价袁世凯在这次赴朝平乱中的表现，称他“治军严肃，调度有方，争先砍剿，尤为奋勇”，并奏报朝廷给予褒奖。吴大帅的这个评价对一名军官来说，是求之不得的：治军能严得起来，而且有勇有谋，这起码具备将才的资质了。直隶总督李鸿章阅读朝鲜平乱战报，对出现频率很高的“袁世凯”留下了很深印象，在奏请朝廷奖励赴朝有功人员名单上，“袁世凯”三字赫然在列，并称他“治军严肃，剿抚应机”，建议朝廷以同知补用，并赏顶戴花翎。于是，袁世凯的名字，第一次进入清王朝核心统治层的视野里。

应当说，李总督比吴大帅更具识人眼光。李总督远在万里之遥，凭着一鳞半爪的战报，就抓住了袁世凯本领中最与人不同之点，就是临危不乱、长于应变。吴大帅对手下这位青年军官的评价虽没有李总督到位，但使用时并没有欠亏，把他视为庆军中第一有为青年。他把军营内部管理事务全部交给张謇，委任袁世凯全权处理外交事务。袁世凯喜出望外，拥有这一职位，等于占据了了解和控制朝鲜的最佳位置。这一任命，使袁世凯一跃成为大清国驻朝军队乃至清政府在朝的代言人。

平地一声雷，袁世凯在壬午兵变中扶摇直上，登上大清国军事政治舞台。

青年袁世凯有志有心。他一抵朝鲜就学习朝鲜语，不久就达到借助手势可以与朝人直接沟通的水平。平定李罡应乱党，使其威名远播，“袁世凯”三字的响亮程度甚至盖过朝鲜国王。但他并没有因此晕晕乎乎，头脑十分清醒，知道自己现在是光着屁股坐花轿——徒有虚名，要真正大有作为，必须掌握实权，掌握一支听命于自己的军队。他利用与朝鲜国王和闵妃亲近的便利条件，在与国王夫妇开怀畅饮、肠热意酣之际，建议朝鲜摒弃老掉牙的旧军制，扔掉大刀长矛，采用西洋军制，装备西式枪炮，编练一支新军，以巩固王室的统治权。国王王妃听了大喜，亲赴庆军大营，指名道姓要求拜袁世凯为上将军，为朝鲜编练新军。吴长庆将此禀报北洋大臣，北洋总署很快发下委任状，委派袁世凯帮助朝鲜编练新军。不到两年时间，一支一千人的新军果然编练成功。尤其值得注意的是，袁世凯编练的这支新军不是采用淮军操典，而是采用英德操典，其中英制四哨、德制一哨。袁世凯身为淮军军官，却清醒认识到淮军体制已老旧落伍，他将编练朝鲜新军作为探索西法治军的试验平台，而且有意对英德两制孰优孰劣进行比较。光绪十年二月（1884 年 3 月），国王李熙和吴大帅，率朝鲜王公贵族和各国驻朝使节、代表，在汉城春塘台阅兵，对装备精良、军容严整、战技精湛的新军赞叹不已。在朝鲜君臣的喝彩声中，袁世凯幼读兵书、酷爱尚武、用兵如神的故事，有鼻子有眼地传播开来。加上袁世凯对清政府极力维护在朝宗主国地位的战略意图心领神会，想方设法与日本势力进行角逐，在朝极力推行怀柔政策，深得朝鲜民众拥戴。《容庵弟子记》载：朝鲜民众按照传统方式，纷纷立木牌以旌其功德。每当袁世凯夜行外出，居民主动张灯燃火导行，妇女则以竹竿挂灯，从门缝中挑出，甚至沿途有人折屋草做火把，以至袁世凯所到之处，无不“火光烛天”。后来，朝鲜百姓还专门成立灯会，轮流值勤，袁世凯一旦夜间出行，“辄以碧纱灯百十夹引以为常”；汉城百姓还自发为袁世凯建立多处生祠，供奉香火，虔诚瞻拜。这一记载，不免有些“蒸馒头”，但袁世凯在朝鲜的影响可想而知。袁世凯心很大，这些正是他渴望拥有的政治资本。据一本张謇传记中说，有日袁世凯酒后对张謇说：李王懦庸，不足扶持；吴帅胆小，难图大事。他欲取韩王而代之，请张謇为其谋划主持。当时，直惊得张謇张口结舌。不知是否确有此事，然吴长庆对手下这位越来越不寻常的青年日渐戒备，倒是事实。袁世凯嗅觉灵敏，知道自己的影响力对吴大帅已产生威胁，怕这位顶头上司整他，暗中运作，打算带着捞到的资本调回国内。袁世凯身在异国他乡，并没有忽视与朝廷紧要关系的联络，蓄意为自己的未来前程布下关系。他把从朝鲜搜罗到的奇珍异宝，悄悄送给清廷挂靠得上的官吏，最重的一份总是送给李鸿章女婿张佩纶。张佩纶被袁世凯搞得晕晕乎乎：这个河南佬，我并未给他帮什么大忙，他为什么老给我烧高香？

光绪十年（1884 年），法军将战火从越南烧向中国西南边陲，清政府的神经再一次高度紧张，唯恐产生连锁反应，遂命李鸿章加强所有边防。李鸿章立命吴长庆率在朝三营军队回国，余下三营仍然驻朝。峰回路转，柳暗花明，袁世凯怎肯放过这一天赐良机，于是加紧活动。这回，张佩纶这条放长线钓了多年的大鱼终于派上了用场，他在自己岳父泰山那里不失时机地吹风，说袁世凯是朝鲜事务专家，又是袁甲三将门之后，总而言之，这也好来那也好，大清国在朝最高军事统帅一职非袁莫属。吹风果真奏效，李鸿章以袁世凯军功卓著、外交老练为由，奏请朝廷同意，任命袁世凯为“总理营务、会办朝鲜防务”。袁世凯一下连升两级，成为驻朝庆军的头面人物。

袁世凯在朝站稳脚跟后，果然不忘践诺，托人将上海滩的青楼女子沈氏接到身边，做了姨太太。在婚姻男女之事方面，袁世凯的性情为人也暴露得淋漓尽致。他与长自己两岁的结发妻子于氏婚后头两年感情融洽，相爱的结晶便是袁克定。可是，有一夜晚，一句玩笑话，就将这份情爱葬送了。那晚，于氏在房间兑好温水，服侍丈夫洗脸洗脚后，自己亦解衣净身。坐在床上的袁世凯，看见于氏从腰间解下大红绣花缎子裤带，便道：“瞧你这样子，活像个马班子。”于氏一听就恼了，拉着脸说：“我不是马班子，我有姥姥家。”“马班子”是河南项城一带土语，就是妓女的意思。于氏长得挺端正，但不识字，心眼实，不知这是丈夫跟她开玩笑，以为有意羞辱她，便找了词儿愣不啦叽地回敬丈夫。于氏所说“我有姥姥家”，意思是说我有娘家，是明媒正娶的正房太太。袁世凯听出言外之意：

哦，好你个正房太太，不就是讥讽我亲娘是偏房小妾吗？当下怒不可遏，夺门而出，从此再不跟她同房。袁世凯被于氏揭破的心头伤疤，一辈子都没愈合。于是，袁克定也就成了袁世凯一生三十二个子女中的唯一嫡出。袁世凯用自己的方式报复于氏，到朝鲜当官享福后，冒天下之大不韪把青楼妓女接来与自己日夜厮守；后来，还将袁克定从老家接来交给姨太太护养，让于氏在袁家寨独守空房，在孤灯长夜里苦苦煎熬。到他做了山东巡抚，他把母亲接来享福时，才将于氏接到济南。但这并不意味与于氏有破镜重圆之意，而是为自己树立一方父母官的形象。袁世凯这一点做得很绝，名义上始终没有休掉结发之妻。清朝末年，朝廷还封了她一品夫人的头衔。直到最后他登上中华帝国皇帝宝座，于氏仍拥有大太太的名分。当然，这并没有改变于氏在家中的处境。她有名无实，袁世凯既不给她处理家政的权力，也不与她同床共眠，只是一个满心酸楚的空头夫人。若要不当这个空头太太，也由不得于氏。后来袁世凯任大总统搬入中南海后，让于氏住福禄居。袁世凯当着一大堆姨太太和子女的面，隔三差五踱到于氏房中坐一坐。袁世凯先说："太太，你好。"于氏答："夫君，你好。"接着，聊上几句不冷不热的家常话，例行碰面宣告结束。多少年来，就是这么一个机械的程式。作为总统夫人，逢年过节，袁世凯不得不让于氏摇着小脚出来接受外宾祝贺。有一回，欧洲某国公使上前一步就要亲吻于氏的手，把于氏惊得面无人色，让公使尴尬得不知所措。从此，袁世凯规定，于氏不得在公众场合开口讲话，出来见人须由女儿陪同。于氏遭此洋罪，暗自叫苦不迭。在外人看来，袁世凯是一位奉行传统美德、始终不忘糟糠之妻的好丈夫。袁世凯要的就是这一效果。

沈氏是个有眼力有心计的女人，看到袁世凯听了她的话，果然大有出息，在朝鲜活得有模有样的，更是铁了心侍候夫君。沈氏是在上海滩见过世面的女人，青楼接客时就掌握如何讨得官场人物欢心的技巧，巧为周旋、八面玲珑是她的看家本领，到朝鲜后不仅把袁世凯熨烫得浑身舒帖，还帮他料理了不少应酬之事。袁世凯后来官越做越大，姨太太越娶越多，比沈氏出身金贵的有的是，比她长得水灵的也有的是，但就凭着当年上海妓院里的慧眼独具，凭着里里外外的能干劲儿，她占定了姨太太中的头把交椅。袁世凯是个嗜官如命的男人，身边缺不得能帮他步步登高的乖巧女人。

朝鲜半岛的风云突变，使袁世凯再次面临大显身手的机会。日本不甘心壬午兵变后在朝失去的利益，与朝亲日势力暗中勾结，伺机反扑。金玉均、朴泳孝、洪英植等为首的开化党人，标榜独立自主、改革政治，使朝鲜开化，企图依靠日本发动政变，密谋推翻李熙、闵妃统治集团。国王李熙在日本挑拨利诱下对清政府态度也发生变化。袁世凯及驻朝清军对此有所察觉。光绪十年十月十五日（1884 年 12 月 2 日），朝鲜新生政治势力开化党人在邮政总局举行宴会，两天前该党头面人物金玉均、朴泳孝、洪英植等人，联名邀请驻朝清军三营统领袁世凯、张光前、吴兆有出席。三位清军统领对要不要出席宴会发生激烈争论。吴、张两人认为此去凶多吉少，还是以拒绝为妙。袁世凯坚持认为，这等于堂堂清军示弱于人，日后必助长敌方气焰，即使是鸿门宴也得出席。宴会日，袁世凯不顾众人阻拦，单骑独赴邮政总局，提前一小时抵达宴会厅。当时，组织宴会的开化党头面人物仅半数到场。袁世凯一下马，便索要酒菜先吃起来，声称还有公务等着他处理，无法等人到齐。胡吃海饮一通后，一手紧紧挽着朴泳孝，一边谈笑风生步出庭院。袁世凯这一招很绝，一下打乱了开化党人的如意算盘，他们来不及对袁世凯下手，他们的头头朴泳孝倒先成了人家手中人质。他们只好暗暗叫苦，看着袁世凯飞身上马扬长而去。开化党人一计不成又施一计，十七日（4 日）以庆祝新邮政大厦落成为名，由邮政总办洪英植出面，邀请朝鲜旧党政要、外国使节和大清国驻朝商务委员陈树棠赴宴。日本驻朝公使竹添一郎心中有鬼，称病未到。宴会开始，正觥筹交错之际，开化党人按照预谋，在邮局附近纵火，早已潜伏在附近的留日学生数十人乘机拥入，当场刺杀朝鲜禁卫军大将朴泳翊，宴会大厅顿时大乱。中国驻朝商务委员陈树棠乘乱逃脱。金玉均等开化党人在混乱中入宫晋见国王，谎称清军作乱，威逼国王召竹添一郎率日军进宫保卫。等候已久的竹添一郎得讯，马上率日军三百余人占领朝鲜王宫。当晚，金玉均、朴泳孝假传国王诏书，召六名亲贵大臣入宫，随即将他们全部处死。同时，在竹添一郎监督下，重组亲日政府，并准备废黜国王李熙。因 1884 年是中国农历甲申年，史称朝鲜这场著名政变为“甲申政变”。

袁世凯正与姨太太沈氏温存，获知这一惊人消息，立即撇下风情万种的沈氏，率兵急急赶去，邮政局已空寂无人。第二日一早赶到王宫，宫门紧闭不开。袁世凯命人用响箭飞射传书给国王李熙，要求入宫护驾。李熙时已被金玉均软禁，金玉均假传诏书不准袁世凯率兵入宫。吴兆有、袁世凯立即发函请示李鸿章。十九日（6 日），朝鲜亲清派官员纷纷向清军求援。同时风传这样一则消息：亲日派准备劫走国王李熙，另立国王，背清投日。吴兆有、袁世凯致函日本驻朝大使竹添一郎，询问有关情况，对方拒绝回答。若是任凭亲日势力控制朝鲜政权，朝鲜就会脱离中国，成为日本侵略中国的跳板。形势非常危急。时机稍纵即逝。而当时朝鲜与中国不通电报，要等得李鸿章指示还需好多时日。吴兆有、张光前两位营官主张按兵不动，听候北洋总署及李鸿章指令。袁世凯主张立即行动，进攻王宫。双方各执一端，争执不下。袁世凯激昂陈词："防韩交涉，系我专责，如因此获咎，我一人当之，决不累及诸君！"吴、张两人这才被袁世凯说服，愿率军队一起行动。袁世凯立即率本营人马冲到王宫，将其团团包围。日军在城墙上开枪，袁世凯命士兵还击。激战半日，攻破宫门。袁世凯率军攻入王宫，"朴泳孝督日人所练之韩军，凭墙夹击，弹如雨下，公（袁世凯）之前后左右兵卒伤之者枕藉，有弁崔继泽见公立危地，牵衣请稍避，公以刃挥之。遂领亲兵数十人奋勇仰攻，失势，顷刻间死伤过半。日兵数十，突由后抄袭，后队击走之，（袁）乃命哨弁唐宗远分兵绕院后夹攻，党众不支，遂逃避，公麾兵进蹑，遇公向所教练之韩兵数百人，合力进战，士卒争先，声震屋瓦。"当时，吴兆有在两兵掖抚下临阵逃脱，张光前率所部在一堵高墙下躲避枪林弹雨。最后，袁世凯以区区四哨之众，奋勇击溃负隅顽抗的朝鲜叛军和日军，一举攻占王宫，解救出国王，稳定朝鲜局势，维护了清王朝在朝鲜的地位。日本公使竹添一郎见大势已去，丢下汉城日侨不管，纵火焚烧本国使馆后，率卫队慌忙逃至停泊在仁川的日本邮轮"千年丸"号，狼狈回国。朝民对日本人积愤已久，乘机捕杀日侨。袁世凯非常清醒，立即传令严禁捕杀日本侨民，派人将日侨全部归拢，清点造册，将他们护送到仁川，交给日方，以示人道。袁世凯在平息"甲申政变"中，当机立断，敢作敢为，镇定自若，智勇俱佳，体现出处置突发事件的超常能力，起到了关键的作用。

政变平息后，袁世凯做起了大头梦。他上书李鸿章，建议清王朝派大员，在朝鲜设立监国，统率重兵，治理内政外交。这一“监国”，实际上就是朝鲜的太上皇。而这一重要职位最佳人选，袁世凯虽未挑明，但不言而喻，此人不是别人，就是他袁世凯。然而，事情的发展全然出乎他的意料。日本人在这一事件中吃了大亏后，不肯善罢甘休，挑起中日外交争端，声称中国“首开战端”，并将首要罪责推给袁世凯。清王朝此时如同重病缠身的老人，在南部边陲正与法国交战，担心如果在朝设立监国，会进一步刺激日本，引发战争，导致南北受敌，因此没有采纳袁世凯建议，以息事宁人，缓和与日本的矛盾。但李鸿章与日方代表伊藤博文交涉时，断然否认日本关于清政府“首开战端”的指控，只是表态要对“未能小心行事”者进行“戒饬”。这时，驻朝清军总兵吴兆有，早就对袁世凯居高临下、指手画脚心怀不满。论官衔，吴兆有为记名提督，武职从一品。吴长庆率三营撤回国内时，将在朝庆军三营指挥大权交给他。而袁世凯会办防务的营务处，相当于后来的参谋处，也就是说，袁世凯是帮吴兆有料理营务及会同办理朝鲜防务的，充其量只是驻朝庆军三营的副总指挥。但袁世凯却十分抬举自己，给自己定的头衔是“钦差北洋大臣会办朝鲜防务总理营务处”，处处以驻朝清军主帅模样出现，从公文具衔到行文体制、出入仪仗，都高于吴兆有。朝鲜臣君被他弄得稀里糊涂，弄不清他与吴兆有到底谁指挥谁。袁世凯以五品文官的低贱身份，对吴兆有以下营将均以下行文格式，发号施令，狂妄僭越，使吴兆有等一批营将官佐气得肚子发胀。吴兆有等人密谋一番，抓住袁世凯擅自挪用军饷，抚恤死于乱党之手的朝鲜重臣家属之事，大做文章，密告他贪污军饷，并将擅开边衅的责任全盘推到袁世凯头上。李鸿章对胆子贼大的袁世凯给予一顿杀威棒，命他自己掏腰包，将挪用军饷全部赔偿，并派会办北洋事宜的吴大澄，在赴朝与日本代表谈判的同时，对袁世凯所受的多项指控进行查办。袁世凯想做朝鲜监国的大头梦没做成，到头来反落得“戒饬”、赔银子、被查办的结局，不禁喟然长叹：“官运恶极。”好在吴大澄未动身，张佩纶已将内情全部密传给袁世凯，并将吴大澄等人的为官特点乃至性情嗜好也全部传泄给他，袁世凯得以从容应付，把他们伺候得舒舒帖帖、眉开眼笑。袁世凯料想，把吴大澄等人伺候好了，最好结果是不要给他找大麻烦，而对自己的结局没抱太大奢望，急于脱身，跳出是非圈外。因此，在吴大澄等人还在朝鲜时，他就借口嗣母牛氏患病，向吴大澄请假，于光绪十年十二月十五日（1885 年 1 月 30 日），带着大姨太沈氏乘军舰回国。然而，结局却出乎他的意料。吴大澄等人查了一圈回去，对袁世凯如何用银子、美女伺候只字不提，只是在李鸿章等人面前，盛赞他是“奇才”，“能力过大，前途不可限量”。《容庵弟子记》甚至说，吴大澄到天津见李鸿章时，不惜以贬李的女婿来夸奖袁世凯：“公向谓张幼樵张佩纶为天下奇才，我见天下奇才非幼樵，乃袁某也！”吴大澄回京复命时，又屡屡夸奖袁世凯有雄才大略，堪当重任。吴大澄等人的正面宣传，加上日本外相伊藤博文要求严惩“肇事祸首”袁世凯的反面宣传，反而使袁世凯名声大振，成为中日两国乃至国际上都受关注的风云人物。以致后来李鸿章为加强朝鲜国内亲华势力，抵消朝鲜国王李熙和闵妃集团离心趋势，要物色一合适人物护送大院君回朝鲜时，认定这一重任非袁世凯莫属，不得不写信敦促袁世凯再度出山，委以更高官衔，使袁世凯名副其实地掌控清王朝在朝的外交大权。遇挫不跌，反身价倍增，这就是袁世凯式的应变处事才能。

台湾史学家苏同炳这样评价光绪十年朝鲜变乱中的袁世凯："二十六岁的袁世凯，不但充分显示了他的勇敢果决，并且还具有不惜金钱以买结人心的器识，足见袁世凯这个人，实在具备做大事、做领袖的条件。"

很值得一提的是，袁世凯从朝鲜脱身返回河南项城老家前，在天津接受了李鸿章的召见。光绪十一年二月初四日（1885年3月20日），对袁世凯来说，是人生中一个重要的日子。这是李鸿章第一次召见袁世凯。这日，袁世凯再度踏入天津直隶总督署。五年前，他尾随张佩纶走进这所格局封闭、气氛威严的官邸时，大气不敢喘，心里渴望拜见官邸主人李大人，但只能将它当作奢望咽进肚里。然而，今非昔比，历经朝鲜的风风雨雨，使他具备了接受这所官邸主人会见的资格。袁世凯装着毕恭毕敬的样子，从大堂穿过进入二堂，低着头进了二堂的一个房间。这房间光线不大好，清一色的金丝楠木家具，乌黑发亮，显出主人的身份，同时透出一股神秘的气氛。太师椅上端坐着一位老人，身材谈不上魁梧，容貌也不算威严，给人的感觉是一个安详、温和的老头。但袁世凯明白，切不可被表面现象所迷惑，这实际上是一次非同寻常的考查，要时时绷紧心弦，尤其是不能做出任何有不恭之嫌的举动，该说的话一句不能少说，不该说的话一句不能多说。这个貌似温和的老头，乃当朝文华殿大学士、直隶总督兼北洋大臣，位居首席阁揆，是慈禧太后的心腹宠臣，他对你评价是好是孬，决定你日后仕途命运。召见大约持续一个时辰，对方问一句，袁世凯小心翼翼地答一句。临结束时袁世凯悄悄觑了一眼，感觉对方表情是愉悦的，他这才把提到喉咙口的心放回肚里去。袁世凯的直觉惊人准确。当年秋天，李鸿章正式向总理衙门提请委任袁世凯担任驻朝商务委员时，这样评价袁世凯："袁世凯胆略兼优，能知大体。……壬午、甲申两次定乱，情形最为熟悉，朝鲜新旧党人咸相敬重。"末了，这位权倾朝野的大臣，请求总理衙门将袁世凯"超擢衔阶，以重体制而资镇摄"。具体使用建议是：拟请以知府分发，俟补缺后以道员升用，并请赏加三品衔。李鸿章恐自己说得还不够到位，在附件中又说："袁世凯足智多谋，与朝鲜外署廷臣素能联络，遇事冀可挽回匡正。今乘朝王函请，正可迎机而导，令其设法默为转移。该员带队两次勘定朝乱，厥功甚伟。"李鸿章的这番评价，很大程度上来自于与袁的第一次会见。可见，李鸿章不仅对他的第一次面试打了高分，有利于帮他摆脱在朝惹下的种种麻烦，而且为他日后青云直上奠定了坚实基础。据说，李鸿章临死前向慈禧太后保荐袁世凯出任直隶总督，留下这样一句话："环顾宇内人才，无出袁世凯右者。"如果说，这是李鸿章对袁世凯评语作结的话，那么这天长达一个时辰的会见是这一评语的重要开篇。

李鸿章说话自然是非常管用的，袁世凯果被"超擢"。这年秋天，他再度入朝时，从五品同知一跃爬上相当于道员的官位，戴上三品衔的花翎，真正得意非凡。临行前，堂叔袁保龄怕他再入朝鲜"火药桶"会招杀身之祸，劝他不要"履虎尾以求名利"，但他当官心切，根本听不进去。他在给二姊的信中说："弟年少识浅，不料蒙太后留意，诸亲王、军机大臣、中堂推重，如此知遇，更有何言！从前带兵身任战事，故危险。此时作使臣，无人能害使臣，何险之有？今日时势，惟出使尚有出头之日。带兵操练又无战事，将何由名达天听也?”赴朝前，袁世凯再度来到直隶总督署，这回李鸿章的身份已经变了，成了赏识提携他的恩师。袁世凯要求恩师派兵护送他入朝，李鸿章笑道：“朝人闻袁大将军至，欢声雷动，谁敢抗拒? 汝带数十随从，登岸做引导足矣。”面对总督大人如此信任，袁世凯再无话可说，深深一揖，蹈海东渡。光绪十一年十月初十日（1885 年 11 月 16 日），他昂首阔步踏入朝鲜王宫，向国王李熙呈递大清国国书，上面赫然书有他的新头衔“钦命驻扎朝鲜总理交涉通商大臣”。李熙等朝鲜君臣对这位钦命大臣，更加高看一眼。李鸿章对袁世凯出任朝鲜通商大臣期间的表现，给予高度评价：“朝廷每遇交涉事件，在廷群小多唆使西人从旁僭越，巧为挟制，唆使该国自主。经袁世凯等扼定朝鲜系属中国藩属，每暗为筹划，设为矫正，以存体制。袁世凯血性忠诚，才识英敏，力持大体，独为其难。”倚仗李鸿章如此激赏，袁世凯投笔从戎仅数年，官运亨通，暴得大名，“年未三十，名扬中外”。

袁世凯二次入朝还有一大收获，就是姨太太队伍的发展壮大。闵妃早就察觉，袁世凯是一个好色男人。国内来的沈姨太太一人，看来远不能满足他的性欲，他经常外出寻花问柳，在汉城明目张胆用公款嫖妓。为了将袁世凯拉入自己阵营，闵妃施起了美人计。她跟袁世凯说，自己有一表妹，芳龄十六，花容月貌，性格柔顺，如果袁大人不嫌弃，可作秦晋之好。他毫不客气地领受这一艳美佳事，心急火燎忙叫人在公署布置洞房。掐着指头终于盼到洞房花烛这一天，掀起轿帘一看，少女金氏果是娇嫩欲滴的大美人，馋得袁世凯恨不得老天马上来个日全食，成全他连日连夜笙歌不休。拥有这么可人的异国尤物，袁世凯天天缠绵，乐不思蜀，沈氏免不了要守空房。但是，到头来失落最大的还是金氏。说起来，她也勉强算是皇亲国戚、金枝玉叶，当初听得要嫁个异国丈夫，心想是王妃做的媒，这夫君一定差不了，好赖是个大官，将来必享荣华富贵。嫁过来方知，丈夫并非头婚，自己也不是大太太。丈夫与她热乎了半个来月，兴头就下去了。没多久，她发现，丈夫如同一头食欲旺盛的春猫，无孔不入，见腥就舔，随自己嫁来的两个丫头，不知何时已经被他弄到了床上。后来，袁世凯一不做二不休，干脆宣布将这两名丫头收房。收就收了，连国王、王妃都让她这位异国丈夫三分，她也无处可以说理，偏偏丈夫做得太过分，姨太太排名分，他竟不按出身排列，非要按年龄大小排列，这样一来，大丫头吴氏便排在金氏前面，做了二姨太，明媒正娶的王妃表妹反倒做了三姨太，另一个小丫头也与她平起平坐，做了四姨太。袁世凯夜夜笙歌，好不销魂，只是委屈了带着一花轿春梦而来的金氏。但这一桩具有浓厚政治色彩的涉外婚姻，比山重，比海深，纤细一女子如何改变得了，她只能认命，沉溺于泪水和郁闷之中。大姨太沈氏也很失落，回想起上海滩那几个日日夜夜的温柔缠绵，她伤心得简直要发狂。但对丈夫有何办法，沈氏只能将一腔妒火烧向异国的三房。好在袁世凯将她们的管教权交给了她，她可以随心泼洒她的满腔醋意。三位异国姨太太不懂汉语，也不懂汉人礼数，给沈姨太提供了教训她们的很多口实。于是，哪位姨太太多陪老爷睡一晚上，或是对老爷多亲昵一番，沈姨太就会另找一些理由责打她。袁世凯既不调理姨太太之间的醋海风波，也不责怪管教厉害的沈姨太，让她们都为夫君而狂，这是他所乐见的。连娶三房朝鲜姨太太，再次显露出袁世凯的叛逆个性。令闵妃大失所望的是，袁世凯是个权色弥天的怪物，三个青春火暴的异国少女并未令他溺于欲海，他还是那么精力旺盛地把持着手中权力，鹰隼般的眼睛警觉地扫视着朝鲜政坛。

光绪二十年（1894 年），在对朝鲜半岛利益的争夺战中，清王朝大败于对手日本。接着中日甲午战争爆发，清王朝陆海军全面溃败。朝鲜宣布“独立”，李鸿章赴日被迫签订丧权辱国的《马关条约》。北洋海军的溃败，标志着洋务运动的全面破产。大清国上下，人心大乱：中国何以自强，中国要往何处去？

甲午海战爆发前数日，袁世凯乔装打扮，从日军炮口瞄准下的使署悄然出逃，部属唐绍仪夜半手持双枪双刀，护送袁世凯抄小路抵达仁川江畔，爬上北洋海军“平远”舰逃回天津。袁世凯在朝为自己苦心搭建十几年的政治舞台，就这样哗啦啦崩塌，“钦命驻扎朝鲜总理交涉通商大臣”的官衔，也就随之掉进深不见底的黑洞。现在，袁世凯头上只剩下“浙江温处道”一个虚衔，被留在军务处行走。实际上，袁世凯已无正经职事，成了官场闲人。然而，这个丢了乌纱的河南佬与众不同，一声不吭，寓居北京嵩云草堂，邀集幕友，竟兴致勃勃翻译起西方各国兵制书籍来。

李鸿章从日本签订割地赔款条约回到天津，成了过街老鼠，只好成天躲在家里，不敢露头。昔日熙熙攘攘、踏烂门槛的李家花园，一时宛若无人问津的麻风院。李鸿章这座靠山已经靠不住了，袁世凯也不好意思再去求靠。甲午战后，朝廷高层欲追究袁世凯责任，李鸿章慨然全部揽去，袁世凯才得以脱祸。王伯恭在《蜷庐随笔》中说：“中日和约既定，恭亲王一日问合肥（李鸿章）云：‘吾闻此次兵衅，悉由袁世凯鼓荡而成，此言信否？’合肥对曰：‘事已过去，请王爷不必追究，横竖皆鸿章之过耳。’恭亲王遂嘿然而罢。”

硝烟散去，恭亲王奕訢在思考，李鸿章在思索，袁世凯在思索，国人都在思索：中日之战，大清国为何惨败？到底是谁的责任？千万个人自有千万个答案。袁世凯是亲历甲午惨败之人，他有自己的眼光。他认为败就败在练兵方法不当，传统的练兵方法必须摒弃，而应采用西法练兵。他认准一个理：“欲使中国变弱为强，自以练兵为第一件事。”要当大官也好，要强国也好，没有精兵强将是万万不行的。

他思路很清晰，明白要将这套主张推销出去、付诸实践，必须另找一座高大雄壮的靠山，必须把“督办军务处”权力抓到手。“督办军务处”，于光绪二十年十月（1894 年 11 月）设立，是负责整顿京畿旧军和改练新军的最高指挥机构，以恭亲王奕訢为首，庆亲王奕劻为会办，李鸿藻、翁同龢、荣禄、长麟会同办理。大清王朝是满人的天下，万不得已，满人是不会将兵权、政权拱手交给汉人的。“贤”如胡林翼，不找一个满人文官，就难以施展拳脚；“忠”如曾国藩，没有满人亲贵大臣肃顺、文祥、奕訢等作奥援，要办大事、荡平太平军也是痴人说梦；“能”如李鸿章，没有奕訢、奕譞作依靠，办理洋务、建北洋海军便无法下手。袁世凯相信，世上必有靠山，只要你找对路径，就能拨开云雾，寻到这座山，走近这座山。

袁世凯觅了一条路，就是军机大臣、督办练兵处要员李鸿藻。李鸿藻做过嗣父袁保庆的老师，这样算来，便是袁世凯的太老师。光绪二十一年四月（1895 年 5 月），李鸿章缩在家里不敢露头时，袁世凯就上书李鸿藻，自称“小门生”，提出整顿旧军、改练新军一揽子计划：

> 此次兵务，非患兵少，而患在不精；非患兵弱，而患在无术。其尤足患者，在于军制冗杂，事权分歧，纪律废弛，无论如何激励亦不能当人节制之师……为今之计，宜力惩前非，汰冗兵，节糜费，退庸将，以肃军政。亟检名将帅数人，优以事权，厚以饷糈，予以专责，各裁汰归并为数大枝，扼要屯扎，认真整励。并延募西人，分配各营，按中西营制律令参酌改革，著为成宪。必须使统帅以下均习解器械之用法、战阵之指挥、敌人之伎俩，冀渐能自保。仍一面广设学堂，精选生徒，延西人著名习武备者为师，严加督课，明定官阶，数年成业，即检夙将中年力尚富者分带出洋游历学习，归来分殿最予以兵权，庶将弁得力而军政可望起色……且此次赔输甚巨，开源节流，亟需整理，而养兵之费向属繁巨。似应速派明练公正真知兵大员，除将著名骄饱疲懦诸军即须遣散外，仍将拟留各军认真点验，分别裁汰，务期养一兵即得一兵之用……

李鸿藻认为袁世凯是个懂军事的人才，其整军方案也有可取之处。他挡不住袁世凯一而再、再而三的求情，不久将他奏调来京，并得皇帝“交吏部带领引见”的圣谕，派到军务处听候差遣，以备顾问。李鸿藻还将袁世凯的书信广为宣传，给翁同龢、荣禄等人传阅。就这样，袁世凯顺着太老师李鸿藻这条路，很快走到了他要寻找的大靠山跟前。他明白，仅是“差遣”、“顾问”不行，这只是个小混混，与当年在直隶总督衙门打杂差不多。他还把西方兵书中的近代军事知识，贩给朝野要员，恳请刘坤一、张之洞等封疆大吏保荐他练兵。刘坤一是著名湘军统帅，甲午战争末期曾指挥军队抵抗日军；张之洞正训练自强军十三营，改练新军下手早，两人都属重量级人物，而且在整顿旧军、改练新军方面都是行家，说话令人信服。接着，他叩开庆亲王奕劻府邸大门；多次登门拜访光绪帝师傅、户部尚书翁同龢，兜售他的改练新兵主张。随后，他又走通了兵部尚书、步军统领荣禄的门子。他透彻了解到，此公眼下是慈禧太后的头号心腹宠臣，甲午战后李鸿章离开北洋地盘，看似由王文韶继任，兵权实际上握在荣禄手里。袁世凯谦逊地将翻译的兵书呈上，自称门生，恭请指教，并百般表示对荣禄的仰慕膺服之诚。荣禄有心将这个非常之人收为己用，很快将他的兵书和建议奏报朝廷。袁世凯在致弟信中，描述自己这一段经历和感受："抵京来忙甚，日在车马泥涂奔走。诸大老均甚优待，圣恩极厚。惟内事甚迟缓，办事甚不易，只随班奔走而已，似未能久居于此，暂留以备顾问，而赴任直无可望。"袁世凯在京用了一"忙"字。忙，忙些什么？忙就忙在投机钻营、拜师托请、贿赂买官上。至于结果如何，他在车马泥涂中奔突之时心中也没有谱。不到京城，不知自己官小；不到都门，不知办事之难。然而，他的"忙"很快起了作用。他拜过师、叩过门的朝廷大臣纷纷替他说话。李鸿藻率先说：袁世凯乃"家世将才，娴于兵略，如令特练一军，必能矫中国绿防各营之弊"。张之洞、刘坤一先后上奏折向朝廷举荐：袁世凯此人"年力正强"、"志气英锐"、"胆识优长"、"任事果敢"，是少有的"知兵文臣"，请求皇上越级提拔，让他专办练兵之事。翁同龢对袁世凯起初印象不好，认为此人"开展而欠诚实"，后来终于改变看法，说"此人不滑，可任也"。荣禄则明确授意袁世凯："于闲暇之时，将练洋操之各种办法呈上。”传到大清国一号人物慈禧太后耳朵里的，是对袁世凯的一片叫好声。于是，督练新建陆军的“练兵大臣”之职，非练兵专家袁世凯莫属了。光绪二十一年十月二十二日（1895年12月8日），朝廷正式发布上谕：“温处道袁世凯既经王大臣等奏派，即著派令督率创办，一切饷章著照拟发支。该道当思筹饷甚难，变法匪易，其严加训练，事事核实，倘仍蹈勇营积习，惟该道是问，凛之慎之！”

十一月初六日（12月21日），袁世凯趾高气扬抵达天津东南七十里的小站，开始了督练新建陆军的生涯。小站练兵，为他以北洋势力控制中国奠定基石。自清末至民国初年，所有关系中国命运的北洋人物，徐世昌、段祺瑞、冯国璋、陈光远、王占元、张怀芝、雷震春、田中玉、陆建章、曹锟、段芝贵，等等，几乎都在他的麾下。

袁世凯打通关节、笼络人心，重要一招，是使用银弹。苏同炳在所著《中国近代史上的关键人物》中说：“袁世凯尚对人言，天下无难事，唯有金钱自能达到目的耳。是以袁之一生，处政海潮流中，事事能着先鞭，固由于手段灵活，其大半亦依赖黄金势力也。”袁世凯此人善用银弹打人，自己却视金如土。胡思敬在《大盗窃国记》中说：“其（袁世凯）横绝古今，为诸奸所不及者，敢于用财，视黄金直如土块；敢于用人，不念私仇，不限品流，不论资格而已。名利为天下所争趋，故小人皆乐为效力。”袁世凯待人还有一张可亲可近的和善面目。在曾入袁世凯幕府、后任总统府秘书长的张一麐眼里，袁世凯此人礼贤下士、精力充沛、度量恢弘。他说：“其虚怀下士，有不可及者。其精力过人，两目奕奕有神，凡未见者俱以为异。与人言，煦煦和易，人人皆如其意而去，故各方人才奔走于其门者，如过江之鲫。”

袁世凯当上军机大臣后，与两广总督张之洞闲聊时说：“练兵的事情，看起来很复杂，其实也很简单，主要是练‘绝对服从命令’。我们一手拿着官和钱，一手拿着刀，服从就有官和钱，不服从就吃刀。”

袁世凯打通关节、笼络人心，除了依靠上述手段外，还采用鲜为人知的非凡奇招。笼络阮忠枢就是典型一例。袁世凯当年从上海启程投奔吴长庆，途中结识了阮忠枢。交谈中了解到，阮忠枢在京城供职，兼李莲英弟弟家的教席。李莲英是个太监，并无妻子，弟弟家实际上也就是李莲英的家。袁世凯一下掂出了阮忠枢此人的分量，紧紧抓住不放，不动声色地开始在他身上下工夫。这个关系很快派上用场，通过阮忠枢引见，袁世凯与大名鼎鼎的李莲英搭上了关系，李莲英看在阮忠枢的面上，也看在袁世凯那一大箱沉甸甸银子的面上，给荣禄写了一封信。荣禄果然对袁世凯看重多了，替他说了不少好话。通过阮忠枢和李莲英，袁世凯不仅遂心如愿捞到练兵大臣要职，还建立起沟通朝廷核心层的重要通道。阮忠枢颇通文墨，袁世凯利用他这个特长，邀他共同编辑了一大堆筹建新建陆军的规章制度。赴小站练兵后，又将阮忠枢拉到小站，让他为训练新建陆军出谋划策。但阮忠枢此人有一大毛病——极好女色。一日，阮忠枢从小站兵营开溜，到天津城一家妓院找乐子，遇上一个名叫小玉的妓女，两人颠凤倒鸾之际竟爆出感情火花，完事之后仍难分难解。当晚，阮忠枢搂着魅力非凡的小玉不忍离去，立下山盟海誓，表示一定要尽快进津将她赎出，娶她为妾。阮忠枢真的动了感情，第二日回到军营，请求袁世凯恩准娶小玉为妾。这一艳情故事传得飞快，营盘里有不少人都在风传。阮忠枢明知嫖妓和带妓女进军营有违军纪，但他还是深信袁世凯一定会网开一面、成人之美的。理由有三：其一，对袁世凯来说，他是有功之臣；其二，袁世凯娶的大姨太也是妓女；其三，更为重要的是，他背后还有李莲英这样一层非同小可的关系。哪知，袁世凯竟六亲不认，铁青着脸，当着他人的面，以有损军誉、有违军纪为由，将他暴斥一顿。阮忠枢自知占不着理儿，又不敢揭袁世凯嫖妓娶妓之短，只能将说不出的怨气沤在肚里，只能暗骂这厮不通人情。阮忠枢本是官场中人物，知道与顶头上司硬来没好果子吃，此事只能忍了，心想官做大了还怕没女人玩。气过一阵，也就渐渐将这事淡忘了。一日，袁世凯进天津办事，叫阮忠枢同去。到城里后，袁世凯对他说："带你去一个地方。"也不明说，引他便走。两人走进一院中，见里边熙熙攘攘，喜气洋洋，张灯结彩，好不热闹。阮忠枢以为哪个与袁世凯要好的正娶媳妇办好事，心想原来是喝人家喜酒的。不料，进得堂屋，突然鼓乐齐鸣，有人将一朵大红花别在他胸前，不由分说将大红喜带塞进他手中，连推带搡将他弄进洞房，要他将蒙着红盖头的新娘牵出来拜天地。阮忠枢不知众人演的哪出戏，一下蒙了。待他在众人起哄声中揭开红盖头，才发觉新娘就是那夜一见钟情的小玉。原来，袁世凯在训斥阮忠枢后，就派人花钱将小玉从妓院赎出，替她购置好房子和成婚用一应物件。阮忠枢心头一热，哪里顾得上拜天地，咕咚一下跪倒在地，一个劲给袁世凯叩响头。

《凌霄一士随笔》说："练兵计划，定全国练新军三十六镇，先由北洋入手。袁世凯锐意经营，不久，北洋四镇相继告成（第四镇即由武卫右军改编），兵力之厚，甲于各省。……诸镇之兵权、饷权悉在世凯掌握，遇事毫无掣肘，北洋声势益炙手可热。”驻华英美政治、军事观察家赞誉袁世凯是“中国唯一懂一点军事的人”。小站练兵著效，袁世凯不仅官升两级，由正四品浙江温处道晋升为正三品直隶按察使。更为重要的是，从此掌握了大清国政治天平上的一枚重要砝码。

光绪二十四年（1898 年），也就是农历戊戌年，是个非常出名的年份。这年八月初三日（1898 年 9 月 18 日），京师袁世凯寓居的法华寺，成了大清王朝的风暴眼。这日深夜，光绪帝宠信的军机处章京谭嗣同，突然闯入法华寺。此时政治嗅觉灵敏的袁世凯，已探知朝局将变，正赶写奏折，准备提前离京回津，以免茫然间卷入行将袭来的政治风暴。皇上近臣谭嗣同的出现，令业已紧张起来的袁世凯“心甚讶之”，着实大吃一惊。

一番寒暄后，谭嗣同便问：“君谓皇上如何人也?”

袁世凯：“旷代之圣主也。”

谭嗣同：“天津阅兵之阴谋，君知之乎?”

袁世凯：“然，固有所闻。”

谭嗣同：“上方有大难。”他顿了一下又道：“今日可以救我圣主者，惟在足下。足下欲救之则救之，”边说边用手抹着自己脖子道，“苟不欲救，请至颐和园首仆而杀仆，可以得富贵也!”

谭嗣同把袁世凯逼到墙角，让他作出抉择：要么救皇上，要么到颐和园慈禧太后那儿去告密求富贵。

袁世凯信口便说：“君以袁某为何如人哉? 圣主乃吾辈所共事之主，仆与足下同受非常之遇，救护之责，非独足下。若有所教，仆固愿闻也。”

谭嗣同见袁世凯果是一条血性汉子，足可信赖，便取出随带密诏，将行动计划全盘托出：后天，也就是初五日

（20 日），袁世凯请训时，光绪帝将交给他一道朱谕，并命他带兵赴津见荣禄，当即宣读朱谕、诛杀荣禄，袁世凯即取而代之，署理直隶总督，然后宣示荣禄大逆之罪，速率新建陆军入京，尽诛旧党，“助行新政”。

袁世凯听着，脑子急剧转动着。听完，就对此计划提出异议：“天津为各国聚处之地，若忽杀总督，中外官民必将大讧，国势即将瓜分。且北洋有宋、董、聂各军四五万人，淮、练各军又有七十多营，京内旗兵亦不下数万，本军只有七千人，出兵至多不过六千，如何能办事？恐在外一动兵，而京内必即设防，上已先危。”他觉得这个计划太过冒失。他能指挥调动的兵马太少，成功可能性不大，草率行动反给皇上招来不测。

谭嗣同：“公可给以迅雷不及掩耳，俟动兵时，即分给诸军朱谕，并照会各国，谁敢乱动？”

袁世凯：“本军粮械子弹均在天津，营内存者极少，必须先将粮弹领运足用，方可用兵。”

谭嗣同觉得袁世凯这话有道理，便作了让步：“可请上先将朱谕交给存收，俟布置妥当，一面密告我日期，一面动手。”

袁世凯拒收朱谕：“我万不敢惜死，恐或泄露，必将累及皇上，臣子死有余辜。一经纸笔，便不缜密，切不可先交朱谕。你先回，容我熟思，布置半月二十日，方可告你如何办法。”

谭嗣同：“上意甚急，我有朱谕在手，必须即刻定准一个办法，方可复命。”

袁世凯：“青天在上，袁世凯断不敢辜负天恩，但恐累及皇上，必须妥筹详商，以期万全。”接着，他献计道：“九月即将巡幸天津，待至伊时军队咸集，皇上下一寸纸条，谁敢不遵，又何事不成?”

谭嗣同：“等不到九月即将废弑，势甚迫急!”

袁世凯认为，皇上在九月份巡幸天津前不会有性命之虞：“既有上巡幸之命，必不至遽有意外，必须至下月方可万全。”

谭嗣同：“如九月不巡幸，将奈之何?”

袁世凯：“现已预备妥当，计费数十万金，我可请荣禄力求慈圣，必将出巡，保可不至中止，此事在我，你可放心。”

谭嗣同见袁世凯坚决不同意立即率兵保驾，只好妥协。他提醒袁世凯说：“荣禄固操、莽之才，绝世之雄，待之恐不易。”

袁世凯慷慨激昂地说：“若皇上在仆营，则诛荣禄如杀一狗耳!”

谭嗣同进一步激对方道：“报君恩，救君难，立奇功大业，天下事人公掌握，在于公；如贪图富贵，告变封侯，害及天子，亦在公，惟公自裁。”

袁世凯当即发誓：“你以我何如人? 我三世受国恩深重，断不至丧心病狂，贻误大局，但能有益于君国，必当死生以之。”

袁世凯这番话，连一身侠骨的谭嗣同听了也感佩不已，连连称赞他是“奇男子”。

送走谭嗣同，袁世凯沉浸在前所未有的亢奋中，巨大的冲动推搡得他难以自已。大清国惊心动魄的政治决战已经进入白热化，帝党、后党都在争夺他这枚重要砝码。要是换成一般庸人，面对呼啸而来的风暴，早就惊恐万状，唯恐躲之不及。但袁世凯不是这种人，他对风云突变总会产生莫名的冲动。他决不轻举妄动，权衡利弊尚未透彻之前，绝对不会将手中筹码押给任何一方。

袁世凯在法华寺寓所来回踱步，急剧思索。他知道留给自己决断的时间非常有限，生死荣辱，将取决于他出手投下筹码的那一瞬间。

帝党与后党大会战的战鼓自这年四月二十三日（6月11日）擂响。这天，亲政不久的光绪帝颁布《明定国是诏》，诏令进行政治体制改革。战幕拉开后，帝后两党在决定性的用人战线上展开没有硝烟的搏杀。

光绪帝宣布变法的第四天，慈禧逼迫光绪帝连下三道谕旨，罢免支持变法的帝师翁同龢担任的协办大学士、户部尚书职务，并逐回江苏原籍。这位年近古稀的老头，临行前要见自己学生光绪帝一面都不可得，只能在滂沱大雨中遥拜紫禁城，一把泪水一把雨水地作别京城。与此同时，慈禧太后命王文韶入京陛见；任命她的心腹荣禄重新署理直隶总督，不久实授直隶总督兼北洋大臣，加文渊阁大学士衔，统辖驻于直隶境内、拱卫京师的董福祥（甘军）、聂士成（武毅军）和袁世凯（新建陆军）三军。同时明确，今后朝廷臣子蒙赏加品级，及补授文武一品暨满汉侍郎，均须具折诣太后谢恩，各省将军、督抚、提督等官亦同。实际上，慈禧是将朝廷官员和高级将领的任免权收归自己手里。

紧跟翁同龢罢官的第二天，青年皇帝打破皇帝不召见四品以下官员的旧例，在仁寿殿召见正六品工部主事康有为，命他在总署章京上行走，并给予专折奏事特权。康有为遂以著书进呈方式指导变法。

光绪帝召见康有为的这一天，慈禧太后调兵遣将，命刑部尚书崇礼署理步军统领，安排这位心腹大臣统率京城卫戍部队。随后，又命亲信怀塔布管理圆明园八旗、包衣、三旗官兵及鸟枪营事务；命刚毅管理健锐营事务。总之，用自己的亲信掌握枪杆子，护卫各要害部位。

五月十五日（7 月 3 日），光绪帝召见维新派骨干、康有为大弟子梁启超，赏其六品衔，办理译书局事务。

此后三天，慈禧太后命亲信裕禄在军机大臣上行走。

七月二十日（9 月 5 日），光绪帝赏拥护新政的谭嗣同、杨锐、刘光第、林旭四品卿衔，担任军机章京，参与新政事宜。时称这四位受皇帝重用的人物为“军机四卿”。他们拥有批阅奏折、草拟诏书的权力，成为事实上的“新政宰相”。

第二天，慈禧太后亲信怀塔布、李鸿章亲家杨崇伊潜赴天津，同荣禄密谋于九月上中旬（10 月底）慈禧、光绪同赴天津阅兵时，发动政变，废除光绪帝。

康有为这时已察觉维新派没有抓住兵权的弱处，郑重向光绪帝举荐袁世凯，并通过谭嗣同呈递密奏，请皇上将袁世凯掌握手中，以备不测。此前，康有为已对各将帅进行暗中审查，最后将关注的目光留在了袁世凯身上。种种迹象表明，袁世凯似乎是维新变法的积极倡导者和支持者。当年二月二十五日（3 月 17 日）袁世凯拜访翁同龢，晤谈中“极言非大变法不足以保全，非维新不足以济时艰”。为响应维新，他提出撤销军务处为新建陆军增募三千兵员的计划。离开翁府时，他还愤然留下一份西洋人绘制的瓜分中国的画报。七月份（8 月）举行的强学会开幕式上，袁世凯作为首批参与者，发动与会者募捐会费，一举得款数千金，解决了会费问题，其中袁世凯一人捐银五百两。有一段时间，他每逢周六就从小站赶到城里，在维新积极分子、北洋大学堂总办王修植家彻夜长谈，“斗室纵横，放言狂论，靡所羁约”，慷慨激昂谈论维新。经常参加通宵聚谈的，还有天津水师学堂总办严复、育才馆教授兼《国闻报》编总夏曾佑等维新积极分子。袁世凯不论在京城还是在天津，逢人便谈维新变法和改练新军。在康有为眼里，袁世凯“素机警，又夙驻高丽，颇知外国事，曾与同办强学会”，可以引以为助，但又“知其与荣禄厚，未必就范”。因此，袁世凯这个武力后盾，是维新派非常需要拉拢但又恐难以拉拢的人物。康有为心中不托底，暗中安排亲信弟子徐仁禄入袁世凯军幕，考查袁的志向，并对其进行游说。徐仁禄最后得出的结论是：袁赞同康有为维新变法主张毋庸置疑。光绪帝接到康有为奏折后，于七月二十六日（9月11日）降旨，指示荣禄通知袁世凯速即来京觐见。

此后二日（13日），光绪帝到颐和园，请求慈禧太后同意开懋勤殿以议制度，遭慈禧太后一顿痛斥。

光绪帝感觉大事不妙，于翌日（14日）赐康有为、杨锐密诏，谕知维新变法面临的严重危机，要他们速速拿出应对良策。八月初一日（9月16日），光绪帝召见袁世凯，破格提拔他以侍郎候补，专办练兵事务。袁世凯由正三品文官按察使升为正二品侍郎，乍看属正常提升，明眼人一看则知是破格超擢。清代官制，京官望重而外官望轻，各省正三品的按察使，内调担任京官时往往只能得到正四品的鸿胪寺卿或大理寺卿。袁世凯原官直隶按察使，若正常晋升，往好处说最多只能得一个三品京堂，骤获二品侍郎，实属皇恩非常。当晚，康有为与弟子梁启超正用晚餐，看到光绪帝破格提拔袁世凯的上谕，拍案叫绝，说：“天子真圣明，较我等所献之策尤觉隆重，袁必更喜而图报矣！”

荣禄立即作出反应，征得慈禧太后同意后，火速调整军队驻防，命聂士成部驻天津，董福祥部进驻京师门户长辛店。

一场惊心动魄的权力争夺战，进入决战阶段。袁世凯何等明白之人，他强烈意识到自己已陷于帝党与后党两个巨轮之间，稍不留神，就可能被碾得粉身碎骨。若是胆小怕事之辈，早就跳出是非之外，以求保全身家性命。但袁世凯天生不是这类人，他在两个隆隆作响的巨轮之间，心不慌，胆不颤，亢奋而镇定，在极其微妙的、极为有限的隙缝里，骑墙观望。他知道，看清投筹情势，不要站错队，这是决定自己命运的关键。

袁世凯支走谭嗣同后的当晚，在法华寺“反复筹思”。光绪帝名义上是大清国第一人，至高至尊，实际上近乎傀儡，有名无实，支持他维新改良的都是一帮清口白牙的书生，手无一兵一卒。而慈禧太后掌握朝廷权力三十余年，铁杆心腹遍布朝廷内外，占据要职实权，尤其是枪杆子紧紧掌握在听从她指挥的爪牙手里，维新派要想搞她，岂不是蚍蜉撼树！置身于生死十字路口，经过急剧思考，何去何从的答案逐渐清晰起来。在这万般关键的时刻，袁某人不管投靠谁，对方都将铭心刻骨、感激万分。问题在于，若是投靠光绪帝，最终将丢掉脑袋；若是投靠慈禧太后，就能青云直上，极有可能取代李鸿章的政治地位。夜幕下的法华寺沉浸在静谧之中，袁世凯踱着方步、捋着胡须，将关系生死荣辱之事想个通透。

解读袁世凯一生所作所为，不难发现，他骨子里是倾向于康梁维新变法主张的。但当践奉政治主张与攫取权力发生冲突时，他就毫不犹豫地抛弃了政治主张。在他人生天平上，权力始终是最重的筹码。为追逐权力，他可以抛弃一切。

八月初五日（9 月 20 日），袁世凯请训返回天津，光绪帝赐予密诏，命他保护新政。袁世凯辞别皇帝后，掉转屁股乘上火车驰抵天津，直奔直隶总督衙门，求见荣禄，将维新派绝密计划和盘托出。荣禄虽对正在发生的事变有所察觉，但不曾料到来得如此紧急、如此严重，听罢袁世凯的告密，犹如当脑门挨了一焦雷，惊问："子意云何?"袁世凯道："特以告公者欲破奸谋，卫慈圣耳！"当晚，荣禄进京，紧急求见慈禧太后。慈禧太后大惊失色，命荣禄连夜赶回天津控制军队。次日黎明，她率人马从颐和园抄小道进皇城，直奔皇宫，发动政变，囚禁光绪帝，以光绪帝病重不能理政为由，宣布自己训政，并大肆搜捕维新党人。初十日（25 日），她急电荣禄来京，随后谕令他在军机大臣上行走，兼管兵部事务，特命为钦差大臣，仍节制北洋各军。维新派在后党的白色恐怖和血腥镇压中分崩离析，康有为、梁启超分别逃亡香港和日本，"戊戌六君子"血溅菜市口，维新派官员陈宝箴、江标、黄遵宪等数十人被革职罢免。不到一个月，新政举措除京师大学堂硕果仅存外，其余全被废除，戊戌变法皂泡一般破灭。

维新派的鲜血染红了袁世凯的红顶子。作为对袁世凯出卖维新派的奖赏，荣禄进京那日，慈禧太后令袁世凯暂行护理直隶总督兼北洋大臣。这个令袁世凯垂涎已久的职位，虽只让他过了十天的瘾，但体现了慈禧太后在风云突变之际对他的高度信任。荣禄对袁的忠心十分欣赏，当时后党中曾有亲贵大臣认为袁世凯"既同谋又出首，首鼠两端"，不可信赖，应予惩处。荣禄毫不犹豫地站出来，为他辩护："袁乃我的人，无所谓首鼠两端。"这次变乱，袁世凯再次成为大赢家。他既保住了光绪帝超擢的候补侍郎官衔，又提升了自己在慈禧太后和荣禄心目中的地位。从此，袁世凯其人，不仅进入最高统治者慈禧太后的视野，而且进入她的心灵。为表示对他的宠信优渥，十一月（1899 年 1 月）慈禧太后特别召见他，准许他在西苑门内骑马，并乘坐船只拖床，给予赏银四千两。第二年，也即光绪二十五年二月二十日（1899 年 3 月 31 日），清廷宣布成立武卫军，归荣禄统率，其中聂士成率武卫前军，董福祥率武卫后军，宋庆率武卫左军，袁世凯率武卫右军，另由荣禄组建并亲率武卫中军。于是，袁世凯获得与大清国著名宿将同等的地位。这年五月初九日（6 月 16 日），袁世凯晋升为工部右侍郎，正式跻身二品大员行列。

有首歌谣道破袁世凯乱中投机的真相："六君子，头颅送，袁项城，顶子红，卖同党，邀奇功。康与梁，在梦中，不知他，是枭雄。"

光绪二十六年（1900 年），纷乱的局势，再度为袁世凯创造了乘乱而起的机会。

甲午战争失败后，长期在山东、直隶、河南一带活动的反清秘密组织义和拳，改变反清立场，提出"扶清灭洋"口号，将斗争矛头指向设在中国的洋教会和外国势力。清廷为利用义和拳，于光绪二十五年十二月（1900 年 1 月）颁发上谕，承认义和拳为合法群众团体。义和拳遂改名义和团，且声势大振，以山东和直隶为中心的义和团运动迅猛爆发。曾经残酷镇压过义和拳的山东巡抚毓贤，是清政府官员中较早改变对义和拳立场，倡导庇护义和拳的人物，义和拳的仇洋排外运动在山东风起云涌，迅速蔓延。西方列强对毓贤非常不满，要求清廷撤换山东巡抚。他们认为，袁世凯是继任山东巡抚的最佳人选。英国驻京公使窦纳乐在写给本国外交大臣索尔兹伯里的信中说："关于今后山东北部的局势，我认为，最有希望的前景是挑选袁世凯充任巡抚。这位官员曾担任多年的中国驻朝鲜大臣的职务，并且最近统率驻天津附近受外国人训练的军队约八千人。他已经宣布，必须将全军随他调往该省；同时，他性格果断，而且在必要的时候立即使用武力，这是他一生中在各种危急形势下进行活动的特点。所以，使人们有可能期望，在他所管辖的省份中，顺利迅速地平定叛乱。”西方列强对袁世凯特别青睐，主要原因是此人手中掌握着中国最新式的一支武装，而且他仇视义和团，更乐意按洋人眼色行事。列强在中国的代表人物，数度对清政府婉示以袁世凯取代毓贤的愿望。不知什么原因，清廷与西方列强的意愿竟然不谋而合。光绪二十五年十一月初四日（1899 年 12 月 6 日），清廷谕令将毓贤调离，山东巡抚一职由袁世凯署理，并命袁世凯仍统率武卫右军。三个月后，清廷实授袁世凯为山东巡抚，正式成为一员封疆大吏。

从清廷颁发上谕承认义和团为合法团体短短半年时间里，直隶境内义和团迅猛发展，大批团民拥进京城。慈禧太后为防止“祸起肘腋”，并利用他们对付支持维新的洋人，于五月（6 月）宣布义和团团民为“义民”，进一步采取安抚政策。列强对此大为光火，五月十四日（6 月 10 日），英、俄、美、德、日、法、意、奥八国组成联军，共两千余兵力，从天津直扑北京。慈禧太后一下乱了神，急令袁世凯前往救助。二十一日（17 日），八国联军攻陷大沽炮台。这一日，袁世凯接到率部赴京勤王的谕旨，慈禧太后要他向洋人开战。

斗争形势错综复杂。袁世凯面临极为艰难的选择：不派兵勤王吧，必得罪慈禧太后，将来没好果子吃；派兵勤王吧，必得罪洋人，经营多年的军事实力会消耗殆尽，来日往上爬的本钱就会化为炮灰。究竟如何是好？经过一个又一个夜晚的苦苦思索，袁世凯终于想出一个两头都不得罪的好主意：只派少量人马赴京勤王，避免与西方列强交战，保存军事实力。心明眼亮思路清，二十三日（19日），他向朝廷上奏，堂而皇之地说：京师乃天下根本，亟应提一旅之师星夜奔驰救援，待命阙下。同时，他又强调，山东省“为南北咽喉、海疆重地，而威海、胶澳英德逼处”，这两个列强包藏祸心，对山东正蠢蠢欲动，加之省内多处出现匪乱，人心很不稳定，恐内乱即起，英德等国趁乱吞并山东。因此，在这危急局势面前，他尽最大能力“凑集三千人”，派一名部将统率赴京。清廷见山东海防如此吃紧，不敢抽调他的人马，急令停止派兵，这对他来说，正中下怀。

二十五日（21日），昏聩的慈禧太后宣布向列强开战，实际上是拿羸弱大清的一国之力与整个西方阵营对垒。同日，她命各省督抚把“义民招集成团，借御外侮”。袁世凯深知大刀长矛甚至赤手空拳的团众，不是装备精良、训练有素的列强军队的对手，对朝廷意旨抗不遵命。在接到朝廷急令他增援天津的命令后，他以“职在守土”为由，拒不派兵。天津沦陷后，清廷严饬他派兵救援，他授意部将故意迟滞不前；十多天后北京告危，朝廷命他接济军火、派兵保卫京师，他又一次借口拖延、不遵朝命。七月二十日（8月14日），北京沦陷于八国联军铁蹄之下，慈禧太后化装为布衣村妇带着光绪帝狼狈出逃。清廷火速谕令袁世凯率部驰援，袁世凯仍拒不遵命；忠于朝廷的部属张勋等人主动请缨，要求“马革裹尸”、“报君父之仇”，袁世凯认为此人憨愚可笑，不予同意。

袁世凯根本不信义和团能打赢八国联军，在联军侵犯北京之初就向两江总督刘坤一、湖广总督张之洞讨教应对局势之策，张刘两人都是主张镇压义和团的，因而抗旨不遵，自搞一套，私下与英国策划“东南互保”，后来两广总督李鸿章和美、德、法等国也加入“东南互保”大合唱。袁世凯对刘、张、李三总督的做法非常赞赏，在西方列强暗中策动下，于六月初也加入“东南互保”的大合唱。因此，他在北京告急甚至慈禧太后仓皇西窜之际无动于衷，也就不足为怪了。事后，袁世凯时常在部属面前自夸：“此次变乱，各督抚中如无我辈四人楮柱，国事尚可问乎?”他毫不客气，在保全半壁江山的功劳簿上为自己重重记上一笔。加入“东南互保”，既使袁世凯保存了军事实力，又使他名声鹊起，与刘坤一、张之洞、李鸿章三大名督并驾齐驱，俨然成为大清国中流砥柱。

袁世凯一面对义和团血腥屠杀，大批团民倒在其屠刀之下，一面对洋人竭力安抚，把洋人伺候得舒舒帖帖。自清廷宣战后，山东境内没有一个洋人被杀。英国驻烟台领事在一份报告中说：“我们目前在烟台所处的地位是相当稳固和平静的……我们之所以能够继续留在此地，我认为几乎完全是由于巡抚所采取的态度。……直到目前为止，山东没有被卷入那个势将席卷它的叛乱和掠夺的浪潮。”两厢默契，投桃报李，西方列强给予袁世凯以特殊报答。八国联军攻占天津北京后，袁世凯命人在省界上插了很多界碑，在村镇墙壁到处涂写“此山东境”四个大字。疯狂南侵的八国联军一看到山东界碑和村镇墙壁上“此山东境”大字后，勒住战马，不再进犯。山东的官僚、地主和乡绅见袁世凯如此神通广大，竟能让“四夷钦服”，不入山东之境，对他“齐声感颂，而顶礼日呼东省之福星广被矣”。远在广东冷眼看世界的李鸿章，也对袁世凯深表感佩：“京畿浪高风紧，山东风平浪静，袁家这小子真有一手啊！”

赫赫有名的清末“三屠”，袁世凯名列其中。总督张之洞花钱如流水，人称“屠财”；总督岑春煊最喜弹劾官员，人称“屠官”；袁世凯草菅人命、杀人如麻，人称“屠民”。袁世凯就是因屠杀义和团获得这一血腥称号的。

袁世凯心中烛然，抗旨不遵、不派兵或故意迟滞进兵，不会不使朝廷特别是慈禧太后有感觉。他挖空心思想了不少补救办法。他不愿损兵折将去打仗，却善于搜罗钱财表忠心。慈禧太后西逃后，他一边上奏叫穷，一边派骑兵急迫千里送去十万两银子，接济逃亡中连饭也吃不上的老太后。之后，他又将截存安徽运解北京的饷银十一万六千两、江苏的五万零五百两，一并送去，借花献佛，向慈禧太后效忠。随后，又源源不断送去三十万两白银、几百匹贡缎和许多珍贵物品。逃亡期间穷困拮据的慈禧太后，见了一大堆白花花银子和众多珍品，对袁世凯的不忠疑云也就随风飘散。后来，慈禧太后命他向西安送军火，他立即照办，非常积极。总之，只要不让他消耗赖以升官的军事实力，叫他干什么都成。清政府与八国联军和约将成时，袁世凯表现得异常积极，派部将姜桂题率马步炮队北上，驻扎京城周围，为慈禧太后从西安回銮肃清障碍。在奉承大清国一号人物的同时，袁世凯还不忘博取其他大臣的好感。他与刘坤一、张之洞一起筹集两万五千两银子，进奉留京的大臣和追随慈禧太后逃亡的官吏。袁世凯在如此艰险的情况下，送银子、送军火、送安全，其过人才干和耿耿忠心，赢得朝廷上下一片叫好声，博得“才堪应变”的美名。

光绪二十七年九月二十七日（1901 年 11 月 7 日），直隶总督兼北洋大臣李鸿章病死。慈禧太后立即下令，由袁世凯署理直隶总督兼北洋大臣，袁世凯接印前由周馥暂时护理这个职位。

十月十一日（1901年11月21日），当山东巡抚不到两年时间的袁世凯，在唐绍仪等数十人陪同下，由一营亲兵护卫，八面威风离开济南，26日抵达高阳。此时，护理直隶总督的周馥派人携总督官印也抵达高阳。次日，袁世凯设立香案，举行隆重的接印仪式。因直隶总督衙门所在地天津仍被八国联军占据，袁世凯决定将总督衙门设于保定。当日，他挂总督印在保定走马上任。

其实，早在李鸿章病重期间，慈禧太后那双浑浊的老眼就已四下打量，普天之下，谁堪担当位同宰辅的直隶总督重任。

八国联军入侵前，拱卫京畿的是荣禄统率的武卫军。现在，这支武卫军大部已七零八落。在与洋枪洋炮装备起来的八国联军交战中，聂士成的武卫前军被全歼，荣禄亲率的武卫中军土崩瓦解，董福祥统领的武卫后军护送慈禧太后抵西安后因无饷无粮被迫遣散，宋庆麾下的武卫左军遭重创伤亡过半。大清国最具战斗力的武卫军中，逃过八国联军炮火之劫，唯一没有遭受损失的，只有袁世凯统领的武卫右军。再者，在八国联军洋枪洋炮淫威面前完全泄气的慈禧太后，此时做什么都得看洋人眼色，确定直隶总督人选，也不能不考虑洋人的态度。缔结和约时，联军开出一长列“战争罪犯”黑名单，原先甚至有她慈禧太后的名字，袁世凯却没有列入黑名单，这一点慈禧太后不得不加以考虑。

作为直隶总督人选，实力、忠心、洋人认可，缺一不可。现在，在所有文臣武将中，唯独袁世凯同时具备这三个条件。李鸿章清楚地看到了这一点。临终前，他在口授遗嘱里保荐袁世凯继任直隶总督兼北洋大臣之职，声称："环顾宇内人才，无出袁世凯右者。"因发热头昏而吃了大亏的慈禧太后，静心想来，觉得袁世凯此人的确是非常之才。她对李鸿章的识人眼光深表赞许。

在袁世凯巧妙操作之下，老太后甚至无法不相信，若是没有袁世凯就没有今日的山东，也就没有今日的中原，没有今日的东南半壁江山。十月二十八日（12月8日），慈禧太后以袁世凯"共保东南疆土，尽心筹画"、"卓著勋劳"为由，赏加太子少保衔。人们因此称袁世凯为"袁宫保"。

光绪二十八年五月初四日（1902年6月9日），年方四十一周岁的袁世凯，春风得意，双眸生辉。这一天，他被清廷实授为直隶总督兼北洋大臣，跻身封疆大吏之列，坐上大清国总督中的头把交椅，风风光光地戴上了饰东珠、衔红宝石的一品朝冠。

光绪二十八年七月（1902年8月），是清政府从八国联军手中接收天津的日子。朝廷与洋人都瞪眼看着，袁世凯如何赴天津去做直隶总督。八国联军将天津还给大清国，直隶总督衙门也得随之从保定迁往天津。但辛丑条约明文规定：八国联军交还天津后，清政府不得在天津租界二十公里内驻扎军队。天津租界地处市中心，这一规定等于剥夺了清政府在天津的驻军权，因为租界之外二十公里的范围，恰好将整个天津都圈划其中。市区内无一兵一卒是难以维持统治的，到头来还得由联军来维持秩序，直隶总督就得听命于洋人，天津实际上仍在洋人控制之下。清廷和洋人都盯着，看袁世凯如何对付这道难题，看你这个直隶总督怎么当。然而，接收当日，大出人们意料，三千名全副武装的巡警跟随袁世凯，浩浩荡荡开进天津城，一半留津，一半接管西沽、塘沽、山海关、秦皇岛、北塘等重地，将天津置于有效控制之下。洋人一下呆了，袁世凯哪里变出这么多警察来？中国迄今为止是没有一个警察的。他们认为，这些人必系正规军假冒。然而经过核查，发现这些穿着崭新警察制服的人，无一冒充，确是熟知警务的现代警察。原来，早在三个月前，袁世凯就想到了这一招，参照外国警察制度，在保定悄然创设了警务总局及五所分局，开办了巡警学校，招募训练警员。这些警员原本是训练有素的新军官兵，学会警察那一套无需花费多大力气。由于袁世凯带到天津的是警察，不是军队，外国领事对此找不出任何反对借口。这一招使洋人领教了袁世凯的手段，不得不佩服他的应变才能。袁世凯创办了中国的巡警制度，并以此为基础，将现代警察制度推向全省。

光绪三十四年十月二十一日（1908 年 11 月 14 日）正当壮年的光绪帝先于慈禧太后死去。翌日，年逾古稀的慈禧太后亦病死。临终前，她留下数道懿旨，授醇亲王载沣为摄政王，摄政王之子溥仪为嗣皇帝，她死后军国大事均由摄政王裁定，重大事件面请皇太后（光绪帝皇后）懿旨。小皇帝溥仪年仅三岁，因此慈禧太后死后，实权落入摄政王载沣手里。载沣早有诛杀袁世凯之心。镇国公载泽、民政部尚书善耆不约而同向他进言：“此时若不速作处置，则内外、军政方面皆是袁之党羽；从前袁所畏惧的是慈禧太后，太后一死，在袁心目中已无人可以钳制他了。异日势力养成，削除更为不易，且恐祸在不测。”他们主张将袁严办。与袁世凯素有怨隙的亲贵、大臣纷纷出来推倒墙，无不支持除袁。载沣暗中就此事征求首席军机大臣奕劻的意见，长期接受袁世凯贿赂、且与之构成政治同盟的奕劻坚决反对，威胁道："杀袁世凯不难，不过北洋军造起反来怎么办?"载沣又去听取军机大臣、太子太保、体仁阁大学士兼督办鄂境川汉铁路大臣张之洞的高见，张听了载沣的企图也直摇头，说："主少国疑，不可轻于诛戮大臣。"这两人的意见是不能不加考虑的，袁世凯在政界党羽自不必论，最具战斗力的北洋六镇（一镇相当于后来一个师）就有五镇掌控在他手里。载沣优柔寡断、缺乏魄力，经奕劻一吓、张之洞一谏，竟不知所措，一再修改惩袁谕旨，最后接受张之洞建议，改为"开缺回籍养疴"。光绪三十四年十二月十一日（1909 年 1 月 2 日），这道上谕正式发布，以袁世凯"现患足疾，步履维艰，难胜职任"为由，强行将其罢官，逐回河南老家。

庆亲王奕劻最初听到载沣要杀袁世凯的消息，立即将它透给了袁世凯。灭顶之灾竟如此迅猛地落在自己头上，这令素来镇静的袁世凯也大吃一惊，慌忙跑到天津，欲逃亡日本避祸，但权衡利弊之后又惴惴然返回北京。不久他接到强令回籍的谕旨，才稍许放心。杀机四伏，凶吉无常，三十六计走为上。他怕摄政王载沣复起杀念，当即跑去向他"谢恩"，之后立即登车匆匆逃往河南。

载沣对自己导演的这出罢袁戏颇为得意。袁世凯此人奸诈善变，特别能装，上年他搞祝寿被弹劾后，竟借口"患足疾"请假休养。载沣秉政后，袁世凯一肚子情绪，又曾以"患足疾"为由，令人携扶上朝。今天载沣总算以其人之道还治其人之身，以体恤养疾为由，将这个大野心家罢官铩羽。

载沣嫉恨袁世凯由来已久。光绪帝是载沣之兄，载沣认为其兄被囚迫害，罪魁祸首之一便是告密求荣的袁世凯。光绪帝被囚瀛台后对袁世凯恨之入骨，"日书其姓名，粉碎之”。八国联军进犯那年逃到西安后，光绪帝经常“画成一龟，于背上写上项城（指袁世凯）姓名，粘之壁间，以小竹弓向之射击，既复取下剪碎之，令作片片蝴蝶飞”，“几以此为常课”。再者，袁世凯担任直隶总督五年多时间里，野心勃勃，做下令载沣等满清王公贵族忌疑之事。袁世凯任直隶总督后，又身兼参预政务大臣等八项要职，志得意满，锋芒毕露，尤其在摸清慈禧太后已决意变革的底牌后，各项新政事事率先倡办，增练新军，创办巡警，整饬吏治，提倡实业，广兴教育，以至当时清廷革创之政，几乎全出于他之手。袁世凯在直隶总督任上政绩赫然。

特别值得玩味的是，袁世凯任直隶总督不久，就吹响了废除封建科举制度的号角。光绪二十九年二月十二日（1903 年 3 月 10 日），他与张之洞联衔，奏请递减科举员额，“专注学校一途”。指出“致治必赖于人才，人才必出于学校”，“科举一日不废，即学校一日不能大兴”。光绪三十一年八月初二日（1905 年 8 月 31 日），袁世凯再次领衔上折，建议立即停止科举，推广学校。清廷同意其奏请，谕令自丙午科起，所有乡试、会试和各省岁科考试一律停止。中国一千二百年来以科名选拔官员的制度，终于在袁世凯振臂一呼之后敲上棺钉。袁世凯二试不中，是科场失意者；张之洞系殿试探花，是科场佼佼者。科举坟墓由袁世凯、张之洞之辈联手挖掘，实在耐人寻味。

光绪三十三年七月二十七日（1907 年 9 月 4 日），慈禧太后调袁世凯担任外务部尚书，命他进入时有五人组成的军机大臣核心班子。袁世凯在政坛的得志，令载沣等满洲亲贵芒刺在背，必欲除之而后快。

袁世凯在回籍疾奔的黄尘中回首京城，自然百感交集。岁月如烟，他记得十五岁那年，第一次随叔父到京读书，一心想从青灯黄卷中博得紫袍玉带，可是两度应试，都名落孙山，京城将他拒之门外，他只好另辟蹊径杀入官场。从那时到如今，一下逝去三十多年，眼看着过去想求的东西都得到了，过去不敢想的东西也得到了，终于进入权力核心层，爬上万人仰慕的高位，只要再往上蹿一蹿，几乎可以摘到月亮、够着太阳。可谁能料到，在这王朝末年，在最高权力更迭之际，宫廷权力角逐的狂飙竟会将他一下掀翻。然而惊魂甫定，他就冷冷地笑了。远眺着飞尘中愈来愈小的皇城，袁世凯暗忖：我会回来的，这个王朝已经少不得我袁某人了！

袁世凯带着两个姨太太，在河南辉县住了两个月，继而携全家迁居彰德城北门外的洹上村，住进早年购置、高大院墙周围筑有多个森严炮楼、题有慈禧太后手书“养寿”二字的乡村宅院。从此，袁世凯吟诗垂钓，一副闲云野鹤情调，好像真的看破红尘，决意属意田舍村野了。其实，他一刻也没放弃控制权力鸢子的线，设在家中的电报房整天嘀嘀嗒嗒响个不停，他的银子还源源不断地往掌握朝政大权的庆亲王府里送，农工商部参丞、长子袁克定和属僚徐世昌、冯国璋、段祺瑞、杨士琦等人的秘密情报还在悄然往这“养寿”园里飞，他的书信仍不断联络达官贵人、亲友故旧，他那双眼睛天天观察着风起云涌的天下局势。袁世凯隐逸恬淡的背后，仍是权欲熏心，他紧紧掌握着自己的命运。

到了节日和生日，他的北洋旧部，冯国璋、段祺瑞、张勋、段芝贵、赵秉钧、阮忠枢、杨士琦、梁士诒、杨度等人，都会成为“养寿”园里的座上客。北洋新军，这一进可攻、退可防的利器，是他耗费半生心血打造而成的，他到哪儿都不会撒手。先辈的经验告诉他必须这么做。

同治七年（1868 年），曾国藩调任直隶总督，翌年进京谒见，西太后问他："汝到直隶，何事为急？"曾国藩不假思索地答道："遵旨以练兵为先，其次整顿吏治。"李鸿章继任直隶总督后，继承曾氏的衣钵，也"以练兵为当务之急"。袁世凯接任直隶总督时，进士出身、时任直隶按察使的杨士骧向他献计："曾文正首创湘军，其后能发扬光大者有两人，一为左湘阴（宗棠），一为李合肥（鸿章）。湘阴言大而不务实，故新回平定后，迁徙调革，即不能掌握兵柄，致纵横十八省之湘军，几成告朔饩羊，仅剩有一名词矣。合肥较能掌握淮军，频年多故，遂尚能维持因应于一时。今公继起，如能竭其全力，扩训新军，以掌握新军到底，则朝局重心，隐隐'望岱'矣。"袁世凯听了频频点头，深以为然。他对人说："天下多不通之翰林，翰林真能通者，我眼中只有三个半人，张幼樵（佩纶）、徐菊人（世昌）、杨莲府（士骧）算三个全人，张季直（謇）算半个而已。"杨士骧此后深受袁世凯倚重，一路保荐他升任直隶布政使、山东巡抚，光绪三十三年（1907 年）代袁接任直隶总督。一个人官能做得多大、能走得多远，往往取决于他掌控军队的质量，这是曾国藩、李鸿章的经验，也是他袁世凯的体悟。因此，袁世凯当上直隶总督后，把编练新军当作第一要务，说："筹饷练兵，固期多多益善。"他将所练新军改称"北洋常备军"。至光绪三十一年（1905 年），北洋六镇编练计划全部告成。为培养具有现代军事知识的军官，培训听从他调遣的将弁，袁世凯建立各种军事学堂。光绪二十八年五月（1902 年 6 月），在保定建立行营将弁学堂；次年，开办陆军小学堂、北洋武备速成学堂。光绪三十一年（1905 年），北洋武备速成学堂开办步兵、军医、马医、经理、军械、测绘各科，培养军事专业人才。他在小站兴办电讯学堂；在大沽筹建宪兵学堂；在保定成立军官学堂；在天津开办讲武堂和学兵营各一所。此外，他还从武卫右军学堂毕业生中遴选五十余人，派赴日本陆军学堂深造。北洋六镇新军编练告成，使袁世凯拥有一支八九万之众的近代化军队，成为大清国最强大的封建军阀。北洋六镇除第一镇外，其他五镇均由其当年小站所辖的嫡系将领统率。袁世凯所办军事学堂还向各地新军输送军官，使袁世凯的根系伸向全国，影响日益扩大。以致“朝有大政，每由军机处问诸北洋”。袁世凯因此成为清廷的重要决策人物。北洋是他的政治本钱。这些本钱无论如何他都会小心翼翼揣在怀里。退隐洹上村后，他牢牢控制着北洋军，仍是北洋集团公认的无冕之王。

袁世凯在“养寿”园里韬光养晦，偶尔稍不留神，会露出猫一样锋利的爪子。他在《登楼》诗中写道：“楼小能容膝，檐高老树齐。开轩平北斗，翻觉太行低。”他在另一首诗中还写道：“百年心事总悠悠，壮志当时苦未酬。野老胸中负甲兵，钓翁眼底小王侯。”他自信，伸张意志的这一天一定会到来。

宣统二年三月（1910 年 4 月），日俄加紧侵略中国东北和蒙古，以庆亲王奕劻为首的朝廷大员，再次呼吁载沣起用袁世凯，让他出任东三省总督。同年下半年，唐绍仪借口外交棘手，请求起用袁世凯。朝廷内外要求起用袁世凯之声不绝于耳。但载沣深知，请袁出山就是引狼入室，他对请袁出山的喧嚣充耳不闻。宣统三年二月（1911 年 3 月），袁世凯昔日部属曹锟赴洹上村拜访老上司，议论时局时说：“今朝政日非，大乱将至，前论平乱人才，李鸿章、刘坤一、张之洞诸公相继逝世，只存宫保一人，倘再不出山，危机迫于眉睫矣!”这番话意在催促老上司赶紧出山，设法平息即将出现的天下大乱的国家民族危机。袁世凯听了，不紧不慢地说：“如大局不糜烂，起用决不及予；果糜烂矣，即出山恐亦不易收拾也。”曹倜听了大惊，不料退隐于村野旮旯的老上司对局势看得这么深透。

曹倜可能并不深知老上司肚里那几根蛔虫。老上司时刻都盼望东山再起的那个时刻，盼望着天下大乱、大局糜烂那一日的到来，只有到了政局不可收拾之时，他袁某人才可能乘乱而起，捞到他想要的全部东西。

备受心灵煎熬的洹上村“养寿”园退隐生活，一下就是两年多。农历辛亥年，也即宣统三年八月二十日（1911年10月11日)，是袁世凯五十二周岁生日。这一日，洹上村“养寿”园宾客满座、觥筹交错，一片祝寿庆贺之声。正宴饮间，突然传来武昌起义的消息，众人“相顾失色”，袁世凯立即命人撤去酒宴，停止唱戏。众人议论纷纷，大多认为革命党人像以往历次起义那样，不过昙花一现，难以成功。袁世凯边听人议论，边锁眉思索。想着想着，紧锁的双眉舒展开来，不禁捋髯一笑。天下大乱、时局糜烂的这一天终于到来了！有位部属问他有何高见，他说“此乱非洪杨可比”，决不可等闲视之。谈笑之间，意气风发，大有扶倾定危舍我其谁之概。

武昌起义枪声一响，清廷举朝惶乱。摄政王载沣忙令陆军大臣荫昌亲率陆军两镇开赴武昌，并饬海军提督萨镇冰率军舰会同长江水师前往增援。荫昌虽是名声赫赫的赴德留学生，但从未上过战场闻过硝烟，没有任何实战经验，而且开赴前线的都是北洋旧部，这些将弁心目中唯有袁世凯，根本不听他指挥调遣。清政府内阁总理大臣奕劻是个贪婪成性、财迷心窍、才具平庸的家伙，他的心早被袁世凯动辄数十万两的银子收买了，协理大臣那桐和徐世昌与袁关系至深，这三个实权派将武昌兵变当作向载沣施压、再次请袁出山的好机会，异口同声地对载沣说，非袁不可收拾这次变乱。载沣仍然不听，还对口气特硬的那桐大发脾气。那桐遂提出告老还乡，奕劻也不上朝议事。此时前线军情十分火急，一个又一个带着损兵折将、丢城失地坏消息的奏折雪片般飞来，载沣不知如何应付，只好将奕劻、那桐请来重新计议。奕劻坚持说："此种非常局面，本人年老，绝对不能承当。袁有气魄，北洋军队都是他一手编练，若令其赴鄂剿办，必操胜算；否则畏葸迁延，不堪设想。且东交民巷亦盛传，非袁不能收拾，故本人如此主张。"他除重申原来意见外，还强调洋人也是这么看的。

英、法、德、美四国银行团的美国代表司戴德、法国代表贾思纳都认为："如果清朝请一个有力的人（像袁世凯）出来协助它，并同意一些宪法改革，则叛乱将失去它的矛头而不久被粉碎。""银行团要求能有一个像袁世凯那样的人来保证政府的稳定，"并且肯定地说，"袁世凯在训练新军方面做过许多工作，看来他是制止叛乱浪潮、争回不忠诚的军队，以及同起义首领中的某些人达成协议的唯一人物。"美国驻华公使嘉乐恒建议清政府尽快起用袁世凯，驻京外国公使团对此一致表示赞同。美国政府还专门派人入宫，以命令的口吻对清廷说："不是任他（袁世凯）做一个寻常的高级官吏，而是作为朝廷的顾问兼皇权执行者。"洋人的威迫和鼓噪，载沣很不想听，但又不能不听。

面对日益恶化的政局和内外舆论压力，载沣别无选择。他明知放袁出山是勒在他脖颈上的套索，但不得不往这个套索里钻。他像一个扑腾着快要沉入海底的人，最后还对漂浮海面的一根稻草抱有救命幻想。他问奕劻：如果请袁出山，“你能担保没有别的问题吗?”奕劻拍胸脯道：“这个不消说的。”重新起用袁世凯的事就这么裁定了。一些王公贵族闻讯，立即跑去找载沣，埋怨他不该引狼入室，载沣非常后悔，但又无可奈何，言不由衷地说：“袁四（世凯）有将才，且名望亦好，故命他去。”有人埋怨他不识人，载沣急忙辩白道：“都是他们的人，我何曾有爪牙心腹!”实际上，载沣也有他的如意算盘。据说，他曾与一些王公大臣密谋过，无论袁世凯镇压起义是成还是败，最后都要将他除掉。

宣统三年八月二十日（10 月 14 日），清廷发布上谕，授袁世凯为湖广总督，赋予他的权力很大：督办剿抚事宜，且所有该省军队及各路援军，全部由他节制调遣；荫昌、萨镇冰所率水陆军，也全部会同调遣。因此，袁世凯既为湖广总督，又是统率水陆军的前线总指挥。

庆亲王奕劻满以为袁世凯一定会眉开眼笑出山的，派阮忠枢向他报喜讯。哪知袁世凯不为所动，称“惟臣旧患足疾，迄今尚未大愈，去冬又牵及左臂，时作剧痛”，因此，还得请医生调治，待日后腿和胳膊好了才能赴任。袁世凯称“足疾”未愈，又添胳膊之疾，称病不出，让载沣再度吞咽“足疾”幌子下的那枚苦果。

紧接着两江总督张人骏来电，催他早日出山，袁世凯同样借病拒绝。

二十四日（18 日），载沣再度催他尽快出山。袁世凯则上奏提出，不能让他赤手空拳上阵，要求招募一万两千五百人作为湖北巡防军，要清廷立即提供他四百万两白银，另外他还要自刊一颗“湖广总督督办剿抚事宜行营”关防大印。总之，他借机要钱、要兵马、要实权，只给一个空头官衔休想请他出山。两日后，他又致电清廷，要求调他北洋旧部开赴前线，而且必须由他亲自统率。

袁世凯煞有介事地开出价码，好像真有立马出山之意。实际上，他是不会将掌握朝廷大权的载沣从水火中拯救出来的，他还要看着政局乱下去，直乱到足够的程度。

当时，亲信倪嗣冲等人曾劝袁世凯乘乱夺取天下，称王称帝自开局面。袁世凯听了，心里直痒痒，但反复思虑后还是遏制了这一冲动。原因是："一、世受清室恩遇，从孤儿寡妇手中取得天下，肯定要为后世所诟病。二、清廷旧臣尚多，如张人骏（两江总督）、赵尔巽（东三省总督）、李经羲（云贵总督）、升允（陕西巡抚）均具有相当势力。三、北洋旧部握军权者，如姜桂题、冯国璋等，尚未灌输此种思想。四、北洋军力未达长江以南，即令称帝，亦是北洋半壁，南方尚须用兵。五、南方民气发达程度，尚看不透。人心向背，尚未可知。"据徐世昌后来回忆，正是基于这五方面考虑，袁世凯才没有乘乱出手夺取天下，将大清皇权据为己有。

就在袁世凯与清廷讨价还价之际，武昌起义之后的革命形势迅猛发展。湖南、陕西、江西等省相继宣告起义，反清烈焰如火山一样四下喷发。

前有革命党，后有袁世凯。前有虎，后有狼，载沣进退无路，只好两害相权就其轻。他不得不答应袁世凯开出的价码，重新调整统兵将领，将湖北前线军权完全交到袁世凯手中，并从宫里立即拨出一百万两白银做湖北军费。

袁世凯这才有所动作，指挥北洋运兵车沿着京汉铁路隆隆南下。

就在这时，又爆发了两个突发性事件。一是新军第二十镇统制张绍曾屯兵滦州，与第二混成协统领蓝天蔚等将领联名通电，强烈要求改组奕劻为首的、由满清皇族把持的内阁，速开国会，实行宪政。接着，扣留清政府运往前线的一列军火，致电黎元洪、黄兴等革命党人，表示不会督师南下，牺牲同胞性命，助成政府淫威。同时，驻石家庄第六镇统制吴贞禄（革命党人），正密谋策划与山西、滦州军队联合，直捣北京，摧毁清王朝。二是山西太原新军起义，巡抚陆钟琦毙命，阎锡山被推戴为军政府都督。

清廷闻讯，立时炸了锅，大有末日降临、大祸临头之感。隆裕皇太后和载沣惊惧交加、如置针毡，准备带上小皇帝亡命承德。

袁世凯闻此突变，立即停止与清廷讨价还价。清廷如果过早覆灭，他就会失去实现政治野心的舞台。他马上出手对付危机：一是致电奕劻劝阻皇帝皇太后出京，并令亲信赵秉钧入京与奕劻沟通，调姜桂题部开进北京，把守皇城九门。二是派出原部属周麟潜赴石家庄暗杀吴贞禄，并将第六镇牢牢控制住。三是通过徐世昌逼迫张绍曾离开第二十镇。四是他本人于九月初九日（10 月 30 日）离彰德南下，赴湖北前线，亲督北洋军猛攻汉口。

袁世凯的北洋军很快攻陷汉口，并以血腥手段扑灭北方军队的一次起义，其他对付危机的几招也一一见效，使清廷暂时摆脱危机，也使载沣等人充分认识到他袁某人天下无敌的军事实力。他还乘乱把京畿一带兵权抓在手中，使清廷置于其兵刃之下。至此，载沣才幡然醒悟，自己原先想除掉袁世凯的设想，实在是太天真了。狼已入室，这狼已由不得他随意摆布了。要想让狼不将他马上吃掉，只能奉送一切，将狼喂得饱饱的。

在袁世凯北洋军攻占汉口当天，清廷宣布解散皇族内阁，授袁世凯为内阁总理大臣。袁世凯笑了，但他没有接受，复电辞谢。载沣料知他又是装的，不允其辞，再三催促早日进京。袁世凯这才致电说，内阁总理大臣需国会公举才能算数，皇上诏书是不能算数的，所以他不敢奉诏。载沣听了气得眼珠子直翻白，但拿他毫无办法。九月十八日（11 月 8 日），资政院开会，正式选举袁世凯为内阁总理大臣。

袁世凯真正成了末世王朝的香饽饽。大清国内阁总理大臣这把碰顶交椅，非他袁世凯莫属。他袁某人不搭理，朝廷千呼万唤苦苦哀求，一个劲朝他烧高香磕响头。

袁世凯终于来了。他将前方军权交给亲信冯国璋，于二十三日（13 日）在大批卫队护卫下抵达北京，下榻于锡拉胡同。次日入朝，谒见隆裕皇太后和摄政王载沣，宣誓效忠清室。两日后袁世凯将内阁名单公诸天下，阁员大都是他的党羽或挚友。至此，袁世凯如愿以偿，将大清国军政大权全部抓在手里。

至于后来，他借革命党要求共和之刀，迫使清室逊位，又借立宪派和西方列强之剑，威迫革命党就范，在乱世中耍弄诡计，左右逢源，如鱼得水，最后窃据中华民国大总统，只是其故伎重演而已。

面对天崩地裂的突发事变，具有斗士的禀性、过人的胆魄、敏锐的政治判断力，乱而不怯，乱中奋起，驭乱取胜，是袁世凯在清末乱世青云直上、大红大紫的一个奥秘。

但袁世凯是一个惯于风高月黑之夜与对手搏击的斗士，无法挺剑走进黎明。他只能顺着习惯了的旧路走下去，一条胡同走到黑。当他取得中华帝国大皇帝之位时，他的末日也就来临了。

袁世凯，一个踏不进黎明的黑色斗士。

主要参考书目

《明清论丛》（第一辑）　朱诚如　王天有著　紫禁城出版社　1999 年
《明清论丛》（第二辑）　朱诚如　王天有著　紫禁城出版社　2001 年
《明清论丛》（第三辑）　朱诚如　王天有著　紫禁城出版社　2002 年
《清代国家机关考略》　张德泽著　学苑出版社　2001 年
《清代宫史论丛》　清代宫史研究会编　紫禁城出版社　2001 年
《清代人物传记史料研究》　冯尔康著　商务印书馆　2000 年
《满文老档》　中国第一历史档案馆等译注　中华书局　1990 年
《清代人物研究》　戴　逸等编著　巴蜀书社　1992 年
《明清皇室》　刘　毅著　紫禁城出版社　1997 年
《满汉名臣录》（四册）　吴忠匡总校订　黑龙江人民出版社　1991 年
《清代人物传稿》（第七、八卷）　清史编委会编　中华书局　1994 年
《清代人物传稿》（第九卷）　清史编委会编　中华书局　1995 年
《清代人物传稿》（第十卷）　清史编委会编　中华书局　2001 年
《清太宗文皇帝实录》　中华书局　1985 年
《清世祖实录》　中华书局　1985 年
《清圣祖实录》　中华书局　1985 年
《康熙朝起居注》　中华书局　1984 年
《清世宗实录》　中华书局　1985 年
《雍正朝起居注》　中华书局　1984 年
《庭训格言》　爱新觉罗・胤禛辑　津河广仁堂本
《悦心集》　爱新觉罗・胤禛辑　清末铅印本

《清高宗实录》　中华书局　1985 年
《清仁宗实录》　中华书局　1986 年
《清宣宗实录》　中华书局　1986 年
《清穆宗实录》　中华书局　1987 年
《内阁汉文起居注册》　藏于中国第一历史档案博物馆
《光绪朝东华录》　朱寿朋编　中华书局　1958 年
《东华录》　蒋良骐编　中华书局　1980 年
《李朝实录》　学习院东洋文化研究所　1964—1965 年
《朝鲜李朝实录中的中国史料》　吴　晗辑　中华书局　1980 年
《朱批谕旨》　雍正朝光绪十三年上海点石斋缩印本
《清历朝御制诗文集》　海南出版社影印　2000 年
《澄怀园主人自订年谱》　张廷玉著　光绪六年刊本
《国朝耆献类徵》　李　桓编　湘阴李氏版
《清通鉴》　章开沅主编　岳麓书社出版　2000 年
《剑桥中国晚清史》［美］费正清编　中国社会科学出版社　1993 年
《清代全史》（十卷本）王戎笙等著　辽宁人民出版社　1993 年
《清史稿》　赵尔巽编　中华书局　1977 年
《中国社会通史》（晚清卷）　史革新主编　山西教育出版社　1996 年
《洪业——清朝开国史》［美］魏斐德著　江苏人民出版社　1992 年
《中国历史大事编年》　张习孔等主编　北京大学出版社　1986 年
《清代皇帝传略》　左步青主编　紫禁城出版社　1991 年
《清代文化丛书》（六卷三十册）　辽海出版社　1997 年
《明清帝王兴衰录》　朱诚如著　紫禁城出版社　2001 年
《清朝皇位继承制度》　杨　珍著　学苑出版社　2001 年
《清朝典制》　郭松义等著　吉林文史出版社　1993 年
《清代地方官制考》　刘子扬著　紫禁城出版社　1994 年
《清代的旗地》　中国人民大学清史研究所等编　中华书局　1989 年
《清代哲学》　王　茂等著　安徽人民出版社　1992 年
《清朝八旗驻防》［韩］任桂淳　三联书店　1993 年
《圣武记》　魏　源著　中华书局　1984 年

《康熙帝传》[法] 白　晋著　马绪祥译　中华书局　1980 年
《啸亭续录》　昭　梿著　中华书局　1982 年
《檐曝杂记》　赵　翼著　中华书局　1982 年
《养吉斋丛录》　吴振棫著　北京古籍出版社　1983 年
《筹办夷务始末》(道光朝)　中华书局　1964 年
《筹办夷务始末》(咸丰朝)　中华书局　1979 年
《薛福成选集》　丁凤麟等编　上海人民出版社　1987 年
《越缦堂日记》　李慈铭著　商务印书馆影印本
《清代档案史料丛编》第一辑　中华书局　1978 年
《崇陵传信录》　恽毓鼎著　团结出版社　1999 年
《清宫述闻》　章乃炜著　北京古籍出版社　1988 年
《近代名人小传》　沃丘仲子著　中国书店　1988 年
《清代通史》　肖一山著　中华书局　1986 年
《中国近代史上的关键人物》　庄　练著　中华书局　1988 年
《春明梦录》　何德刚著　上海古籍书店　1983 年
《晚清宫廷生活见闻》　文史资料出版社　1982 年
《中国近代百年史资料》　左舜生辑　台湾中华书局　1983 年
《那拉氏的三次政变》　李英庭著　《广西大学学报》　1979 年第 2 期
《清代笔记小说》　第十二卷　河北教育出版社　1996 年
《女统治者》[美] 罗伯特·A. 利斯顿　新华出版社　1987 年
《张文襄公年谱》　许同莘编　民国二十八年北京天华印书馆铅印本
《张謇传记》　刘厚生著　上海书店　1985 年
《政府公报》　1916 年 3 月 24 日
《宣统复辟》　白　蕉著　《人文月刊》　第六卷
《清代内务府》　祁美琴著　中国人民大学出版社　1998 年
《老太监的回忆》　信修明著　北京燕山出版社　1992 年
《宫女谈往录》　金　易等著　紫禁城出版社　1992 年
《清官流放人物》　周　轩著　紫禁城出版社　1993 年
《晚清宫廷生活》　全国政协文史委员会编　中国文史出版社　2000 年
《洋教士看中国朝廷》　朱　静编译　上海人民出版社　1995 年

《皇帝与皇权》　周良霄著　上海古籍出版社　1999 年
《天命汗》　阎崇年著　吉林文史出版社　1993 年
《崇德帝》　孙文良等著　吉林文史出版社　1993 年
《顺治帝》　周远廉著　吉林文史出版社　1993 年
《皇父摄政王多尔衮》　周远廉等著　吉林文史出版社　1993 年
《康熙传》　蒋兆成著　人民出版社　1998 年
《中国皇帝——康熙自画像》［美］史景迁著　上海远东出版社　2001 年
《康熙皇帝一家》　杨　珍著　学苑出版社　1997 年
《乾隆传》　唐文基著　人民出版社　1994 年
《英使谒见乾隆纪实》［英］斯当东著　上海书店出版社　1997 年
《雍正传》　冯尔康著　人民出版社　1985 年
《雍正帝》　梁希哲著　吉林文史出版社　1993 年
《乾隆传》　白新良著　辽宁教育出版社　1990 年
《嘉庆帝》　关文发著　吉林文史出版社　1993 年
《道光帝》　孙文范等著　吉林文史出版社　1993 年
《咸丰同治帝》　徐立亭著　吉林文史出版社　1993 年
《光绪帝》　冯元魁著　吉林文史出版社　1993 年
《光绪传》　孙孝恩等著　人民出版社　1997 年
《宣统帝》　陈瑞云著　吉林文史出版社　1993 年
《爱新觉罗·溥仪传》　岫　岩等著　华文出版社　1990 年
《爱新觉罗·溥仪日记》　爱新觉罗·溥仪著　天津人民出版社　1996 年
《中国末代皇帝》［英］爱德华·贝尔著　中国建设出版社　1989 年
《紫禁城的黄昏》［英］庄士敦　紫禁城出版社　1991 年
《我的前半生》　溥　仪著　东方出版社　1999 年
《随侍溥仪纪实》　李国雄口述、王庆祥撰写　东方出版社　1999 年
《慈禧太后》　左书谔著　吉林文史出版社　1993 年
《康熙御批》　中　仁主编　中国华侨出版社　2000 年
《雍正御批》　中　仁主编　中国华侨出版社　1991 年
《乾隆御批》　董建中编著　中国华侨出版社　2001 年
《曾国藩日记》　曾国藩著　天津人民出版社　1995 年

《翁同龢日记》 陈义杰整理 中华书局 1989 年
《清帝承德离宫》 杜 江著 紫禁城出版社 1998 年
《雍和宫志略》 金 梁编纂 中国藏学出版社 1994 年
《清人生活漫步》 冯尔康著 中国社会出版社 1999 年
《清代状元奇谈、清代状元谱》 周腊生著 紫禁城出版社 1994 年
《汤若望传》 李兰琴著 东方出版社 1995 年
《禁苑黄昏》［美］凯瑟琳·卡尔著 百家出版社 2001 年
《慈禧恋爱史和她的权威》 德 龄著 天津古籍出版社 1999 年
《德龄话光绪》 德 龄著 中国广播电视出版社 1996 年
《德龄忆慈禧》 德 龄著 中国广播电视出版社 1996 年
《我在慈禧太后身边的日子》 德 龄著 长江文艺出版社 2001 年
《一个美国人眼中的晚清宫廷》［美］I. T. 赫德兰著 百花文艺出版社 2002 年
《清代皇帝秘史》（一至四卷） 林 乾主编 山西人民出版社 1998 年
《清稗类钞》 徐 珂编撰 中华书局 1984 年
《清宫轶事》 郑逸梅等著 紫禁城出版社 1985 年
《细说清朝》 黎东方著 上海人民出版社 1997 年
《清人社会生活》 冯尔康著 沈阳出版社 2002 年
《满族生活掠影》 刁书仁编著 沈阳出版社 2002 年
《晚清纪事》［法］奥古斯特·弗朗索瓦 云南美术出版社 2001 年
《洋务运动史》 夏东元著 华东师范大学出版社 1992 年
《清朝兴亡史》（外八种） 北京古籍出版社 1999 年
《海逸斋笔乘》（外十种） 北京古籍出版社 1999 年
《清末实录》（外十一种） 北京古籍出版社 1999 年
《清光绪帝外传》（外八种） 北京古籍出版社 1999 年
《清宫秘史》第五卷 团结出版社 1999 年
《近代稗海》第一辑 四川人民出版社 1985 年
《国闻备乘》 胡思敬著 四川人民出版社 1985 年
《袁世凯传》 李宗一著 中华书局 1980 年
《中国近代反帝反封建历史歌谣选》 程 英编 中华书局 1962 年
《我的生活》 冯玉祥著 岳麓书社 1999 年

《冯玉祥日记》 中国第二历史档案馆编 江苏古籍出版社 1992 年
《孙中山全集》 李 凡主编 北京出版社 1991 年
《百年苦语》 陈爱玉主编 济南出版社 1998 年
《胡适传》 易竹贤著 湖北人民出版社 1987 年
《史记》 司马迁著 中华书局 1959 年
《旧唐书》 上海古籍出版社、上海书店编 1986 年
《万历传》 樊树志著 人民出版社 1993 年
《清朝法制史》 张晋藩主编 法律出版社 1994 年
《文化、权力与国家》［美］杜赞奇著 王福明译 江苏人民出版社 1994 年
《权力意志》［德］尼 采著 张念东等译 海南国际新闻出版中心 1996 年
《德国思想家论中国》［德］夏瑞春编 陈爱政译 江苏人民出版社 1995 年
《中国的现代化》［美］吉尔伯特·罗兹曼主编 江苏人民出版社 1995 年
《中西文化交流先驱》 许明龙主编 东方出版社 1993 年
《君主论》［意］马基亚维里著 陕西人民出版社 2001 年
《李鸿章传》 苑书义著 人民出版社 1994 年
《李鸿章事略》 北京古籍出版社 1999 年
《康熙统一台湾始末》 任 力著 解放军出版社 1996 年
《施琅研究》 许在全 吴幼雄主编 中国社会科学出版社 2001 年
《曾国藩大传》 史 林 迟云飞著 中国经济出版社 2001 年
《康乾盛世历史报告》 郭成康等著 中国言实出版社 2002 年
《中国近代史上的关键人物》 苏同炳著 百花文艺出版社 2000 年
《悔逸斋笔乘》 北京古籍出版社 1999 年
《清末实录》 北京古籍出版社 1999 年
《清光绪帝外传》 北京古籍出版社 1999 年
《清朝兴亡史》 北京古籍出版社 1999 年
《盟誓史》 田兆元著 广西民族出版社 上海文艺出版社 2002 年
《湘军》 皮明勇著 山西人民出版社 1999 年
《清代直隶总督与总督署》 黎仁凯等著 中国文史出版社 1993 年
《袁世凯》 林 阔编著 中国文史出版社 2001 年
《袁世凯》 侯宜杰著 百花文艺出版社 2003 年

《袁世凯家事》　杨树标　王国永著　江西人民出版社　2001 年
《清代的皇帝》　高　阳著　海南出版社　1997 年
《清东陵史话》　徐广源著　紫禁城出版社　1997 年

清代皇帝世系表

皇帝世数	皇帝庙号	皇帝谥号	年号	皇帝及皇子名	皇帝出生日期	即位时间	即位年龄（周岁）	在位年数	卒年及年龄（周岁）	陵名及陵地
一	太祖	原谥“武”，康熙元年改为“高”	天命	努尔哈赤 皇子： 长子　褚英 次子　代善 三子　阿拜 四子　汤古代 五子　莽古尔泰 六子　塔拜 七子　阿巴泰 八子　皇太极 九子　巴布泰 十子　德格类 十一子　巴布海 十二子　阿济格 十三子　赖慕布 十四子　多尔衮 十五子　多铎 十六子　费扬果	明嘉靖三十八年（1559年，×月×日无考）	明万历四十四年，后金天命元年正月初一日（1616年2月17日）	57岁	11年	天命十一年八月十一日（1626年9月30日），终年67岁	福陵；后改称永陵；陵地今辽宁沈阳市
二	太宗	文	天聪。天聪十年改为崇德元年。	皇太极 皇子： 长子　豪格 次子　洛格 三子　洛博会 四子　叶布舒 五子　硕塞 六子　高塞 七子　常舒 八子　（未命名） 九子　福临 十子　韬塞 十一子　博穆博果尔	明万历二十年十月二十五日（1592年11月28日）	天命十一年九月初一日（1626年10月20日）	33岁	17年	崇德八年八月初九日（1643年9月21日），终年50岁	昭陵；陵地今辽宁沈阳市

皇帝世数	皇帝庙号	皇帝谥号	年号	皇帝及皇子名	皇帝出生日期	即位时间	即位年龄（周岁）	在位年数	卒年及年龄（周岁）	陵名及陵地
三	世祖	章	顺治	福临 皇子： 长子　牛钮 次子　福全 三子　玄烨 四子　（未取名） 五子　常颖 六子　奇授 七子　隆禧 八子　永干	崇德三年正月三十日（1638年3月15日）	崇德八年八月二十六日（1643年10月8日）	5岁	18年	顺治十八年正月初七日（1661年2月5日），终年23岁	孝陵；陵地今河北遵化市
四	圣祖	仁	康熙	玄烨 皇子： 长子　胤禔 次子　（废太子）胤礽 三子　胤祉 四子　胤禛 五子　胤祺 六子　胤祚 七子　胤祐 八子　胤禩 九子　胤禟 十子　胤䄉 十一子　胤禌 十二子　胤祹 十三子　胤祥 十四子　胤禵 十五子　胤禑 十六子　胤禄 十七子　胤礼 十八子　胤祄 十九子　胤禝 二十子　胤祎 二十一子　胤禧 二十二子　胤祜 二十三子　胤祁 二十四子　胤祕	顺治十一年三月十八日（1654年5月4日）	顺治十八年正月十九日（1661年2月17日）	6岁	61年	康熙六十一年十一月十三日（1722年12月20日），终年68岁	景陵；陵地今河北遵化市
五	世宗	宪	雍正	胤禛 皇子： 长子　弘晖 次子　弘昐 三子　弘昀 四子　弘时 五子　弘历 六子　弘昼 七子　福宜 八子　福惠 九子　福沛 十子　弘瞻	康熙十七年十月三十日（1678年12月13日）	康熙六十一年十一月二十日（1722年12月27日）	44岁	13年	雍正十三年八月二十三日（1735年10月8日），终年56岁	泰陵；陵地今河北易县

皇帝世数	皇帝庙号	皇帝谥号	年号	皇帝及皇子名	皇帝出生日期	即位时间	即位年龄（周岁）	在位年数	卒年及年龄（周岁）	陵名及陵地
六	高宗	纯	乾隆	弘历 皇子： 长子　永璜 次子　永琏 三子　永璋 四子　永珹 五子　永琪 六子　永瑢 七子　永琮 八子　永璇 九子　（未命名） 十子　（未命名） 十一子　永瑆 十二子　永璂 十三子　永璟 十四子　永璐 十五子　永琰 十六子　（未命名） 十七子　永璘	康熙五十年八月十三日（1711年9月25日）	雍正十三年九月初三日（1735年10月18日）	24岁	60年	嘉庆四年正月初三日（1799年2月7日），终年87岁	裕陵；陵地今河北遵化市
七	仁宗	睿	嘉庆	颙琰 皇子： 长子　（未命名） 次子　绵宁 三子　绵恺 四子　绵忻 五子　绵愉	乾隆二十五年十月初六日（1760年11月13日）	嘉庆元年正月初一日（1796年2月9日）	35岁	25年	嘉庆二十五年七月二十五日（1820年9月2日），终年59岁	昌陵；陵地今河北易县
八	宣宗	成	道光	旻宁 皇子： 长子　奕纬 次子　奕纲 三子　奕继 四子　奕詝 五子　奕誴 六子　奕訢 七子　奕譞 八子　奕詥 九子　奕譓	乾隆四十七年八月初十日（1782年9月16日）	嘉庆二十五年八月二十七日（1820年10月3日）	38岁	30年	道光三十年正月十四日（1850年2月25日），终年67岁	慕陵；陵地今河北易县
九	文宗	显	咸丰	奕詝 皇子： 长子　（未命名） 次子　载淳	道光十一年六月初九日（1831年7月17日）	道光三十年正月二十六日（1850年3月9日）	18岁	11年	咸丰十一年七月十七日（1861年8月22日），终年30岁	定陵；陵地今河北遵化市

皇帝世数	皇帝庙号	皇帝谥号	年号	皇帝及皇子名	皇帝出生日期	即位时间	即位年龄（周岁）	在位年数	卒年及年龄（周岁）	陵名及陵地
十	穆宗	毅	同治	**载淳** 继位人： 载湉（系奕譞次子，过继）	咸丰六年三月二十三日（1856年4月27日）	咸丰十一年十月初九日（1861年11月11日）	5岁	13年	同治十三年十二月初五日（1875年1月12日），终年19岁	惠陵；陵地今河北遵化市
十一	德宗	景	光绪	**载湉** 继位人： 溥仪（系奕譞第五子载沣之子，过继）	同治十年六月二十六日（1871年8月12日）	光绪元年正月二十日（1875年2月25日）	3岁	34年	光绪三十四年十月二十一日（1908年11月14日），终年37岁	崇陵；陵地今河北易县
十二			宣统	**溥仪**	光绪三十二年正月十四日（1906年2月7日）	光绪三十四年十月初九日（1908年12月2日）	2岁	3年	1967年10月17日，终年61岁	葬北京市八宝山公墓

图书在版编目（CIP）数据

玄机：清朝皇权争夺中的平步青云者 / 高冕 著. -- 北京：作家出版社，2015.6

ISBN 978-7-5063-8087-4

Ⅰ. ①玄… Ⅱ. ①高… Ⅲ. ①纪实文学 - 中国 - 当代 Ⅳ. ①I25

中国版本图书馆CIP数据核字（2015）第120512号

玄机：清朝皇权争夺中的平步青云者

作　　者： 高　冕
责任编辑： 李宏伟
装帧设计： 棱角视觉
出版发行： 作家出版社
社　　址： 北京农展馆南里10号　　**邮　　编：** 100125
电话传真： 86-10-65930756（出版发行部）
86-10-65004079（总编室）
86-10-65015116（邮购部）
E-mail:zuojia@zuojia.net.cn
http://www.haozuojia.com（作家在线）
印　　刷： 三河市紫恒印装有限公司
成品尺寸： 160 × 240
字　　数： 220千
印　　张： 19.25
版　　次： 2015年6月第1版
印　　次： 2015年6月第1次印刷
ISBN 978-7-5063-8087-4
定　　价： 42.00元

ISBN 978-7-5063-8087-4
9 787506 380874